U0163957

中華章法學會主編

辭章章法學體系建構叢書

第八冊

比較章法學

陳滿銘 著

萬卷樓圖書股份有限公司出版

目次

自序

　　當今科技發達，要求「科學化」作跨領域之研究，更早已成必然趨勢。而累積「科學化」的成果而形成獨門學科者，可說多得數也數不清，如從「求同」之層面而言，有神學、哲學、科學、美學……等，若從「求異」之層面來說，則又多至千百種，如天文學、思維學、語言學、文藝學、辭章學、寫作學、閱讀學、語文教學、意象學、結構學、建築學、心理學、統計學、定性分析學、定量分析學、比較學、民俗學、社會學、政治學、歷史學、地理學、植物學、動物學、色彩學、網路科技……等就是。因此由「求異」而「求同」，藉「科學化」之跨領域研究成果，來提升學術研究的品質，已經成為一個「共識」。

　　而章法學之研究，當然也不例外，而且一開始就藉「科學化」作了跨領域的研究。關於這點，鄭頤壽教授就首先指出：「『章法學是研究章法（含篇法）理論與實際的一門學問。』它涉及文章學、修辭學、語體學、邏輯學以及美學等諸多方面。綜合研究這諸多方面的章法現象及其理論體系的學問，可稱之為辭章章法學，也可簡稱章法學，臺灣學者陳滿銘教授，在研究這一方面具有突出的成就，雖非絕後，實屬空前。……新的學科建設必須站在哲學的高度，並以之作指導，才能高瞻遠矚，不斷開拓，建構『科學的理論體系』。中國古老的哲學多門，其中最有影響的是樸素的辯證法思想。……陳滿銘教授……就用了辯證法的觀點，……具有濃厚的『中國風』、『民族味』，煥發出中華傳統文化的光輝。」（〈臺灣辭章學研究述評〉，2001）其次王希杰教授說：「章法學作為一門學問，不是有關部門章法的個別的知識，而是章法知識的

總和，是一種概念的系統。章法學是一門實用性很強的學問，也有極高的學術價值。它同文章學、修辭學、語用學、文藝學、美學、邏輯學等都具有密切關係。章法學已經初步形成了一門『科學』。陳滿銘教授初步建立了『科學的章法學體系』。……如果說唐鉞、王易、陳望道等人轉變了中國修辭學，建立了學科的中國現代修辭學，我們也可以說，陳滿銘及其弟子轉變了中國章法學的研究大方向，建立了『科學的章法學』，把漢語章法學的研究轉向『科學的道路』。」（〈章法學門外閑談〉，2002）又其次黎運漢教授認為如此：「有了較為清醒、自覺的理論意識，……在學科構建中頗為重視理論建設，……有較高的理論品格，綜合呈現出一個較為『科學的理論體系』，……運用了比較『科學的研究方法』，使漢語章法學基本具備了成為一門新學科的資格。」（〈陳滿銘對辭章章法學的貢獻〉，2005）再其次鐘玖英教授說：「陳滿銘教授在研究漢語辭章章法學的時候，繼承了其中的精華剔除了其中的糟粕，這樣使他的章法研究凸現出一個明顯的特點：繼承傳統又超越傳統，繼承傳統的典型之處是，他的章法研究帶有哲學思辨的鮮明色彩，同時又在系統性、可操作性方面大踏步前進，這樣就使他的章法研究有了『科學性』和『實用性』。」（〈臺灣章法學研究對大陸修辭學研究的啟示〉，2005）然後孟建安教授指出：「陳滿銘先生對漢語辭章章法學研究做出了巨大的貢獻。這種貢獻突出地表現在五個方面：（一）培育了具有強大戰鬥力的科研團隊，取得了極為豐碩的研究成果；（二）提出並闡釋了眾多的新概念和新觀點，解決了許多較為重大的理論問題；（三）引入並堅持了『科學的方法論原則』；（四）提供了章法分析與章法教學的『科學範例』；（五）構建了『科學』而完備的漢語辭章章法學體系。由此可以推定，陳滿銘先生已經形成了自己獨具特色的研究路子，其所創建的漢語辭章章法學已經成熟並豐滿，達到了前所未有的高度，具有很高的理論價值和實用價值，具有很強的生命力和感召力。」

（〈陳滿銘與漢語辭章章法學研究〉，2005）可見臺灣章法學「科學化」的跨領域研究，已建構了完整體系，成為「一門新學科」，是有目共睹的。

　　章法學用「科學化」作跨領域之研究，關係最密切的領域為「辭章」，它是結合「形象」「邏輯」與「綜合」三種思維之螺旋作用，藉以創造「意象」的。而這三種思維，各有所主。從形象思維來說，如果是將一篇辭章所要表達之「情」或「理」，也就是「意」，主要訴諸各種偏於主觀的聯想（想像），和所選取之「景（物）」或「事」，也就是「象」，連結在一起，或者是專就個別之「情」、「理」、「景」（物）、「事」等材料本身設計其表現技巧的，皆屬「形象思維」；這涉及了「取材」與「措詞」等問題，而主要以此為探討對象的，就是意象學（狹義）與修辭學等。從邏輯思維來說，如果整個就「景」（物）或「事」（象）等各種材料，對應於自然規律，結合「情」與「理」（意），主要訴諸偏於客觀的聯想（想像），按秩序、變化、聯貫與統一之原則，前後加以安排、布置，以成條理的，皆屬「邏輯思維」；這涉及了、「布局」（含「運材」）與「構詞」等問題，而主要以此為研究對象的，就字句言，即文（語）法學；就篇章言，就是章法學。從統合思維來說，一篇辭章用以統合「形象思維」（偏於主觀）與「邏輯思維」（偏於客觀）而為一的，乃是主旨與風格（韻律）等，這就涉及了主題學、文體學與風格學等。而以此整體或個別為對象加以研究的，則統稱為辭章學或文章學。

　　如用「多二一（0）」的螺旋邏輯結構切入來看，則其中的「意象」（個別）、「詞彙」、「修辭」、「文（語）法」、與「章法」等所綜合起來表現之藝術形式，即所謂的「多」；而以「形象思維」（陰柔）與「邏輯思維」（陽剛）互動，藉以產生徹下徹上之中介作用，即所謂「二」；至於由此所凸顯出來的「主旨」與「風格」等，即「一（0）」，這就是

「修辭立其誠」《易・乾》之「誠」，乃辭章之核心所在。這樣以「多二一（０）」來看待辭章內涵，就能透過「二」（「形象思維」與「邏輯思維」）的居間作用，使「多」（「意象」（個別）、「詞彙」、「修辭」、「文（語）法」與「章法」等）統一於「一（０）」（「主旨」與「風格」等）了。

依此，它們的關係可呈現如下圖：

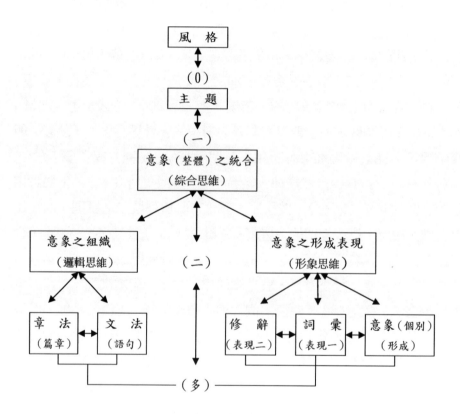

大致說來，比較章法有兩大分野：一是內部比較，一是外部比較。由於它們的範圍極為多樣而廣泛，因此本書僅就上述「辭章」領域所涉為焦點。就「內部比較」而言，涉及「章法學」與「層次邏輯學」，可

從「求異」與「求同」兩方面作比較；由於這種比較在《章法學綜論》第六章已作過討論，所以在本書中略而不談。就「外部比較」而言，則首先以「章法與螺旋結構」一章，歸本於《周易》與《老子》提煉出「多二一（0）」結構作比較，主要關涉到的是「哲學」、「層次邏輯學」與「美學」；其次以「章法與完形理論」一章，用格式塔「完形說」連接「意」（情、理）與「象」（事、物）作比較，主要關涉到的是「心理學」、「意象學」與「美學」；又其次以「章法與思考訓練」一章，用「邏輯思維」梳理「思考形式」作比較，主要關涉到的是「層次邏輯學」、「思維學」與「心理學」；再其次以「章法與意象系統」，先根據《周易》探討「意象」之形成，再用「三大思維」（形象、邏輯、統合）呈現「意象系統」作比較，主要關涉到的是「哲學」、「思維學」與「意象學」；接著以「章法與內容結構」，用「主題」與「意象」分析「內容材料」作比較，主要關涉到的是「主題學」與「意象學」；然後以「章法與篇章風格」，用篇章剛柔成分之量化表現風格作比較，主要關涉到的是「風格學」與「定量分析學」；最後以「章法與修辭藝術」，用「形象思維」與「邏輯思維」切入作比較，主要關涉到的是「思維學」與「修辭學」。它們的結構系統可表示如下圖：

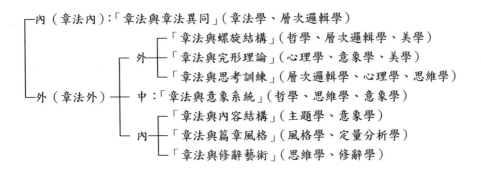

　　有關這些章法學「科學化」的跨領域研究，從一九七四年六月發表〈稼軒詞作法舉隅〉於臺灣師大《文風》25 期開始就琢磨、踏出，後來陸續在各大學學報、一般雜誌或相關學術研討會上，陸續發表三百多篇論文，其中涉及跨領域便不少，先後將比較重要的，除收在《國文教學論叢》（1991）、《國文教學論叢續編》（1998）、《章法學新裁》（2001）《章法學論粹》（2002）、《辭章學十論》（2006）與《意象學廣論》（2006）等幾本論文集裡之外，又融入《章法學綜論》（2003）、《篇章辭章學》（2005）、《篇章結構學》（2005）、《多二一（0）螺旋結構論——以哲學、文學、美學為研究範圍》（2007）、《章法結構原理與教學》（2007）、《唐宋詞拾玉——以篇章結構分析為軸心》（2010）、《當代辭章創作及研究評析——以成惕軒、羅門與王希杰、鄭頤壽、曾祥芹、趙山林等大師為對象》（2011）、《篇章意象學》（2011）與《章法結構論》（2012）等幾本形成章節的論著內。這次從中擇要抽出，並予組織，總為七章，也只是起步而已。因為科學化跨領域的研究範圍極廣，要作比較的還有很多，即以「辭章內涵」而言，「章法」和「詞彙」、「文（語）法」就未作比較。所以希望持續努力，先彌補這個缺憾，再擴充到其他領域，使「比較章法學」的研究，能更趨周全圓滿。

　　由於事理往往「同中有異」、「異中有同」，為儘量維持單元之完整，以致同樣或類似的論述與舉證，難免在內文與附註裡會有二見或三見的現象，造成某些習慣從頭到尾閱讀的讀者之困擾，在此先致上歉意。此外，又由於個人學養有限，疏漏或偏離在所難免，敬請　方家惠予指正。

陳滿銘

序於國文天地雜誌社
二〇一二年十月一日上午

第一章
章法與螺旋結構

摘要

我們的祖先，生活在廣大「時空」之中，直接面對紛紜萬狀之現象界，為了探其源頭，確認其原動力，以尋得其種種變化的規律，孜孜不倦，日積月累，先後留下了不少寶貴的智慧結晶。大致說來，他們先由「有象」（現象界）以探知「無象」（本體界），再由「無象」（本體界）以解釋「有象」（現象界），就這樣一順一逆，往復探求、驗證，久而久之，終於形成了圓融的宇宙人生觀。而這種宇宙人生觀，各家雖各有所見，但若只求其「同」，而不求其「異」，則總括起來說，都可以從「（0）一、二、多」（順）與「多、二、一（0）」（逆）的互動、循環而提升的螺旋結構上加以統合。而這種螺旋結構，如說得籠統、簡單一點，就是通常所說的「對立的統一」或「多樣的統一」，可適用於哲學、文學、美學或其他的事類、物類等。即以文學領域中之辭章而言，在形成篇章的章法上，就呈現了這種結構。因此本文即鎖定章法，舉散文與詩詞為例，探討其「多二一（0）」的螺旋結構，並約略說明其美感效果，即小見大，以凸顯「多、二、一（0）」結構之奧妙。

關鍵詞：章法、「多二一（0）」結構、哲學基礎、美感效果、散文、詩詞

在哲學或美學上，對所謂「對立的統一」、「多樣的統一」，即「多而一」之概念，都非常重視，一向被目為事物最重要的變化規律或審美原則，似乎已沒有進一步探討之空間。不過，若從《周易》（含《易傳》）與《老子》等古籍中去考察，則可使它更趨於精密、周遍，不但可由「有象」而「無象」，找出「多、二、一（0）」之逆向結構；也可由「無象」而「有象」，尋得「（0）一、二、多」之順向結構；並且透過《老子》「反者道之動」（四十章）、「凡物芸芸，各復歸其根」（十六章）與《周易・序卦》「既濟」而「未濟」之說，將順、逆向結構不僅前後連接在一起，更形成循環不已的螺旋結構，以反映宇宙人生生生不息的基本規律[1]。而這種規律、結構，如落到文學的創作與鑑賞之上，則「（0）一、二、多」可呈現創作的順向過程、「多、二、一（0）」可呈現鑑賞的逆向過程。本文即以章法為範圍，單就鑑賞之「多、二、一（0）」結構，先找出它的理論基礎，再以散文、詩詞為例，分別予以說明，並探討其美感效果，以見「多二一（0）」螺旋結構在辭章章法分析、鑑賞上的妙用。

1　陳滿銘：〈論「多二一（0）」的螺旋結構——以《周易》與《老子》為考察重心〉，
　　臺灣師大《師大學報・人文與社會類》48 卷 1 期（2003 年 7 月），頁 1-20。而所謂
　　「螺旋」，是指形成二元對待的兩者，如仁與智、明明德與親民、天（自誠明）與人
　　（自明誠）等，都會產生互動、循環而提升的作用，而形成螺旋結構。參見陳滿銘：
　　〈談儒家思想體系中的螺旋結構〉，臺灣師大《國文學報》29 期（2000 年 6 月），頁
　　1-36。而此「螺旋」一詞，本用於教育課程之理論上，早在十七世紀，即由捷克教育
　　家夸美紐思所提出，乃「根據不同年齡階段（或年級），遵循由淺入深，由簡單而複
　　雜，由具體而抽象的順序，用循環、往復螺旋式提高的方法排列德育內容。螺旋式
　　亦稱圓周式」，見《簡明國際教育百科全書》（北京市：新華書局北京發行所，1991
　　年 6 月一版一刷），頁 611。又，相對於人文，科技界亦發現生命之「基因」和
　　「DNA」等都呈現螺旋結構。參見約翰・格里賓著、方玉珍等譯：《雙螺旋探密——
　　量子物理學與生命》（上海市：上海科技教育出版社，2001 年 7 月），頁 271-318。

第一節　螺旋結構的哲學意涵

　　古代賢哲所直接接觸的，是在神權籠罩下紛紜萬狀的大千世界，而它是「多」變而「多」樣的。他們就在這麼「多」變「多」樣的現象與神權色彩之迷惑下，不知道經過了多少歲月，藉由「有象而無象」、「無象而有象」的互動、循環探究，才逐漸地化去了神權的色彩、理出了現象的本質，對應於順向的「（0）一、二、多」，而呈現了「多、二、一（0）」之逆向結構，以凸顯「有象而無象」的「歸根」歷程。

　　這種「多、二、一（0）」逆向結構，其形成是漸進的。而它的雛形，在《周易》（含《易傳》）與《老子》之前，見於古籍的雖多，如《尚書・洪範》的五行說「認知事物簡單的多樣性」和《管子・地水》「水作為世界多樣性統一」[2] 的說法就是；但多停留在非哲學的階段，所以在此略而不談，而僅著眼於從非哲學過渡到哲學的這一階段。如此則不得不注意到春秋時史伯與晏嬰所體認之「和」與「同」的兩個範疇了。史伯生在晏嬰之前，擴充了《尚書・洪範》之五行說，從四支（肢）、五味、六律、七體（竅）、八索（體）、九紀（臟）到十數、百體、千品、萬方、億事、兆物、經入（經常的收入）、姟極（最大的極數），在具象之外，加入了抽象思維，提煉出「和」的觀點[3]，「作為對事物的多樣性、多元性衝突融合的體認」[4]，而四支、五味、六律、七體、八索、九紀到十數、百體、千品、萬方、億事、兆物、經入、姟極，即「多」（多樣），而「和」，就是「一」（統一）；顯然所形成的是「多而一」的結構。後來晏嬰論「同」，是「同一物的加多或重複，如『以水濟

2　張立文：《中國哲學邏輯結構論》（北京市：中國社會科學出版社，2002 年 1 月一版一刷），頁 110-114。

3　《國語・鄭語》，易中天：《新譯國語讀本》（臺北市：三民書局，1995 年 11 月初版），頁 707-708。

4　《中國哲學邏輯結構論》，頁 22。

水」、『琴瑟之專壹』等」[5]，與史伯之說沒什麼不同。而論「和」，則不但已由史伯之「四、五、六、七、八、九、十、百、千、萬、億、兆」溯源到「一、二、三」之「相成」，以呈現「多」，並且又進一步地推展到「清濁、小大、短長、疾徐，哀樂、剛柔，遲速、高下，出入、周疏」之「相濟」，以呈現多樣性之「二」；而此多樣性之「二」，所謂「濟其不及，以洩其過」，是彼此互動、對待的[6]。從史的觀點看，這種互動、對待觀念之出現，對《周易》（《易傳》）與《老子》「二元對待」說之成熟，以及進一步用「陰陽」（剛柔）來統合「多樣性之『二』」而言，實有著過渡作用。

以《周易》（《易傳》）來看，它以陰陽為其一對基本概念，是由此陰陽二爻而衍為四象，再由四象而衍為八卦、六十四卦的。而八卦之取象，是兩相對待的，即乾（天）為「三連」而坤（地）為「六斷」、震（雷）為「仰盂」而艮（山）為「覆碗」、離（火）為「中虛」而坎（水）為「中滿」、兌（澤）為「上缺」而巽（風）為「下斷」，而所謂「三連」與「六斷」、「仰盂」與「覆碗」、「中虛」與「中滿」、「上缺」與「下斷」，正好形成四組兩相對待之關係，以呈現其簡單的「二元對待」之邏輯結構。後來將此八卦重疊，推演為六十四卦，雖更趨複雜，卻依然存有這種「二元對待」的關係，以象徵或反映宇宙人生之種種事物，也為人生行為找出準則，來適應宇宙自然之規律[7]。

5　同前註，頁 23。

6　《左傳・昭公二十年》，楊伯峻：《春秋左傳注》（臺北市：源流文化公司，1982 年 4 月再版），頁 1429-1420。

7　徐復觀：「古人大概是以這六十四卦，三百八十四爻的相互衍變，來象徵甚至反映宇宙人生的變化；在這種變化中，找出一種規律，以成立吉凶悔吝的判斷，因而漸漸找出人生行為的規律。」見《中國人性論史・先秦篇》（臺北市：臺灣商務印書館，1978 年 10 月四版），頁 202。又陳望衡：「在《易傳》中，陰陽概念運用得很多：〈說卦傳〉云：『觀變於陰陽而立卦』，說八卦、六十四卦是以陰陽的各種變化為基本建立起來的。〈繫辭上傳〉云：『《易》有太極，是生兩儀，兩儀生四象，四象生八卦，

　　以六十四卦而言，所形成之「二元對待」關係如：

屯（坎上震下）和解（震上坎下）　蒙（艮上坎下）和蹇（坎上艮下）
需（坎上乾下）和訟（乾上坎下）　師（坤上坎下）和比（坎上坤下）
睽（離上兌下）和革（兌上離下）　困（兌上坎下）和節（坎上兌下）
井（坎上巽下）和渙（巽上坎下）　既濟（坎上離下）和未濟（離上坎下）

　　這些卦都是二二相偶的，如「坎上震下」（屯）與「震上坎下」
（解）、「艮上巽下」（蠱）與「巽上艮下」（漸）、「乾上兌下」（履）與
「兌上乾下」（夬）、「離上坤下」（晉）與「坤上離下」（明夷）……等，
都很明顯地形成了二元對待的關係。此外，〈雜卦〉又云：

> 乾，剛；坤，柔。比，樂；師，憂。臨、觀之意，或與或求。……
> 震，起也；艮，止也。損、益，衰盛之始也。大畜，時也；無妄，
> 災也。萃，聚，而升，不來也。謙，輕；而豫，怡也。……兌，
> 見；而巽，伏也。隨，無故也；蠱，則飭也。剝，爛也；復，反
> 也。晉，晝也，明夷，誅也。井，通；而困，相遇也。咸，速也；
> 恆，久也。渙，離也；節，止也。解，緩也；蹇，難也。睽，外
> 也；家人，內也。否、泰，反其類也。……革，去故也；鼎，取
> 新也。小過，過也；中孚，信也。豐，多故也；親寡，旅也。離，
> 上；而坎，下也。……大過，顛也；頤，養正也。既濟，定也；
> 未濟，男之窮也。姤，遇也，柔遇剛也；……夬，決也；剛決柔

八卦定吉凶，吉凶生大業。』太極是宇宙未分的混沌狀態，相當於『氣』，『兩儀』
即為陰陽，是太極初分的形態。就人類來說，就意味著人的產生；就宇宙來說，則
意味著人的活動空間的誕生。〈繫辭上傳〉還說：『一陰一陽謂之道。』人類社會、
宇宙自然的根本規律就在這陰陽的相對、相交、相和的關係中。」見《中國古典美學
史》（長沙市：湖南教育出版社，1998 年 8 月一版一刷），頁 179-180。

也。君子道長，小人道憂也。

這些卦的要義或特性，都兩兩相待，如剛和柔、樂與憂、與和求、起和止、衰和盛、時和災、見和伏、速和久、離和止、外和內、否和泰、去故和取新、多故和親寡、上和下⋯⋯等等，都可輕易從字面上看出其對待關係來；而這種對待，無論是性屬「對比」（如樂與憂）或「調和」（如上與下），都可稱之為「異類相應的聯繫」[8]。

　　相對於「異類相應的聯繫」，當然也有「同類相從的聯繫」。這種「同類相從的聯繫」，是由史伯、晏嬰「同」的觀念發展出來的。原來的「同」，指「同一物的加多或重複」，到了《周易》、《老子》，則指同類事物的「相從」；這類「相從」，乃著眼於「調和性」，與「相應」的「對比性」，又形成「二元對待」的關係。以《周易》而言，它有六十四卦，每卦在形成「秩序」與「變化」之同時，也使卦卦「聯繫」在一起，成為一個「統一」的整體。而形成「聯繫」，最明顯的，是使兩相對待者以「對比」（正反）或「調和」（正正、反反）方式連結在一起。如見於〈雜卦〉的剛和柔、樂與憂、與和求、起和止、衰和盛、時和災、見和伏、速和久、離和止、外和內、否和泰、去故和取新、多故和親寡、上和下⋯⋯等等，其中除了起和止、速和久、外和內、上和下等，未必形成「對比」而有「調和」可能性外，其餘的都比較偏向於「對比」，而都產生「聯繫」的作用[9]。可見在六十四卦的排序與變化裡，可看出「異類相應」[10]和「同類相從」兩種聯繫，也凸顯了由互相

8　戴璉璋：「以上各卦所標示的特性或要義：剛和柔、樂和憂、與和求、起和止、盛和衰等等，都是異類相應的聯繫。」見《易傳之形成及其思想》（臺北市：文津出版社，1989 年 6 月臺灣初版），頁 196。

9　《中國哲學邏輯結構論》，頁 72-73。

10　《易傳之形成及其思想》，頁 196。

「聯繫」而形成「統一」的整體結構。其中「異類相應的聯繫」，也就是「對比性對待」的部分，已論述如上文；而「同類相從的聯繫」，則指的是「調和性對待」，如〈家人‧象傳〉所說的「父父，子子，兄兄，弟弟，夫夫，婦婦，而家道正，正家而天下定矣」，又〈繫辭上〉所謂「天尊地卑，乾坤定矣。卑高以陳，貴賤位矣」，將「天高地低比附為天尊地卑」[11]，即屬此類；這在《周易》裡，是頗值得注意的。譬如它的八卦：

乾（乾上乾下）、坤（坤上坤下）　坎（坎上坎下）、離（離上離下）
震（震上震下）、艮（艮上艮下）　巽（巽上巽下）、兌（兌上兌下）

這是以乾與乾、坤與坤、坎與坎、離與離、震與震、艮與艮、巽與巽、兌與兌等的重疊而形成了「同類相從的聯繫」。除此之外，〈雜卦〉云：

> 屯，見而不失其居；蒙，雜而著。……大壯，則止；遯，則退也。大有，眾也；同人，親也。……小畜，寡也；履，不處也。需，不進也；訟，不親也。……歸妹，女之終也；漸，女歸待男行也。

這是以「止」和「退」、「眾」和「親」、「寡」和「不處」、「不進」和「不親」、「女之終」和「女歸待男行」等的相類而形成「同類相從的聯繫」[12]，亦即「調和性」的「二元對待」。

11　《中國哲學邏輯結構論》，頁 73。
12　戴璉璋：「依〈序卦傳〉，屯與蒙都是代表事物始生、幼稚時期的情況，〈雜卦傳〉作者用「見而不失其居」、「雜而著」來描述屯、蒙兩卦的特性，也都是就始生的事物而言。此外引大壯以下各卦的「止」和「退」、「眾」和「親」、就始生的事物而言。此外引大壯以下各卦的「止」和「退」、「眾」和「親」、「寡」和「不處」、「不進」和「不親」、「女之終」和「女歸待男行」，都是同類相從的聯繫。」見《易傳之形成及其思想》，頁 195。

　　而這兩種「聯繫」或「對待」，在《老子》中也處處可見。先拿「異類相應的聯繫」而言，強調「二元對待」者，如：

　　　天下皆知美之為美，斯惡已；皆知善之為善，斯不善已。故有無相生，難易相成，長短相較，高下相傾，音聲相和，前後相隨。（二章）

　　　寵辱若驚，貴大患若身。何謂寵辱若驚？寵為上，辱為下，得之若驚，失之若驚，是謂寵辱若驚。（十三章）

　　　曲則全，枉則直，窪則盈，敝則新，少則得、多則惑，是以聖人抱一，為天下式。（二十二章）

　　　知其雄，守其雌，為天下谿；為天下谿，谷德不離，復歸於嬰兒。知其白，守其黑，為天下式；為天下式，常德不忒，復歸於無極。知其榮，守其辱，為天下谷；為天下谷，常德乃足，復歸於樸。（二十八章）

如上所引，「美」（喜）與「惡」（怒）、「善」（是）與「不善」（非）[13]、「有」與「無」、「難」與「易」、「長」與「短」、「高」（上）與「下」、「前」與「後」、「寵」（榮）與「辱」、「得」與「失」、「曲」（偏）與「全」、「枉」（曲）與「直」、「窪」與「盈」、「敝」與「新」、「少」與「多」、「重」與「輕」、「靜」與「躁」、「雄」與「雌」、「白」與「黑」等，都是兩相對待的。而這種多樣的「二」，就藉由「運動」而「互相轉化」，而形成「異類相應的聯繫」，並由局部逐步擴展到整體，以至於

---

13 王弼注二章：「美者，人心之所進樂也；惡者，人心之所惡疾也。美、惡，猶喜、怒也；善、不善，猶是、非也。喜、怒同根，是、非同門；故不得而偏舉也。此六者，皆陳自然不可偏舉之名數。」見《老子王弼注》（臺北市：河洛圖書出版社，1974 年 10 月臺景印初版），頁 3。

形成「統一」。

次由「同類相從的聯繫」來看，如：

> 道可道，非常道；名可名，非常名。（一章）
>
> 是以聖人處無為之事，行不言之教；萬物作焉而不辭，生而不有；
> 為而不恃，功成而不居。夫唯弗居，是以不去。（二章）
>
> 不尚賢，使民不爭；不貴難得之貨，使民不為盜；不見可欲，使
> 民心不亂。（三章）

以上都是呈現「同類相從的聯繫」的例子，如一章的「常道」與「常
名」，二章的「無為之事」與「不言之教」、「作焉」與「生焉」、「不辭」
與「不有」與「不恃」與「弗居」，三章的「不尚賢」與「不貴難得之貨」
與「不見可欲」、「不爭」與「不為盜」與「心不亂」等，皆以「同類
相從」而聯繫在一起。此類例子，在《老子》一書裡，也是不勝枚舉的。

這種「同類相從的聯繫」與屬於「對比」性的「異類相應的聯繫」，
都會由於互動，以形成「調和」的作用。而「調和」與「調和」、「調和」
與「對比」、「對比」與「對比」的結構，又可以相互產生「同類相從」
或「異類相應」的聯繫，形成另一層「二元對待」，而由局部擴及整體，
趨於最後的「統一」。而這種「統一」，在《周易》（《易傳》）來說，
即「一」，指的是「太極」（「道」或「易」）；在《老子》而言，即「一
（0）」，指的是「道生一」[14]。

---

14 「道生一」的「道」，既是「創生宇宙萬物的一種基本動力」，而它「本身又體現了
　無（无）」，那麼正如王弼所注「欲言無（无）耶，而物由以成；欲言有耶，而不見
　其形」，老子的「道」可以說是「无」，卻不等於實際之「無」（實零），而是「恍惚」
　的「无」（虛零），以指在「一」之前的「虛理」。這種「虛理」，如勉強以「數」來
　表示，則可以是「（0）」。這樣，「一、二、多」的順向結構，就可調整為「（0）一、
　二、多」或「（0）、一、二、多」，以補《周易》（含《易傳》）之不足，這就使得宇
　宙萬物創生、含容的順向歷程，更趨於完整而周延。見〈論「多二一（0）」的螺旋

　　一般而論，所謂「調和」，是對應於「陰」與「柔」來說的；而所謂「對比」，是對應於「陽」與「剛」而言的[15]。如說得徹底一點，即一切「調和」與「對比」，都是由於陰（柔）陽（剛）相對、相交、相和的結果。《易傳》云：

> 一陰一陽之謂道。（〈繫辭上〉）
>
> 剛柔者，立本者也；變通者，趣時者也。（〈繫辭下〉）
>
> 剛柔相推而生變化。……變化者，進退之象也；剛柔者，晝夜之象也。（〈繫辭上〉）
>
> 窮則變，變則通，通則久。（〈繫辭上〉）
>
> 乾坤其易之門邪！乾，陽物也；坤，陰物也。陰陽合德而剛柔有體，以體天地之撰，以通神明之德。（〈繫辭下〉）
>
> 天地絪縕，萬物化醇，男女構精，萬物化生。（〈繫辭下〉）
>
> 天尊地卑，乾坤定矣；卑高以陳，貴賤位矣；動靜有常，剛柔斷矣。（〈繫辭上〉）

《周易》（含《易傳》）的作者，就在前人「有象而無象」、「無象而有象」之努力基礎下，終於確認陰陽乃一切變化，形成多樣對待之根源。就拿八卦與由八卦重疊而成的六十四卦來說，即全由陰陽二爻所構成，以象徵並概括宇宙人生的各種變化，〈說卦〉說的「觀變於陰陽而立卦」，就是這個意思。他以為宇宙之源，就在這種陰陽的相對、相交、相合之

　　結構——以《周易》與《老子》為考察重心〉，頁 1-20。

15 仇小屏：「造成最明顯、最大美感的，還是『對比』與『調和』兩種型態，因為『對比』會形成極大的反差，因此有強健、闊達、華美之感，所以趨向於『陽剛』；而『調和』則因質性之相近，產生優美、融洽、鎮靜、深沉等情緒，因此自然趨向於『陰柔』。」見《古典詩詞時空設計之研究》（臺北市：臺灣師範大學國文研究所博士論文，2001年2月），頁 329。

作用下，變而通之，通而久之，於是創造了天地萬物（含人類），達於
「統一」（和諧）的境地[16]。而這種「統一」（和諧），可說是剛柔（陰陽）
之統一，是剛柔（陰陽）相濟的，如以上述的天地（乾坤）、晝夜、高
低、男女、尊卑、進退、貴賤、動靜而言，天（乾）、晝、高、男、
尊、進、貴、動等為剛，地（坤）、夜、低、女、卑、退、賤、靜等為
柔，它們是相應地相對而為一的。

　　而《老子》直接談到「陰陽」或「剛柔」的地方雖不多，卻有幾處
是值得注意的：

> 萬物負陰而抱陽。（四十二章）
> 柔弱勝剛強。（三十六章）
> 弱者，道之用。天下萬物生於有，有生於無。（四十章）
> 堅強者，死之徒；柔弱者，生之徒。（七十六章）
> 強大處下，柔弱處上。（七十六章）
> 弱之勝強，柔之勝剛，天下莫不知、莫能行。（七十八章）

老子談到陰陽的，僅一見，在此，他雖然只落到「萬物」（多）上來說，
卻該推本到「一生二」以尋其根。而談到「剛柔」的，則往往牽「強」
牽「弱」，也落到「多」（萬物）上加以發揮，但「剛」為「陽」、「柔」
為「陰」，是同樣該歸根於「一生二」予以確認的；因為這是老子觀察
自然現象（萬物）時，從現象（萬物）中所抽離出來的二元對待之基本
範疇；而所謂「弱者，道之用」，是以「道」（無）為「體」，而以「弱

16　陳望衡：「《周易》中的陰陽理論強調的不是相反事物的對立，而是相反事物的相交、
　　相和。《周易》認為，陰陽相交是生命之源，新生命的產生不在於陰陽的對立，而在
　　陰陽的交感、統一。因此陰陽的相合不是量的增加，而是新質的產生，是創造。因
　　此，陰陽相交、相合的規律就是創造的規律。」見《中國古典美學史》，頁182。

上剛下」（「強大處下，柔弱處上」），針對著「有生於無」之「有」，來說其「用」的[17]。可見老子的「二」，就「同」的觀點而言，與《周易》是彼此相容的。

　　如此從多數對待的「兩樣」（二）中提煉出根源的「剛柔」（陰陽），而成為「剛柔（陰陽）的統一」，呈現的是「『多』（多樣事物、多樣對待）←→『二』（剛柔、陰陽）←→『一』（0）（統一）」的順、逆過程，這是逐漸由「有象」（委）而追溯到「無象」（源），而又由「無象」（源）下貫到「有象」（委）的，很合於歷史發展的軌跡。可見「多二一（0）」螺旋結構所反映的是自然萬物在層次邏輯上的運動規律。

　　這種「剛柔（陰陽）之統一」，指的既然是剛柔（陰陽）之相濟、適中，好像只能容許剛柔（陰陽）各半以相濟，達於絕對「適中」，亦即「大統一」（「中和」）的地步，但是天地之運，一刻不息，以致剛柔（陰陽）隨時都在互相滲透、互相轉化之中，所謂「陽卦多陰，陰卦多陽」（〈繫辭下〉）、「剛柔相推而生變化」（〈繫辭上〉）、「剛柔相易」（〈繫辭下〉），這樣往往就產生「剛中寓柔」（偏剛、剛中）或「柔中寓剛」（偏柔、柔中）的「小統一」情況；而「剛中寓柔」所造成的是「對比式統一」，亦即「對比」中有「調和」，《周易》（含《易傳》）的主張即偏於此；「柔中寓剛」所造成的是「調和式統一」[18]，亦即「調和」中有「對比」，《老子》的主張即偏於此。這樣的「統一」思想，不但

---

17 陳鼓應：「『弱者道之用』：『道』創生萬物輔助萬物時，萬物自身並沒有外力降臨的感覺，『柔弱』即是形容『道』在運作時並不帶有壓力感的意思。」見《老子今注今譯及評介》（臺北市：臺灣商務印書館，1985 年 2 月修訂十版），頁 155。

18 夏放：「從構成形式美的物質材料的總體關係來說，最基本的規律是『多樣的統一』，平時所謂的『和諧美』，意即是『多樣的統一』。……『多樣的統一』包括兩種基本類型：一種是多種非對立因素相互聯繫的統一，形成一種不太顯著的變化，謂之『調和式統一』；一種是各種對立因素之間的相反相成，造成和諧，形成『對立式統一』。」見《美學——苦惱的追求》（福州市：海峽文藝出版社，1988 年 5 月一版一刷），頁 108。

對中國哲學有影響，就是對文學、美學，也影響極深遠[19]。

第二節　章法理論與螺旋結構

　　辭章是結合「形象思維」與「邏輯思維」而形成的[20]。這兩種思維，各有所主。一般說來，如果是將一篇辭章所要表達之「情」或「理」，訴諸各種主觀聯想，和所選取之「景（物）」或「事」接合在一起[21]，或者是專就個別之「情」、「理」、「景」（物）、「事」等材料本身設計其表現技巧的，皆屬「形象思維」；這涉及了「立意」、「取材」與「措詞」等問題，而主要以此為研究對象的，就是主題學、意象學與修辭學等。如果是專就「景（物）」或「事」等各種材料，對應於自然規律，結合「情」與「理」，訴諸客觀聯想，按秩序、變化、聯貫與統一之原

---

19 陳望衡：「《周易》強調的不是陰陽、剛柔之分，而是陰陽、剛柔之合。這一點同樣在中國美學、藝術中留下深廣的影響。中國美學向來視剛柔相濟的和諧為最高理想。中國的藝術批評學也總是以剛柔相濟作為一條最高的審美標準。於是，中國的藝術家們也都自覺地去追求剛柔的統一，並不一味地去追求純剛或純柔，而總是柔中寓剛或剛中寓柔。劉熙載是我國清代卓越的藝術批評家，他的《藝概》一書，涉及文、詩、賦、詞、曲、書法等藝術領域，有不少精闢的論斷，他最為推崇的藝術審美理想就是剛柔相濟。」見《中國古典美學史》，頁 186-187。

20 吳應天：「人們的思維既有形象性，也有邏輯性，所以既可寫成形象體系，也可寫成邏輯體系。前者是文學作品，後者是科學理論。這樣劃分，同樣也是客觀事物的反映，但是這仍然是片面的看法。如果辯證地看問題，那就知道形象體系中寓有邏輯性，邏輯體系中也包含著形象性，兩者不僅互相聯繫、互相滲透，而且還互相結合、互相轉化。原因在於形象性和邏輯性具有對立統一關係。正由於這個緣故，由於簡明扼要的邏輯系統很容易為人們所理解，而生動具體的形象體系更容易使人感動，所以許多文學作品往往是形象性和邏輯性結合的複合文。」見《文章結構學》（北京市：中國人民大學出版社，1989 年 8 月一版三刷），頁 345。

21 彭漪漣：「形象思維需要遵守聯想律，也就是形象結合的方式。具體一點說，人們在文藝創作中，必須從對象中選取最足以揭示其本質的形象，用聯想律（如時空上的接近聯想、現象上的相似聯想、事件間的因果聯想和對立面的對比聯想等）來把握形象的內在聯繫，形成具體的詩的意境，或構想出典型環境中的典型性格。」見《古典詩詞邏輯趣談》（上海市：上海人民出版社，2001 年 9 月一版一刷），頁 13。

則，前後加以安排、布置，以成條理的，皆屬「邏輯思維」；這涉及了
「運材」、「布局」與「構詞」等問題，而主要以此為研究對象的，就字
句言，即文（語）法學；就篇章言，就是章法學。至於合「形象思維」
與「邏輯思維」而為一，探討其整個體性[22]的，則為文體學、風格學。

　　由於章法是屬於邏輯思維之範疇，所呈現者乃篇章之條理或結構，
而此條理或結構，又對應於宇宙規律，是人生來即具存於心的[23]，換句
話說，章法乃「客觀的存在」，是與「文章同時出現的」[24]。所以人類
自有辭章開始，即毫無例外地被應用來安排篇章。雖然作者對此，大都
是日用而不知、習焉而不察的，但無損於它的存在與重要性。經過多年
的努力，在前人的有限基礎上，用「發現現象以求得通則、規律」的方
式，爬羅剔抉，到目前為止，一共確定了約四十種的章法類型，從而找
出各自之心理基礎與美感效果，並尋得四大規律加以統合，形成完整之

---

22 陳望道：「語文的體式很多，……表現上的分類，就是《文心雕龍》所謂的『體性』
的分類，如分為簡約、繁豐、剛健、柔婉、平淡、絢爛、謹嚴、疏放之類。」見《修
辭學發凡》（香港：大光出版社，1961 年 2 月版），頁 250。

23 吳應天：「文章結構規律作為文章本質的關係，恰好跟人類的思維形式相對應，而思
維形式又是客觀事物本質關係的反映。」見《文章結構學》，頁 359。

24 王希杰：「『章法』一詞是多義的。『章法』是文章之法，但是，有兩種『章法』。一
種是客觀存在的『章法』，它顯然是與文章同時出現的。有文章就有章法，不同的文
章有不同的章法，但是沒有完全沒有章法的文章，不過是章法的好和壞罷了。另一
種『章法』，是研究者的認識或主張，是知識和理論，是文章的研究者的辛勤勞動的
成果，它當然是文章出現後的事情。後一種『章法』，即對章法的研究，也是早就有
了的，中國古人對章法的論述很多，但是『章法學』的誕生是比較晚的事情。章法
學作為一門學問，不是有關部門章法的個別知識，而是章法知識的總和，是一種概
念的系統。章法學是一門實用性很強的學問，也有極高的學術價值。它同文章學、
修辭學、語用學、文藝學、美學、邏輯學等都具有密切關係。章法學已經初步形成
了一門科學。陳滿銘教授初步建立了科學的章法學體系。……如果說唐鉞、王易、
陳望道等人轉變了中國修辭學，建立了學科的中國現代修辭學，我們也可以說，陳
滿銘及其弟子轉變了中國章法學的研究大方向·建立了科學的章法學，把漢語章
法學的研究轉向科學的道路。」見《章法學門外閒談》，《國文天地》18 卷 5 期（2002
年 10 月），頁 92-95。

體系，建立了一個新的學門[25]。

　　人對章法的注意，相當地早。劉勰《文心雕龍·章句》篇即有篇法、章法、句法、字法之說，而後來呂東萊的《古文關鍵》、謝枋得的《文章軌範》、託名歸有光的《文章指南》和劉熙載的《藝概》……等，也都或多或少地涉及章法，只可惜，都「但見其樹而不見其林」。於是在偶然的機緣下，從三十多年前開始，兼顧理論與應用，經由廣搜旁推的功夫，終於找出約四十種章法，而完成「集樹成林」的工作。這些章法是：今昔、久暫、遠近、內外、左右、高低、大小、視角轉換、知覺轉換、時空交錯、狀態變化、本末、淺深（輕重）、因果、眾寡、並列、情景、論敘、泛具、虛實（時間、空間、假設與事實、虛構與真實）、凡目、詳略、賓主、正反、立破、抑揚、問答、平側（平提側注、平提側收[26]）、縱收、張弛、插補[27]、偏全、點染、天（自然）人（人事）、圖底、敲擊[28] 等。它們用在「篇」或「章」（節、段），都可

---

25 鄭韶風：「陳滿銘教授及其研究生仇小屏、夏薇薇、陳佳君、黃淑貞等為主幹，推出了漢語辭章章法學的論著；開了『章法』論的專門辭章學先河。此類論著，從其研究的深度與廣度、科學性與實用性來講，雖非『絕後』，實屬『空前』。」（《國文天地》17 卷 2 期，2001 年 7 月），頁 96。又鄭頤壽：「臺灣建立了『辭章章法學』的新學科，成果豐碩，代表作是臺灣師大博士生導師陳滿銘教授的《章法學新裁》（以下簡稱「新裁」）及其高足仇小屏、陳佳君等的一系列著作。……臺灣的辭章章法學體系完整、科學，已經具備成『學』的資格。它研究成果豐碩，已經『集樹而成林了』；培養鍛鍊了研究的『生力軍』，學術梯隊後勁很大；研究計畫宏偉，且具可操作性。」見〈中華文化沃土，辭章學圃奇葩──讀陳滿銘《章法學新裁》及其相關著作〉，《海峽兩岸中華傳統文化與現代化研討會文集》（蘇州市：「海峽兩岸中華傳統文化與現代化研討會」，2002 年 5 月），頁 131-139。

26 所謂「平提側收」，是將所要論說或敘述之幾個重點，以同等之地位加以提明，而特別側於其中之一點或兩點來收結，卻有回繳整體功用的一種章法。見陳滿銘：〈談平提側收的篇章結構〉，《第二屆中國修辭學術研討會論文集》（高雄市：高雄師範大學國文系，2000 年 6 月），頁 193-213。

27 以上章法，見陳滿銘：〈談辭章法的主要內容〉，《章法學新裁》（臺北市：萬卷樓圖書公司，2001 年 1 月初版），頁 319-360。又見仇小屏：《篇章結構類型論》上、下（臺北市：萬卷樓圖書公司，2000 年 2 月初版），頁 1-620。

28 以上五種章法，見陳滿銘：〈論幾種特殊的章法〉，臺灣師大《國文學報》31 期（2002

以擔負組織材料情意之作用。

　　所有的章法及其所形成之結構，都可由四大律加以統合，即「秩序」、「變化」、「聯貫」（局部）和「統一」（整體）。其中「秩序」、「變化」與「聯貫」三者，主要著重於個別材料（景與事）之布置，以梳理各種章法結構，重在分析思維；而「統一」則主要著眼於情、理或統合材料，凝成主旨或綱領，以貫穿全篇[29]，重在綜合思維。從根源上說，這四大原則（條理），乃經由人心之邏輯思考而得以呈顯，可說貫通了人我、物我，是完全合於天理人情的。

　　首先是秩序律：所謂「秩序」，是將材料依序加以整齊安排的意思。任何章法都可依循此律，形成其先後順序。茲舉較常見的十幾種章法來看，它們可就其先後順序，形成如下結構：（一）今昔法：「先今後昔」、「先昔後今」；（二）遠近法：「先近後遠」、「先遠後近」；（三）大小法：「先大後小」、「先小後大」；（四）本末法：「先本後末」、「先末後本」；（五）虛實法：「先虛後實」、「先實後虛」；（六）賓主法：「先賓後主」、「先主後賓」；（七）正反法：「先正後反」、「先反後正」；（八）抑揚法：「先抑後揚」、「先揚後抑」；（九）立破法：「先立後破」、「先破後立」；（十）平側法：「先平後側」、「先側後平」；（十一）凡目法：「先凡後目」、「先目後凡」；（十二）因果法：「先因後果」、「先果後因」；（十三）情景法：「先情後景」「先景後情」；（十四）論敘法：「先論後敘」、「先敘後論」；（十五）底圖法：「先底後圖」、「先圖後底」。這些

　　年 6 月），頁 193-222。已收入《章法學論粹》（臺北市：萬卷樓圖書公司，2002 年 7
　　月初版），頁 68-112。
29 陳滿銘：〈論辭章章法的四大律〉，《國文天地》17 卷 4 期（2001 年 9 月），頁 101-
　　107。又參見仇小屏：《文章章法論》（臺北市：萬卷樓圖書公司，1998 年 11 月初
　　版），頁 510。又，《篇章結構類型論》上、下，頁 1-620。

「順」或「逆」[30]所形成的結構，隨處可見[31]。

其次是變化律：所謂「變化」，是把材料的次序加以參差安排的意思。每一章法依循此律，也都可造成順逆交錯的效果。同樣以上舉十幾種常見章法來看，可形成如下結構：（一）今昔法：「今、昔、今」、「昔、今、昔」；（二）遠近法：「遠、近、遠」、「近、遠、近」；（三）大小法：「大、小、大」、「小、大、小」；（四）本末法：「本、末、本」、「末、本、末」；（五）虛實法：「虛、實、虛」、「實、虛、實」；（六）賓主法：「賓、主、賓」、「主、賓、主」；（七）正反法：「正、反、正」、「反、正、反」；（八）抑揚法：「抑、揚、抑」、「揚、抑、揚」；（九）立破法：「立、破、立」、「破、立、破」；（十）平側法：「平、側、平」、「側、平、側」；（十一）凡目法：「凡、目、凡」、「目、凡、目」；（十二）因果法：「因、果、因」、「果、因、果」；（十三）情景法：「情、景、情」、「景、情、景」；（十四）論敘法：「論、敘、論」、「敘、論、敘」；（十五）底圖法：「底、圖、底」、「圖、底、圖」。這些「順」和「逆」交錯的結構，也到處可以見到[32]。

又其次是聯貫律：所謂「聯貫」，是就材料先後的銜接或呼應來說的，也稱為「銜接」。無論是哪一種章法，都可以由局部的「調和」與「對比」，形成銜接或呼應，而達到聯貫的效果。在約四十種章法中，大致說來，除了貴與賤、親與疏、正與反、抑與揚、立與破、眾與寡、

---

30 所謂的順逆，是指本末、淺深（就事理言）、今昔（就時間言）、遠近、大小（就空間言）……等的配排而言。作者創作的時候，如是採由本及末、由淺及深、由昔及今、由遠及近、由大及小……等的次序來安排的，叫做「順」；則採由末而本、由深而淺、由今而昔、由近而遠、由小而大……等的次序來安排的，則稱「逆」。參見陳滿銘：〈談運用辭章材料的幾種基本手段〉，《國文教學論叢》（臺北市：萬卷樓圖書公司，1991 年 1 月初版），頁 386-396。

31 〈論辭章章法的四大律〉，頁 101-107。

32 同前註。

詳與略、張與弛……等，比較容易形成「對比」外，其他的，如今與昔，遠與近、大與小、高與低、淺與深、賓與主、虛與實、平與側、凡與目、縱與收、因與果……等，都極易形成「調和」的關係。通常「前者會因此而產生對比美，後者則會產生調和美；不過第三種情形是：有一些章法所組織起來的內容材料，並非絕對會形成對比或調和的關係，而是必須視個別篇章的情況來判定，因此它可能產生對比美，也可能產生調和美。」[33]

最後是統一律：所謂的「統一」，是就材料情意的通貫來說的。這裡所說的「統一」，乃側重於內容（包含內在的情理與外在的材料）之整體而言，與前三律之側重於個別或部分內容材料者，有所不同。也就是說，這個「統一」，和聯貫律中由「調和」所形成的「統一」，所指非一。因此要達成內容的「統一」，則非訴諸主旨（情意）與綱領（大都為材料的統合）[34] 不可。而綱領既有單軌、雙軌或多軌的差別，就是主旨（含綱領）也有置於篇首、篇腹、篇末與篇外的不同[35]，這就必須主要由「邏輯思維」，而輔以「形象思維」來加以完成。一篇辭章，無論是何種類型，都可以由此「一以貫之」，以呈現其特殊條理[36]。

對應於《周易》（含《易傳》）與《老子》有關的論述，章法「秩序」、「變化」二律中的順或逆（秩序）與變化的結構，如「先正後反」、「先凡後目」、「先立後破」、「先點後染」……等順向結構，以及「先反後

---

33 仇小屏：〈論章法的對比與調和之美〉，《第四屆中國修辭學國際學術研討會論文集》（臺北縣：輔仁大學中文系，2002 年 5 月），頁 118。

34 一篇辭章中，作者真正要表達的思想為主旨，它可以也是綱領，也可不是；而所用的內容材料，與主旨、綱領間的關係固然密切，卻不等於是主旨或綱領。見陳滿銘：〈談辭章主旨、綱領與內容的關係〉，《章法學新裁》，頁 194-204。

35 〈談辭章章法的主要內容〉，《章法學新裁》，頁 351-359。

36 陳滿銘：〈論章法與邏輯思維〉，《第四屆中國修辭學國際學術研討會論文集》，頁 19。

正」、「先目後凡」、「先破後立」、「先染後點」……等逆向結構，加上
「正、反、正」、「反、正、反」、「凡、目、凡」、「目、凡、目」、「立、
破、立」、「破、立、破」、「點、染、點」、「染、點、染」……等變化
結構，都可以呈現這種「多樣對待」（「多」）的條理；而章法中「移位」
（章法單元如「正→反」、「目→凡」，結構單元如「先立後破→先染
後點」、「先點後染→先破後立」）所形成之秩序與「轉位」（章法單
元如「破→立→破」、「染→點→染」，結構單元如「正→反」與
「反→正」、「目→凡」與「凡→目」）所形成之變化[37]，也與此「多
樣對待」（「多」）的條理不謀而合。當然，這裡所說的「秩序」，也含
有「變化」的成分，而「變化」，同樣含有「秩序」的成分，只是為了
說明方便，就有所偏重地予以區隔而已。總結起來說，這個部分所呈現
的是「多而二」（多樣的二元對待）的結構。

　　而以章法之「聯貫」、「統一」二律而言，則所呈現的是「二而一
（０）」（剛柔的統一）的結構：首先是非對比式章法或結構單元「同類
相從」（如「平列結構」、「凡目結構」之「目」所形成之平列組織以及
「正變正」、「反變反」之材料聯繫）所造成的「聯貫」，其次是以「調和」
（柔）與「對比」（剛）統合各章法或結構單元，由局部（章）趨於全
體（篇）的「聯貫」，又其次是章法或結構單元之「移位」、「轉位」所
造成局部「節奏」趨於整篇「韻律」的「聯貫」；這裡說的都是「二」。
然後是以主旨（情、理）或綱領貫穿各個部分（含剛柔、移位、轉位、
節奏、韻律等）而凝為一體的「統一」（調和性或對比性）；這裡說的
是「一（０）」。

　　這樣看來，上述章法的四大規律，恰恰切合於「多、二、一（０）」

---

37 仇小屏：〈論章法的移位、轉位及其美感〉，《辭章學論文集》上冊（福州市：海潮攝
　影藝術出版社，2002 年 12 月一版一刷），頁 98-122。

的順序。其中「秩序與變化」，相當於「多」（多樣），即「多樣的二元對待」；「聯貫」，以其根本而言，相當於「二」（陽剛、陰柔）；而「統一」則相當於「一（0）」。如此由「多樣」（多樣的二元對待）而「二」（剛柔互濟）而「統一」，凸顯了章法的四大規律所形成的，不是平列的關係，則是「多、二、一（0）」的邏輯結構。

如果這種「多、二、一（0）」落到章法結構來說，則所有主結構以外的其他結構，都屬於「多」；而主結構所形成之「二元對待」，自成陰與陽而「相反相成」，以徹下徹上，形成結構之「調和性」（陰）與「對比性」（陽）的，是屬於「二」；至於辭章之「主旨」或由「統一」所形成之風格、韻味、氣象、境界等，則屬於「一（0）」。值得一提的是，以（0）來指風格、韻味、氣象、境界等辭章之抽象力量，是相當合理的。

如此作者本身一面寫（順）、一面讀（逆），或由作者寫（順）、讀者讀（逆），都形成了「多二一（0）」的螺旋結構。

第三節　章法螺旋的詩文實例

本來由章法呈現「多二一（0）」螺旋結構，是不會因為文體之不同而有所改變的。但為了凸顯這一特點，特地就古文與詩詞兩種，分別舉一些例子來加以探討，以見其不變性。

一　古文之例

首先看賈誼的〈過秦論〉：

秦孝公據殽函之固，擁雍州之地，君臣固守，以窺周室；有席卷天下，包舉宇內，囊括四海之意，并吞八荒之心。當是時也，商君佐之，內立法度，務耕織，修守戰之具，外連衡而鬥諸侯。於

是秦人拱手而取西河之外。

孝公既沒，惠文、武、昭襄，蒙故業，因遺策，南取漢中，西舉巴蜀，東割膏腴之地，北收要害之郡。諸侯恐懼，會盟而謀弱秦，不愛珍器重寶肥饒之地，以致天下之士，合從締交，相與為一。當此之時，齊有孟嘗，趙有平原，楚有春申，魏有信陵；此四君者，皆明智而忠信，寬厚而愛人，尊賢重士，約從離橫，兼韓、魏、燕、趙、齊、楚、宋、衛、中山之眾。於是六國之士，有寧越、徐尚、蘇秦、杜赫之屬為之謀；齊明、周最、陳軫、召滑、樓緩、翟景、蘇厲、樂毅之徒通其意；吳起、孫臏、帶佗、兒良、王廖、田忌、廉頗、趙奢之倫制其兵。嘗以十倍之地，百萬之眾，叩關而攻秦。秦人開關延敵，九國之師，逡巡遁逃而不敢進。秦無亡矢遺鏃之費，而天下諸侯已困矣。於是從散約解，爭割地而賂秦。秦有餘力而制其敝，追亡逐北，伏尸百萬，流血漂櫓；因利乘便，宰割天下，分裂河山，強國請服，弱國入朝。施及孝文王、莊襄王，享國日淺，國家無事。

及至始皇，奮六世之餘烈，振長策而御宇內，吞二周而亡諸侯，履至尊而制六合，執捶拊以鞭笞天下，威振四海。南取百越之地，以為桂林、象郡；百越之君，俛首係頸，委命下吏；乃使蒙恬北築長城而守藩籬，卻匈奴七百餘里；胡人不敢南下而牧馬，士不敢彎弓而報怨。於是廢先王之道，燔百家之言，以愚黔首；墮名城，殺豪俊，收天下之兵，聚之咸陽，銷鋒鍉，鑄以為金人十二，以弱天下之民。然後踐華為城，因河為池，據億丈之城、臨不測之谿以為固。良將勁弩，守要害之處；信臣精卒，陳利兵而誰何？天下已定，始皇之心，自以為關中之固，金城千里，子孫帝王萬世之業也。

始皇既沒，餘威震於殊俗。然而陳涉，甕牖繩樞之子，甿隸之人，

而遷徙之徒也，才能不及中人，非有仲尼、墨翟之賢，陶朱、猗頓之富，躡足行伍之間，偶起阡陌之中，率罷散之卒，將數百之眾，轉而攻秦；斬木為兵，揭竿為旗，天下雲集而響應，贏糧而景從。山東豪俊，遂並起而亡秦族矣。

且夫天下非小弱也，雍州之地，殽函之固，自若也；陳涉之位，非尊於齊、楚、燕、趙、韓、魏、宋、衛、中山之君也；鋤耰棘矜，非銛於鉤戟長鎩也；謫戍之眾，非抗於九國之師也；深謀遠慮，行軍用兵之道，非及曩時之士也；然而成敗異變，功業相反也。試使山東之國，與陳涉度長絜大，比權量力，則不可同年而語矣；然秦以區區之地，致萬乘之權，招八州而朝同列，百有餘年矣；然後以六合為家，殽函為宮，一夫作難而七廟隳，身死人手，為天下笑者，何也？仁義不施，而攻守之勢異也。

這篇文章，由「敘」與「論」兩部分組成：

「敘」的部分，包括一、二、三、四等段，用「先反後正」之結構，敘秦強之難（反）與秦亡之速（正）：

首先由反面敘「秦強之難」，包括一、二、三等段。其中第一段，用以寫「秦強之初」，在這裡，作者以「先因後果」之結構來敘述：先以「秦孝公據殽函之固」起至「并吞八荒之心」，敘秦併吞天下的巨大野心；再以「當是時也」起至「外連橫而鬥諸侯」，敘秦併吞天下的積極措施，這是「因」；然後以「於是秦人拱手而取西河之外」一句，敘秦併吞天下的具體成果，這是「果」。全段是用簡筆來寫秦國之強大的[38]。

---

38 在這裡所看重的，只在於簡略的事實，而非其內容與過程，因此只用了幾句話來交代而已。而在敘併吞天下的野心時，則一連用了「席卷天下」等句意相同的四句話，這顯然是因為要特別強調秦國君臣有併吞天下的強烈意願，這樣當然要比一句帶過

　　它的第二段，用以敘「秦強之漸」，作者在此，用「擊、敲、擊」的結構來安排。它先以「孝公既沒」起至「北收要害之郡」止，承首段簡敘在惠、文、武、昭襄時「秦謀六國」的措施與成果，這是頭一個「擊」；再以「諸侯恐懼」起至「叩關而攻秦」，繁敘六國抗秦的策略、人力與行動，其中又特別著重於人力上，分賢相、兵眾、謀士、使臣、將帥等方面，加以詳細的介紹，這是「敲」的部分[39]；然後以「秦人開關延敵」起至「國家無事」，綜合上兩節，敘明秦謀六國與六國抗秦的結果，並簡略地交代孝文王、莊襄王時事；這屬後一個「擊」[40]。對應於起段，此段是用繁筆從側面來寫秦國之強大的[41]。

　　它的第三段，用以寫「秦強之最」，在這段文字裡，作者先以「及

好得很多。所謂「可以多說，也可以少說」的道理，可以從這裡約略體會出來。見陳滿銘：〈談辭章剪裁的手段〉，《國文教學論叢續編》（臺北市：萬卷樓圖書公司，1998年3月初版），頁439。

39 「敲」這個部分，一般文論家都視為「反襯」，如王文濡在「相與為一」句下評注：「正欲寫秦之強，忽寫諸侯，作反襯。」又在「尊賢而重士」句下評注：「極贊四君，以反襯秦之強。」又在「趙奢之倫制其兵」句下評注：「極寫諸侯得人之盛，以反襯秦之強。」見《古文析義合編》上冊（臺北市：廣文書局，1965年10月再版），卷6，頁6-7。再如王根林在論此文特色時，特標「反襯」一項：「上篇寫秦始皇以前幾代君主雄踞關中、俯視山東各國的形勢，是從描寫山東諸國的威勢著筆的：『當是時……中山之眾』，還有一大批優秀的政治家、外交家、軍事家為本國出謀獻策、馳騁疆場，『常〔嘗〕以十倍之地、百萬之眾叩關而攻秦』。儘管他們地廣兵眾，人才薈萃，然而『秦人開關而延敵，九國之士〔師〕逡巡遁逃而不敢進』。這樣寫，比直接描繪秦國如何強大，顯然能收到更好的效果。同樣，寫秦王朝在風雨飄搖中一朝傾覆，也是用它的對立面陳涉之弱小加以反襯的。」見《古代文學作品鑑賞》（上海市：上海古籍出版社，1988年3月一版一刷），頁48-49。

40 陳滿銘：〈論幾種特殊的章法〉，臺灣師大《國文學報》31期（2002年6月），頁216。

41 總括起來看，這一段文字是用繁筆寫成的。作者在此，儘量避開正面，從側面下手，用了許多材料來介紹六國之強大，這無非是為了替末段「比權量力」的部分，預先提供足夠的材料，作為立論的憑據，而作者卻沒有讓「喧賓」奪「主」，特地用「秦人開關延敵，九國之師，逡巡遁逃而不敢進」等句，輕輕一轉，成功地將六國之強轉為秦國之強，這種剪裁與安排的手段，是十分高明的。見〈談辭章剪裁的手段〉，《國文教學論叢續編》，頁441。

至始皇」起至「委命下吏」，寫秦亡諸侯；再以「乃使蒙恬北築長城而守藩籬」起至「以弱天下之民」，寫秦弱天下；然後以「然後踐華為城」起至「子孫帝王萬世之業也」，寫秦守要害；這完全依時間之先後來寫，可說也是用繁筆從正面寫秦國之強大[42]。

　　然後用正面寫秦亡之速，僅一段，即第四段。作者在此，用「先因後果」的條理來呈現：它先以「始皇既沒」起至「贏糧而景從」，寫陳涉首義，這是「因」；後以「山東豪俊，遂並起而亡秦族矣」二句，寫豪傑亡秦，這是「果」。對應於「反」的部分，是用至簡之筆來寫秦國之敗亡，以凸顯其敗亡之速的[43]。

　　「論」這個部分，僅一段，即末段。在這裡，作者先以「且夫天下非小弱也」起至「為天下笑者何也」止，用以上各段所提供的材料（其中於一、二、三、四等段直接提供秦的材料外，又分別於二、四等段從旁提供六國與陳涉的材料），將秦、六國與陳涉「比權量力」一番，認為六國該勝秦、秦該勝陳涉，而結果卻正相反，即秦勝六國、陳涉勝秦；於是由此作一提問，逼出一篇的主旨「仁義不施而攻守之勢異也」十一字，以收束全篇。從內容來看是如此，若著眼於章法結構，則形成了「實、虛、實」之結構。其中由「且夫天下」起至「功業相反也」止，實寫秦與陳涉比較卻「成敗異變」之事實，為頭一個「實」；由「試使山東之國」起至「則不可同年而語矣」止，透過假設，虛寫六國與陳涉「比權量力」之「成敗」結果，為「虛」的部分；由「然秦以區區之地」

---

[42] 這一段可以說完全捨去了秦亡六國的實際過程，卻不厭其煩地針對著篇末「仁義不施」四字來取材，換句話說，如果作者在這一段不安排這些材料，是得不出「仁義不施」的結論來的。同前註，頁442。

[43] 這一段用至簡之筆寫成，它先寫「陳涉首義」，再寫「豪傑並起而亡秦」。就在寫「陳涉首義」的部分裡，特殊強調陳涉不值一顧的地位、才能與武器，這顯然也是預為末段的「比權量力」提供材料。不然，這一段可以寫得更短，與前四段之「強」作成更強烈之對比，以強化「強」之難、「亡」之易的意思。同前註，頁442。

起至末，用「果（問）後因（答）」的結構，實寫秦亡於陳涉的結果與原因，為後一個「實」。如此切入，可以充分幫助讀者去理解文章之理路意脈。

　　總結起來看，此文旨在論秦之過在於「仁義不施而攻守之勢異」，為了要論說這個主旨，作者特先以第一、二段及三段前半寫「攻」，第三段後半及四段寫「守」，以見「攻守之勢異」，而又於第三段中述明「仁義不施」的事實，於第四段交代「仁義不施」的結果；再以第五段利用前四段所陳列材料，將六國、秦與陳涉的權力加以比較，以見出「成敗異變、功業相反」的情形，進而逼出一篇的主旨來。

　　此文由其主旨「仁義不施，攻守之勢異也」看來，該含有兩軌：一為「仁義不施」，二為「攻守之勢異」，而它自古以來，就一直被認為是用歸納法（先凡後目）所寫成之代表作[44]。這樣，應可以用雙軌來貫穿才對，不過，事實卻非如此。其問題就出在第三、四段，因為它對應於第一、二段之寫「攻」，可以說是用以寫「守」的，卻與「不施仁義」之內容相重疊。也正好有這種重疊，就產生了提示作用，即「秦之過，主要在於『守不以仁義』」，這是「顯」的意思；如果換成「隱」的一層，從積極面來說，就是「守必以仁義」了。所謂「借古以喻今」，這種諷勸朝廷的意思，不言而喻。這就可看出章法結構之分析，對主旨之凸顯、確認而言，確是一把利器。

---

44 以歸納法（先凡後目）分析此文，可形成不同的結構類型。參見陳滿銘：〈如何進行課文結構分析——以高中國文教材為例〉，《台灣省高級中學國文科教學研究專輯第五輯》（臺中市：臺灣省教育廳，1999年6月），頁56-57。

附結構分析表如下：

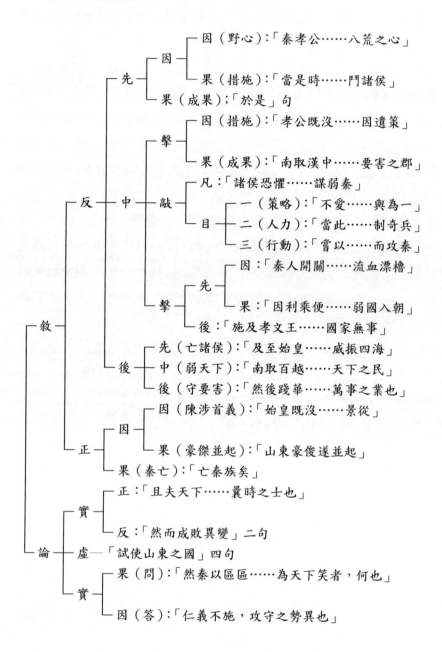

```
　　　　　　　　　　　　　　┌因（野心）：「秦孝公……八荒之心」
　　　　　　　　　　┌先┬因┤
　　　　　　　　　　│　│　└果（措施）：「當是時……鬥諸侯」
　　　　　　　　　　│　└果（成果）；「於是」句
　　　　　　　　　　│　　　　┌因（措施）：「孝公既沒……因遺策」
　　　　　　　　　　│　┌擊┤
　　　　　　　　　　│　│　└果（成果）：「南取漢中……要害之郡」
　　　　　　　　　　│　│　┌凡：「諸侯恐懼……謀弱秦」
　　　　　　　　　　│　│　│　　┌一（策略）：「不愛……與為一」
　　　┌反┬中┤敲┤目┤二（人力）：「當此……制奇兵」
　　　│　│　│　│　　　　　└三（行動）：「嘗以……而攻秦」
　　　│　│　│　│　　　┌因：「秦人開關……流血漂櫓」
　　　│　│　└擊┤先┤
　　　│　│　　　│　　　└果：「因利乘便……弱國入朝」
　　　│　│　　　└後：「施及孝文王……國家無事」
　　　│　│　┌先（亡諸侯）：「及至始皇……威振四海」
　┌敘┤　└後┤中（弱天下）：「南取百越……天下之民」
　│　│　　　└後（守要害）：「然後踐華……萬事之業也」
　│　│　　　┌因（陳涉首義）：「始皇既沒……景從」
　│　└正┬因┤
　│　　　│　└果（豪傑並起）：「山東豪俊遂並起」
　│　　　└果（秦亡）：「亡秦族矣」
　│　　┌正：「且夫天下……曩時之士也」
　│　┌實┤
　│　│　└反：「然而成敗異變」二句
　└論┬虛─「試使山東之國」四句
　　　│　┌果（問）：「然秦以區區……為天下笑者，何也」
　　　└實┤
　　　　　└因（答）：「仁義不施，攻守之勢異也」
```

　　由以上之分析，可知就章法而言，此文總共用了「敘論」、「正反」、「虛實」、「敲擊」、「凡目」、「因果」、「先後（今昔）」與「並列」等章法，以形成其層層結構。

　　如此，對應於「多二一（0）」來看，則處於第二層或第二層以下的「正反」（二疊）、「虛實」（一疊）、「敲擊」（一疊）、「凡目」（一疊）、「因果」（七疊）、「先後（今昔）」（三疊）與「並列」（一疊）等為「多」；居於上一層的「敘論」自成陰陽，以徹下徹上的，為「二」；而「一（0）」，則指「守不以仁義」（顯—消極）、「守必以仁義」（隱—積極）的主旨與雄健之風格。其中「敘」，對應於「論」之「陽剛」來說，雖偏於「陰柔」，卻和「論」的部分一樣，以對比性極為強烈之「正反」形成其主要結構，則此文風格之所以毗於陽剛，而「筆力萬鈞」[45]、「波瀾縱橫」[46]，是其來有自的。

　　再看王安石的〈讀孟嘗君傳〉：

> 世皆稱孟嘗君能得士，士以故歸之，而卒賴其力，以脫於虎豹之秦。
> 嗟呼！孟嘗君特雞鳴狗盜之雄耳，豈足以言得士！不然，擅齊之強，得一士焉，宜可以南面而制秦，尚何取雞鳴狗盜之力哉！
> 雞鳴狗盜之出其門，此士之所以不至也。

　　這篇翻案文章，一開頭就直接以「世皆稱」四句，先立一個案，採「先因後果」的條理，藉世人之口，對孟嘗君之「能得士」，作一讚美，

45　吳楚材、王文濡：《精校評注古文觀止》卷六（臺北市：臺灣中華書局，1972 年 11 月臺六版），頁 10。

46　李扶九：《古文筆法百篇》（西安市：三秦出版社，1998 年 9 月一版一刷），頁 67-74。

並從中拈出「卒賴其力，以脫於虎豹之秦」，隱含「雞鳴狗盜」之意，以作為「質的」，以引出下文之「弓矢」。再以「嗟呼」句起至末，在此用「實、虛、實」的條理，針對「立」的部分，以「雞鳴狗盜」扣緊「卒賴其力，以脫於虎豹之秦」，予以攻破。所謂「質的張而弓矢至」，真是一箭而貫紅心，雖文不滿百字，卻有極強的說服力。

　　附結構分析表如下：

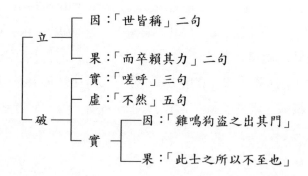

可見此文在「篇」的部分，以「先立後破」的主結構，形成對比。但一樣的在對比中卻含有調和的成分，因為就「章」而言，在「立」的部分，既以「先因後果」的條理形成了調和；在「破」的部分，又先以「實、虛、實」的條理形成對比與調和，再以「先因後果」的條理形成調和。

　　如此，對應於「多二一（0）」而言，此文以兩層的「先因後果」與「實、虛、實」的結構，形成了「多」；以「先立後破」的主結構，自為陰陽對比，形成了「二」，以徹下徹上；而以孟嘗君「未足以言得士」之主旨與所形成的毗剛風格，所謂「筆力簡而健」[47]，則形成了「一（0）」。這篇短文之所以有極強之氣勢與說服力，與這種「邏輯思維」

---

47 郭預衡：「全文不過百字，《藝概》引謝疊山所謂『筆力簡而健』者，本文似可當之。」見《中國散文史》中（上海市：上海古籍出版社，2000 年 3 月一版一刷），頁 485。

有著密切之關係[48]。

　　其次看方苞的〈左忠毅公軼事〉：

　　　先君子嘗言，鄉先輩左忠毅公視學京畿。一日，風雪嚴寒，從數
　　騎出，微行，入古寺。廡下一生伏案臥，文方成草。公閱畢，即
　　解貂覆生，為掩戶，叩之寺僧，則史公可法也。及試，吏呼名，
　　至史公，公瞿然注視。呈卷，即面署第一；召入，使拜夫人，曰：
　　「吾諸兒碌碌，他日繼吾志事，惟此生耳。」
　　　及左公下廠獄，史朝夕窺獄門外。逆閹防伺甚嚴，雖家僕不得近。
　　久之，聞左公被炮烙，旦夕且死，持五十金，涕泣謀於禁卒，卒
　　感焉。一日，使史公更敝衣草屨，背筐，手長鑱，為除不潔者，
　　引入，微指左公處，則席地倚牆而坐，面額焦爛不可辨，左膝以
　　下，筋骨盡脫矣。史前跪，抱公膝而嗚咽。公辨其聲，而目不可
　　開，乃奮臂以指撥眥，目光如炬。怒曰：「庸奴！此何地也，而
　　汝來前！國家之事，糜爛至此。老夫已矣，汝復輕身而昧大義，
　　天下事誰可支拄者！不速去，無俟姦人構陷，吾今即撲殺汝。」
　　因摸地上刑械，作投擊勢。史噤不敢發聲，趨而出。後常流涕述
　　其事以語人曰：「吾師肺肝，皆鐵石所鑄造也！」
　　　崇禎末，流賊張獻忠出沒蘄、黃、潛、桐間，史公以鳳廬道奉檄

---

48 全岳春：「雖然，前文『世皆稱』，已使人意識到作者將對『孟嘗君能得士』的習慣
　說法有所非議，卻沒料到作者的斷語如此突兀而來。緊接著一句『豈足以言得士』，
　既與上一句一氣呵成，又延伸了上句的氣勢。既然孟嘗君是雞鳴狗盜之雄，他的門
　客就是雞鳴狗盜之徒，得士之說，也就順理成章地駁倒了。然而，這還只是邏輯意
　義上的駁倒。靠邏輯取勝，並不是件困難的事。孰是孰非，還需要具體的分析。」見
　《古文鑑賞大辭典》（杭州市：浙江教育出版社，1996 年 3 月二版四刷），頁 959-
　960。而周明以為此文有三方面的特色，其三即：「嚴密的邏輯方法。……本文首先
　在概念的內涵上與敵論劃清界線。……其次是運用矛盾律，並貫徹全篇，使論證縝
　密嚴謹，無懈可擊。」見《古文鑑賞辭典》（南京市：江蘇文藝出版社，1987 年 11
　月一版一刷），頁 963-964。

守禦，每有警，輒數月不就寢，使將士更休，而自坐幄幕外，擇健卒十人，令二人蹲踞，而背倚之，漏鼓移，則番代。每寒夜起立，振衣裳，甲上冰霜迸落，鏗然有聲。或勸以少休，公曰：「吾上恐負朝廷，下恐愧吾師也。」

史公治兵，往來桐城，必躬造左公第，候太公、太母起居，拜夫人於堂上。

余宗老塗山，左公甥也，與先君子善，謂獄中語乃親得之於史公云。

這篇文章藉左光斗的一件軼事，以寫其「忠毅」精神，是用「先順敘、後補敘」的結構來寫的：

「順敘」的部分，由起段至四段止，採「先點後染」之條理加以安排。其中「點」指起句，而「染」則指首段的「鄉先輩」句起至第四段止，乃用「先主後賓」的順序來寫，從內容來看，可分如下三部分：

頭一部分為首段，為本文的序幕，寫的是左光斗識拔史可法的經過。在這個部分裡，作者借其父親之口，敘明左公曾「視學京畿」，將左公所以能識拔史公的原因作個交代；接著以「一日」與「及試」作時間上之聯絡，依次記敘左公於微服出巡時在一古寺識得史公，以及主持考試時當史公面署為第一的情形；然後以「召入」二字作接榫，引出「使拜夫人」數句，藉史公入拜左公夫人的機會，用「吾諸兒碌碌」三句話，寫出左公對史公的深切期許，認為只有史公才足以繼承他忠君愛國的志業，將左公為國舉拔英才的忠忱與苦心，寫得極其生動。這就第二部分（主體）來說，是背景之陳述，為「底」，主要是用「主、賓、主」的結構來敘述的。

第二部分即次段。是本文的主體，對第一段而言，為「圖」，主要是用「賓、主、賓」的結構加以陳述，陳述的是左公被下廠獄後史公冒

死探監的經過。這段文字以「及」字承上啟下，首先用四句敘明左公被下牢獄與禁人接近的事實；接著用「久之」與「一日」作時間上的聯絡，依次寫左公受刑將死、史公冒死買通獄吏，以及史公探監、左公怒斥史公使離去的情形；然後著一「後」字，帶出史公「吾師肺肝」的兩句感慨的話，充分的寫出左公的公忠憂國（忠）與剛正不屈（毅）來。以上兩個部分，主要在寫左光斗，為「主」。

第三部分，包括三、四、五段，是本文的餘波。這個部分，先以第三段寫史公受左公感召，繼其志業，「忠毅」的奉檄守禦流寇的辛苦；再以第四段寫史公篤厚師門，時時不忘拜候左公父母及夫人的情事；這寫的主要是史可法，對前兩部分而言，為「賓」。

而末段則補敘本文所記的軼事，確係有根有據，以回應篇首的「先君子嘗言」，以收束全文。

縱觀此文，作者始終是針對著對「忠毅」二字來寫的。其中寫左公「忠毅」的部分是「主」，而寫史公「忠毅」的部分則為「賓」；也就是說，寫史公的「忠毅」，便等於在寫左公的「忠毅」，所謂「借賓以定主」，手段是相當高明的。

附結構分析表如下：

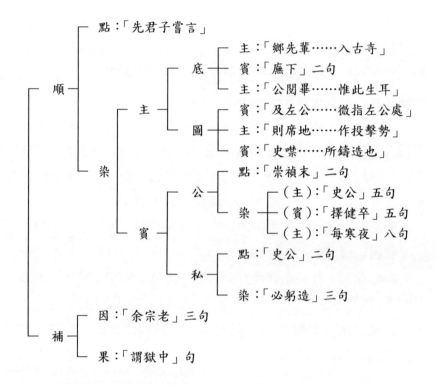

可見這篇文章的核心結構，為「先主後賓」。這所謂的「主」，指的是
左公（光斗）；所謂的「賓」，指的是史公（可法）。就在「主」的部分
裡，又形成「主、賓、主」與「賓、主、賓」的結構，其中的「主中
主」，是指左公（光斗）；而「主中賓」，則指史公（可法）。至於「賓」
的部分，雖與上個部分（主）一樣，也形成「主、賓、主」的結構，但
其中的「賓中主」，指的是史公（可法），而「賓中賓」，則指的是「健
卒」。這樣就形成了「四賓主」（「主中主」、「主中賓」、「賓中主」、「賓

中賓」）[49]。很明顯地，在此「四賓主」中，以「主中主」最為重要，乃一篇主旨之所在[50]。所以這篇文章的主旨，一定落在「主中主」的左公（光斗）身上。一直以來，有人以為此文之主旨在於寫「師生情誼」，這就不分賓主了；又有人以為它是在寫「尊師重道」，這就喧賓奪主了。如此，以調和性的結構（「順補」、「點染」、「底圖」、「因果」與「賓主」）為主，以「公私」的對比性結構為輔，再加上所寫「忠毅」之陽剛精神，貫穿全篇，使得作品「柔中寓剛」，有著很強的感染力。

如此，對應於「多二一（0）」來看，則除了主結構之外的，諸如「點染」（下層、二疊）、「底圖」（一疊）、「公私」（一疊）、「因果」（一疊）與「賓主」（三疊）等章法所形成之結構，都是「多」；而「先主後賓」（含上一層之「順補」、「點染」）的主結構，乃以賓與主自成陰陽對待，以徹下徹上，是為「二」；至於主旨與所形成「嚴謹而雅潔」、「勃勃有生氣」的風格特色[51]，則為「一（0）」。

然後看李文炤的〈儉訓〉：

儉，美德也，而流俗顧薄之。

49　「四賓主」之說，起於清代的閻若璩：「四賓主者：一、主中主，如一家人唯有一主翁也；二、主中賓，如主翁之妻妾、兒孫、奴婢，即主翁之身分以主內事者也；三、賓中主，如親戚朋友，任主翁之外事者也；四、賓中賓，如朋友之朋友，與主翁無涉者也。於四者中，除卻賓中賓，而主中主亦只一見；惟以賓中主鈎動主中賓而成文章，八大家無不然也。」見《潛丘札記》，《四庫全書》八五九冊（臺北市：臺灣商務印書館，1983 年 6 月），頁 413-414。

50　劉衍文、劉永翔針對閻若璩「主中主亦只一見」之說加以申釋：「所謂『主中主亦只一見』云云，就是指一篇文章的重心，即現在我們所說的整個主題思想的突出體現處只能有一個。整個主題思想要統率其他各個分主題和題材所反映出來的內容。」見增補本《文學鑑賞論》（臺北市：洪葉文化公司，1995 年 9 月初版一刷），頁 615。

51　祖保全：「方苞的〈左忠毅公軼事〉一文，看起來雖是一篇『記事』短文，卻顯示了『言有序、言有物』的嚴謹而雅潔的風格特色。」又集評：「寫二公志事，勃勃有生氣，此學史遷敍事之文。（近代李維清《古文選讀初編》上卷）」見《古文鑑賞大辭典》（杭州市：浙江教育出版社，1998 年 4 月四刷），頁 1368-1369。

貧者見富者而羨之，富者見尤富者而羨之。一飯十金，一衣百金，一室千金，奈何不至貧且匱也？每見閭閻之中，其父兄古樸質實，足以自給，而其子弟羞向者之為鄙陋，盡舉其規模而變之，於是累世之藏，盡費於一人之手。況乎用之奢者，取之不得不貪，算及錙銖，欲深谿壑；其究也，諂求詐騙，寡廉鮮恥，無所不至；則何若量入為出，享恆足之利乎？且吾所謂儉者，豈必一切捐之？養生送死之具，吉凶慶弔之需，人道之所不能廢，稱情以施焉，庶乎其不至於固耳。

　　此文旨在勉人養成節儉美德，以免因奢侈浪費而寡廉鮮恥，無所不至，是用「先凡後目」的結構寫成的。「凡」的部分為起段，採開門見山的方式，提明「儉」是美德（正），而流俗卻反而輕視它（反），作為全篇總冒，以統攝下文。而「目」的部分，則先從反面論「流俗顧薄之」，即次段；然後回到正面來論「儉美德也」，即末段。就在論「流俗顧薄之」的次段，作者首以「貧者見富者」五句，泛論因奢侈而致「貧且匱」的道理；次以「每見閭閻之中」七句，舉常例來說明因奢侈而致敗家的必然後果；末則依序以「況乎用之」四句，指出「奢者」之慾望無窮，以「其究也」四句，指出這樣的結果是「寡廉鮮恥，無所不至」，以「則何若」二句，由反面轉到正面，勸人節儉以享恆足之利。至於論「儉美德也」的末段，作者特以「且無所謂」二句作一激問，帶出「養生送死」四句的回答，指明「儉」不是要捐棄一切，而是要在「人道」上「稱情以施」，以免流於固陋。

附結構分析表如下：

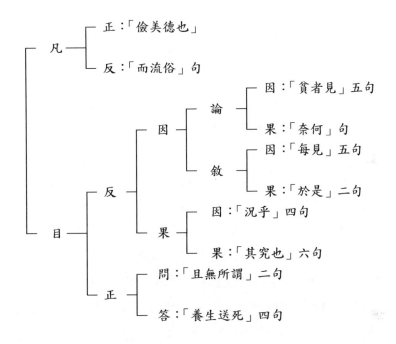

　　作者就這樣一面以「正」和「反」作成鮮明「對比」，以貫穿「凡」和「目」，一面又以「因」和「果」、「敘」和「論」、「問」和「答」，兩兩呼應，形成「調和」，使得此文在「對比」中帶有「調和」，將全文聯貫成一個整體，成功地闡發了「儉美德也」的道理。

　　如此，對應於「多二一（０）」來看，以「因果」（四疊）、「敘論」（一疊）、「問答」（一疊）和「正反」（二疊）所形成之結構，是屬於「多」；以「凡目」自成陰陽所形成的主結構，以徹下徹上，是屬於「二」；以結合形象思維與邏輯思維所凸顯的「儉美德也」的主旨與趨於嚴整雅健之風格，是屬於「一（０）」。

二　詩詞之例

「多二一（０）」結構，不但出現在篇幅較長的散文，也一樣出現在短幅的詩詞裡。首如王維的〈輞川閑居贈裴秀才迪〉詩：

寒山轉蒼翠，秋水日潺湲。倚杖柴門外，臨風聽暮蟬。渡頭餘落日，墟里上孤煙。復值接輿醉，狂歌五柳前。

此詩乃作者與裴迪秀才相酬為樂之作。在一特定時空之下，作者藉自然景物與人物形象之刻畫，以寫自己閒適之情。它一面在首、頸兩聯，具體描繪了「輞川」附近的水陸秋景與暮色，勾勒出一幅有色彩、音響和動靜的和諧畫面；另一面又在頷、末兩聯，於一派悠閒之自然圖案中，很生動地嵌入了作者自己倚杖聽蟬，和裴迪狂歌而至的人事景象；使兩者相映成趣，而形成了物我一體的藝術境界。李浩說此詩「全詩具有時間的特指（『落日』時分）和空間位置的具體固定，通過『〔柴門〕外』、『〔渡〕頭』、『〔墟〕里』、『〔五柳〕前』等方位名詞，勾勒出景物的相互位置關係，景物具有空間開發性，既活潑無礙，又彼此依存，是構成整個畫面諧調的一個部分。讀這樣的詩，應該在一個時間的片刻裡從空間上去理解作品，把握詩人用最高的藝術手腕所凝定下來的富有包孕性的瞬間印象」[52]，這種體會十分深刻。

---

52 李號：《唐詩的美學闡釋》（合肥市：安徽大學出版社，2000 年 4 月一版一刷），頁 255。

附結構分析表如下：

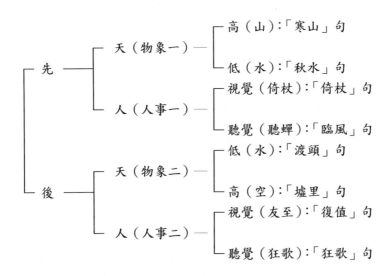

可見此詩主要以「今（後）昔（先）」、「天（物象）人（人事）」、「遠近」、「高低」與「知覺（視、聽）轉換」等章法，形成其結構，以「調和」全詩。其中除「今昔」之外，又將「天人」、「高低」、「知覺轉換」組成雙疊的形式，以增添其節奏流轉之美；尤其是天與人對照，將空間拓大，又擴展了氣象；這些都強化了作者閒逸之趣。

　　如此，對應於「多二一（0）」來看，則以「遠近」、「高低」（二疊）與「知覺（視、聽）轉換」（二疊）等章法所形成之結構，算是「多」；以二疊「天人」（含「今（後）昔（先）」）自為陰陽所形成之結構，以徹下徹上，算是「二」；以「閒適之趣」之主旨與所形成之飄逸風格，算是「一（0）」。高步瀛說此詩「自然流轉，而氣象又極闊大」，道出了本詩的特色。

　　次如李白的〈登金陵鳳凰臺〉詩：

鳳凰臺上鳳凰遊，鳳去臺空江自流。吳宮花草埋幽徑，晉代衣冠
成古邱。三山半落青天外，二水中分白鷺洲。總為浮雲能蔽日，
長安不見使人愁。

　　這首詩藉作者登臺之所見所感，以寫其身世之悲與家國之痛[53]。它
首先在起聯，扣緊「金陵鳳凰臺」，突出登臨之地點，用「遊」與「去」
寫其盛衰，以寓興亡之感；這是頭一個「圖」的部分，是以對比性結構
來呈現的。接著在頷、頸兩聯，前以「吳宮」二句，就近寫今日所見
「幽徑」與「古邱」之「衰」景，而用「吳宮花草」與「晉代衣冠」帶
入昔日之「盛」況，形成強烈對比，以深化興亡之感，這又是以對比性
結構來呈現；後以「三山」二句，將空間拓大，就遠寫今日所見「三山」
與「二水」一直延伸到「長安」的山水勝景；這對上敘的「臺」或下敘
的「人」〔不見長安之作者〕而言，均有烘托、襯映的作用，是「底」
的部分，這是以調和性結構來呈現的。最後在尾聯，聚焦到自己身上，
以「浮雲」之「蔽日」，譬眾邪臣之蔽賢，「長安」之「不見」，喻己之
謫居在外，既為自己被排擠出京而憤懣，又為唐王朝將重蹈六朝覆轍而
憂慮；這是後一個「圖」的部分，這又是以調和性結構來呈現的。

53　袁行霈說此詩：「寫出了自己獨特的感受，把歷史的典故，眼前的景物和詩人自己的
　　感受，交織在一起，抒發了憂國傷時的懷抱。」見《唐詩大觀》（香港：商務印書館
　　香港分館，1986 年 1 月一版二刷），頁 329。

附結構分析表如下：

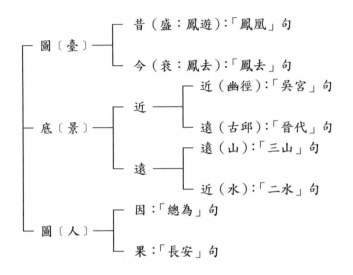

由上述可看出，作者此詩，經過「邏輯思維」，就「篇」而言，以「圖、底、圖」調和中有對比的結構，形成其條理；就「章」而言，以「先昔後今」、「先近後遠」、「先遠後近」與「先因後果」等，融合對比性與調和性兩種結構，形成其條理。而且其中「順」和「逆」並用而產生變化的，除「圖、底、圖」外，還有中間兩聯所形成的「近、遠、近」，這又增加了對比的強度。如此一來，在對比、變化中就帶有調和、整齊，而在調和、整齊中又含有對比、變化，其「邏輯思維」之精細，是值得人讚賞的。

　　如此，對應於「多二一（0）」來看，則顯然地，「多」是指以「今昔」（一疊）、「遠近」（三疊）、「因果」（一疊）所形成的結構、「二」是指以「圖底」自為陰陽徹下徹上所形成的結構、「一（0）」是指此詩表「身世之悲與家國之痛」的主旨與所形成「柔中寓剛」之風格。這種

「柔中寓剛」之風格，和李白「豪放飄逸」的整體詩風[54]，是一致的。

又如杜甫的〈聞官軍收河南河北〉詩：

> 劍外忽傳收薊北，初聞涕淚滿衣裳。卻看妻子愁何在，漫捲詩書
> 喜欲狂。白日放歌須縱酒，青春作伴好還鄉。即從巴峽穿巫峽，
> 便下襄陽向洛陽。

這首詩旨在寫「聞官軍收河南河北」時「喜欲狂」之情，是以「目
（實）、凡、目（虛）」的結構寫成的。

作者「首先在起聯，針對題目，寫『聞官軍收河南河北』（因）時
自己（主）喜極而泣的情形（果），藉『忽傳』、『初聞』寫事出突然，
藉『涕淚滿衣裳』具寫喜悅；接著在頷聯，採設問的形式，由自身移至
妻子（賓）身上，寫妻子聞後狂喜的情狀，很技巧地以『卻看』作接榫，
帶出『漫捲詩書』作具體之描寫。以上全用以實寫『喜欲狂』，為『目一』
的部分。而緊接著『漫捲詩書』而來的『喜欲狂』三字，正是一篇的主
旨所在，為『凡』部分。繼而在頸聯，由實轉虛，以『放歌縱酒』上承
『喜欲狂』、『作伴好還鄉』上承『妻子』，寫春日攜手還鄉的打算（時）；
最後在結聯，緊接上聯『還鄉』之打算，一口氣虛寫還鄉所準備經過的
路程（空）。以上全用以虛寫『喜欲狂』，為『目二』的部分。如此，
由『忽傳』而『初聞』、『卻看』而『漫捲』、『即從』而『便下』，以
單軌一氣奔注[55]，將自己與妻子『喜欲狂』的心情，描摹得真是生動極

---

54 周振甫：「結合性格、才華、識力、技巧來論詩，較為全面，認為李白詩的風格豪放
　　飄逸。」見《文學風格例話》（上海市：上海教育出版社，1989 年 7 月一版一刷），
　　頁 103。

55 趙山林指出這是承續式意象之組合，以為：「這是一首情感真摯充沛的抒情佳作，但
　　從意象結構上說，卻帶有一定的敘事特色。《杜詩詳注》引黃生說：『此通首敘事之
　　體。』這是說得很有道理的。不僅從感情發展的內在脈絡說，即使從『忽傳』、『初

了。」[56]

　　附結構分析表如下：

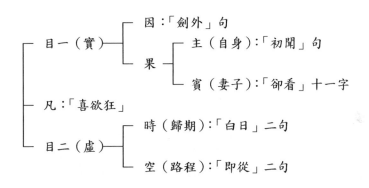

　　由此看來，此詩結構，主要除了用「目（實）、凡、目（虛）」（篇）外，也用「先因後果」、「先時後空」（章）等，以組合篇章，使全詩前後呼應，亦即「目」（實）與「目」（虛）、「因」與「果」、「賓」與「主」、「時」與「空」作局部之呼應，而以「凡」（喜欲狂）統攝一「實」一「虛」的兩個「目」，以統一全詩的情意。

　　如此，對應於「多二一（0）」來看，則由「因果」、「時空」、「賓主」各一疊所形成之調和性結構，可視為「多」、由「凡目」自為陰陽徹下徹上所形成之變化性結構，可視為「二」，而由此呈現的「喜欲狂」之主旨與「酣暢飽滿」[57]的風格，則可視為「一（0）」。

　　聞』、『卻看』、『漫卷』、『即從』、『便下』這些字眼上，也可以明顯地看出前後續接、一脈相承的關係，錯亂不得，顛倒不得。這是典型的承續式意象組合。」見《詩詞曲藝術論》（杭州市：浙江教育出版社，1998年6月一版一刷），頁124。

56　《章法學新裁》，頁383。

57　趙山林：「這是老杜生平第一首快詩。詩人用了『忽』、『初』、『卻』、『漫』、『須』、『好』、『即』、『便』等一系列修飾時間和動作的副詞，把詩人聽到安史之亂平定的消息後不可按捺的狂喜心情表達得酣暢飽滿，淋漓盡致。如果沒有這一系列虛字的連貫、呼應、轉折、遞進，情態的描摹不會如此傳神，這首詩也不會給人衝口而

　　此外，值得注意的是：「漫捲詩書」的人，通常都以為是杜甫自己[58]，其實，「漫捲詩書」是妻子（賓）的動作，乃「愁何在」這一「問」之「答」，也就是「妻子」愁雲煙消雲散的具體憑據。這和詩人自己（主）「涕淚滿衣裳」的樣子，正好構成了一幅家人「喜欲狂」的畫面。如此以賓（妻子）主（詩人自己）來切入此詩，似乎比較能使全詩前後平衡，而且「一以貫之」，而合於章法之聯貫原理。

　　再如辛棄疾的〈賀新郎〉詞：

　　　　綠樹聽鵜鴂，更那堪、鷓鴣聲住，杜鵑聲切！啼到春歸無尋處，
　　　　苦恨芳菲都歇。算未抵人間離別：馬上琵琶關塞黑，更長門翠輦
　　　　辭金闕。看燕燕，送歸妾。　　　　將軍百戰身名裂，向河梁回頭萬
　　　　里，故人長絕。易水蕭蕭西風冷，滿座衣冠似雪。正壯士、悲歌
　　　　未徹。啼鳥還知如許恨，料不啼清淚長啼血。誰共我，醉明月。

　　這闋詞題作「別茂嘉十二弟。鵜鴂、杜鵑實兩種，見《離騷補註》」，是用「先賓後主」（此對題目而言，若就主旨而言，則是「先主後賓」）的順序寫成的。

　　其中的「賓」，先以「綠樹」句起至「苦恨」句止，從側面切入，

出，『其疾如飛』的感覺。」見《詩詞曲藝術論》，頁 241。

58 如史雙元說：「『卻看』，即再看、回看，驚喜之中。詩人回頭再看妻子兒女，一個個喜笑顏開，往日的憂鬱已煙消雲散。親人的喜悅助長了詩人興奮之情，詩人真是樂不可支，隨手卷起詩書，不覺手之舞之，足之蹈之，真是『老夫聊發少年狂』了。」見《中學古詩文鑑賞辭典》（南京市：江蘇古籍出版社，1988 年 7 月一版一刷），頁 68。又霍松林：「『卻看』，是『回頭看』。『回頭看』這個動作極富意蘊，詩人似乎想向家人說些什麼，但又不知從何說起。其實，無須說什麼了，多年籠罩全家的愁雲不知跑到哪兒去了，親人們都不再是愁眉苦臉，而是笑逐顏開，喜氣洋洋。親人的喜反轉來增加了自己的喜，再也無心伏案了，隨手卷起詩書，大家同享勝利的歡樂。」見《唐詩大觀》，頁 543。

用鵜鴂、鷓鴣、杜鵑等春鳥之依序啼春，啼到春歸，以寫「苦恨」；這是頭一個「敲」的部分。再以「算未抵」句起至「正壯士」句止，由「鳥」過渡到「人」，採「先平提後側收」[59] 的技巧，舉古代之二女（昭君、歸妾）二男（李陵、荊軻）為例，用「先反後正」的形式，來寫人間離別的「苦恨」，暗涉慶元黨禍，將朝臣之通敵與志士之犧牲，構成強烈的對比，以抒發家國之恨[60]；這是「擊」的部分，也是本詞的主結構所在。末以「啼鳥」二句，又應起回到側面，用虛寫（假設）方式，推深一層寫啼鳥的「苦恨」；這是後一個「敲」的部分。

　　而「主」，則正式用「誰共我」二句，表出惜別「茂嘉十二弟」之意，以收拾全篇。所謂「有恨無人省」[61]，作者之恨在其弟離開後，將要變得更綿綿不盡了。

---

59 陳滿銘：〈談「平提側收」的篇章結構〉，《章法學新裁》，頁 435-459。

60 鞏本棟：「鄧小軍先生所撰〈辛棄疾〈賀新郎·別茂嘉弟〉詞的古典與今典〉一文……認為辛棄疾〈賀新郎〉詞的主要結構，『乃是古典字面，今典實指。即借用古典，以指靖康之恥、岳飛之死之當代史。從而亦寄託了稼軒自己遭受南宋政權排斥之悲憤，及對南宋政權對金妥協投降政策之判斷。』」見《辛棄疾評傳》（南京市：南京大學出版社，1998 年 12 月一版一刷），頁 400-401。另見陳滿銘：〈唐宋詞拾玉〔四〕——辛棄疾的〈賀新郎〉〉，《國文天地》12 卷 1 期（1996 年 6 月），頁 66-69。

61 蘇軾題作「黃州定慧院寓居作」之〈卜算子〉詞下片：「驚起卻回頭，有恨無人省。揀盡寒枝不肯棲，寂寞沙洲冷。」見《東坡樂府箋》（臺北市：華正書局，1978 年 9 月初版），頁 168。

附結構分析表如下：

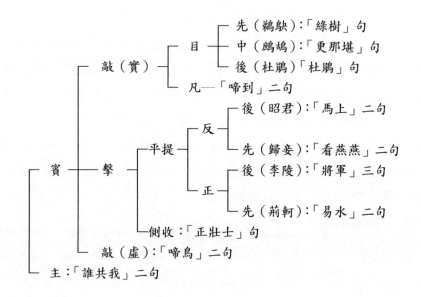

如此，既以「賓」和「主」、「敲」和「擊」、「虛」和「實」、「凡」和「目」、「平提」和「側收」、「先」（昔）和「後」（今）等結構，形成「調和」，又以「正」和「反」形成「對比」、「敲」和「擊」形成「變化」；也就是說，在「調和」中含有「對比」，在「順敘」中含有「變化」。而這「變化」的部分，既佔了差不多整個篇幅，其中「對比」又出現在篇幅正中央，形成主結構，且用「擊」加以呈現，這樣在「變化」的牢籠之下，特用「對比」結構來凸顯其核心內容，使得其他「調和」的部分，也全為此而服務，所以這種安排，對此詞風格之趨於「沉鬱蒼涼，跳躍動盪」[62]，是大有作用的。

---

62 陳廷焯：《白雨齋詞話》卷一，《詞話叢編》4（臺北市：新文豐出版公司，1988 年 2 月臺一版），頁 3791。

　　如此，對應於「多二一（0）」來看，則可以知道「多」指的是用「平
側」（一疊）、「凡目」（一疊）、「正反」（一疊）、「先後（今昔）」（三疊）
等所形成的結構，「二」指的是「敲擊」（含賓主）自為陰陽徹下徹上
所形成的結構，「一（0）」指的是「家國之恨」的主旨與「沉鬱蒼涼，
跳躍動盪」之風格。

　　然後如周密題作「吳山觀濤」的〈聞鵲喜〉詞：

　　　　天水碧，染就一江秋色。鰲戴雪山龍起蟄，快風吹海立。　　數
　　　　點煙鬟青滴，一杼霞綃紅濕。白鳥明邊帆影直，隔江聞夜笛。

　　此詞詠錢塘江潮，是按時間的先後，由潮起（先）寫到潮過（後）
的。寫潮起（先）的部分，為上片。先以起二句，寫江天一碧的秋色，
為潮起設下遠大的背景。後以「鰲戴」二句，寫潮水陡起的迅猛景象；
作者在此，除用鰲背雪山、龍騰水底來加以形容外，又以「快風」來推
波助瀾，這樣當然就使「海」空高立了。而寫潮過（後）的部分，為下
片。它先以「數點」二句，寫潮過後的遠山和雲霞，在煙水上，一青一
紅，顯得格外綺麗。後以「白鳥」二句，就視覺，寫帆影邊的鷗鷺；就
聽覺，寫隔江傳來的夜笛。作者就這樣以平和的靜景，和上片所寫潮來
時壯觀的動景，形成強烈對比，產生了映襯的最佳效果。李祚唐分析此
詞說：「上片依人的視覺，由遠及近，潮來時雷霆萬鈞之勢，已全在眼
前。下片復由上片的劇烈動態轉為平緩，逐漸消失為靜態。」又針對著
下片說：「這種平靜，正是在洶湧喧囂過後，才體驗得分外真切；而它
反過來，不也襯托出錢塘江潮的格外壯觀嗎？詞人寫潮，即充分借助了
這種靜與動的相互對比和彼此轉換，因而著語雖不多，效果卻非常明

顯」[63]。體會得很真切。雖然有人以為此詞「作意如題」，但就其結句看來，卻該有杜牧「商女不知亡國恨，隔江猶唱後庭花」（〈泊秦淮〉）的感喟。蕭鵬認為此句「似收未收，似闔未闔，頗有『餘音裊裊，不絕如縷』之感，與唐人的『曲終人不見，江上數峰青』（錢起〈湘靈鼓瑟〉）同有『言有盡而意無窮』之妙」[64]，所謂「意無窮」之「意」，該是指這種江山雖麗卻已易色的亡國之痛吧！

附結構分析表如下：

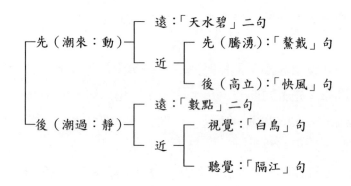

作者在此詞，藉江潮之雄奇，暗寓江山雖麗卻已易色的亡國之痛，所謂「一切景語皆情語」[65]，就是這個意思。而作者特別將這種主旨隱藏起來，置於篇外，完全經由「邏輯思維」作最好之安排，並用「先（動）後（靜）」的主結構，形成對比；又用「先遠後近」、「先視覺後聽覺」、「先（昔）後（今）」等篇章條理，形成調和；而將整個具體材

63　陳邦炎主編：《詞林觀止》（上）（上海市：上海古籍出版社，1994 年 4 月一版），頁694。
64　蕭鵬評析，見《唐宋詞鑑賞集成》（香港：中華書局香港分局，1987 年 7 月初版），頁 1250。
65　王國維：《人間詞話刪稿》，《詞話叢編》五（臺北市：新文豐出版公司，1988 年 2月臺一版），頁 4257。

料「一以貫之」，真正收到了「言有盡而意無窮」之效果。

　　如此，對應於「多、二、一（0）」來看，則以主結構之外的「遠近」
（二疊）、「先（昔）後（今）」（一疊）、「視聽」（一疊）等所形成的調
和性結構，可視作「多」；以「先（動）後（靜）」所形成一陰一陽的
對比性結構，以徹下徹上的，可視作「二」；以暗寓「亡國之痛」的主
旨與「宏麗綿邈」之風格，可視作「一（0）」。如此看待，很能凸顯此
詞之特色。

第四節　章法螺旋的美感效果

　　要深入了解章法現象，以呈現其整體內容，除了須探討其哲學源頭
外，也有結合其心理基礎，進一步探析其美感效果的必要。由於章法所
講求的是邏輯思維，是「二元對待」，而「二元對待」的結構（含章法
單元與結構單元）所形成之節奏（局部）和韻律（整體），是最容易感
動人的。宗白華在其《藝術學》中說：「有謂節奏為生理、心理的根本
感覺，因人之生理，均兩兩相對，故於對稱形體，最易感入。」[66] 說的
就是這個道理。而李澤厚也在其《美學四講》中說：「（審美注意）長
久地停留在對象的形式結構本身，並從而發展其心理功能如情感、想像
的滲入活動。因之其特點就在各種心理因素傾注在、集中在對象形式本
身，從而充分感受形式。線條、形狀、色彩、聲音、時間、空間、節
奏、韻律、變化、平衡、統一、和諧或不和諧等形式、結構的方面，便
得到了充分的『注意』。讓感覺本身充分地享受對對象形式方面的這些
東西，並把主觀方面的各種心理因素如感情、想像、意念、願望、期待

---

66 李同華主編：《宗白華全集》1（合肥市：安徽教育出版社，1994 年 12 月一版二刷），
　頁 506。

等等，自覺或不自覺地投入其中。」[67] 這雖然是針對造型藝術來說，卻一樣適用於章法結構與規律之上，其中所謂「時間、空間、節奏、韻律」，便涉及到章法結構，而「變化、平衡、統一、和諧」，則涉及到章法的四大律（秩序、變化、聯貫、統一）。

　　既然章法結構或規律，是容易引起人之「審美注意」的，那就必然也可容易地獲得美感效果。邱明正在其《審美心理學》中說：「在這（審美心理活動）一過程中，主體通過求同、求異性探究，把握對象審美特性，使主客體之間、主體審美心理要素之間的矛盾、差異達於和諧、統一，獲得美感；或保持主客體的差異、矛盾、對立，以確保自己審美、創造美的獨立性、自主性和獨特個性。這一過程，是種有著內在節奏的的有序運動的過程。」[68] 經過這種「有著內在節奏的有序運動的過程」，人（主體）之對於章法（客體），自然可以「獲得美感」。如以其「多」、「二」、「一0」的結構而言，就可以獲得如下之美感效果：

一　「多」的美感效果

　　所謂的「多」，就是「多樣」。歐陽周、顧建華、宋凡聖等在其《美學新編》中說：

> 所謂「多樣」，是指整體中所包含的各個部分在形式的區別和差異性，前面所舉各種法則（整齊一律、對稱與均衡、比例與尺度、節奏與韻律）都包含在這一總的形式美總法則中，成為其一個組

---

67 李澤厚：《美學四講》（天津市：天津社會科學院出版社，2001 年 11 月一版一刷），頁 158-159。

68 邱明正：《審美心理學》（上海市：復旦大學出版社，1993 年 4 月一版一刷），頁 92。

成部分或一個側面。[69]

　　這種「多樣」，對章法而言，凡是主結構以外的各個局部性結構，都在它的範圍內。其中的每一章法或結構單元，無論是順或逆、調和性或對比性，都可以因為「移位」（章法單元如「由正而反」、結構單元如由「先賓後主」而「先凡後目」）或「轉位」（章法單元如「正、反、正」、結構單元如由「先賓後主」而「先主後賓」），而產生變化，形成節奏與秩序。所以對應於章法四大律，「多」就是指「產生變化，形成節奏與秩序」的多種結構，而可由此獲得「秩序美」與「變化美」。

　　一般說來，「秩序」是由形式之「齊一」或「反復」而呈現。陳望道在其《美學概論》中說：

　　　　形式中最簡單的，是反復（Repetition）。反復就是重複，也就是同一事物的層見疊出。如從其他的構成材料而言，其實就是齊一。所以反復的法則同時又可稱為齊一（Uniformity）的法則。這種齊一或反復的法則，原本只是一個極簡單的形式，但頗可以隨處用它，以取得一種簡純的快感。[70]

對這種「反復」或「齊一」，歐陽周、顧建華、宋凡聖等在其《美學新編》中則稱為「整齊一律」，結合「節奏與秩序」，作了如下說明：

　　　　又稱單純一致、齊一、整一，是一種最常見、最簡單的形式美。

---

69 歐陽周、顧建華、宋凡聖等：《美學新編》（杭州市：浙江大學出版社，2001 年 5 月一版九刷），頁 80。
70 陳望道：《美學概論》（臺北市：文鏡文化事業公司，1984 年 12 月重排初版），頁 61-62。

它是單一、純淨、重複的，不包含差異或對立的因素，給人一種秩序感。顏色、形體、聲音的一致或重複，就會形成整齊一律的美。農民插秧，株距相等，橫直成行；建築物採用同樣的規格，長短高矮相同，門窗排列劃一；在軍事檢閱中，戰士們排成一個個人數相等的方陣，戰士的身材、服裝、步伐、敬禮的動作、歡呼的口號聲完全一致，都表現了一種整齊一律的美。我們常見的二方或多方連續的花邊圖案，在反復中體現出一定的節奏感，也屬於齊一的美。這種形式美給人一種質樸、純淨、明潔和清新的感受。[71]

可見「多」（多樣），是會因其形式之「齊一」或「反復」而形成簡單「節奏」，而「給人一種秩序感」的。

　　至於「變化」，乃一種動力作用不已之結果，也是形成「多樣」的根本原因。《周易・繫辭上》說：「剛柔相推而生變化。……變化者，進退之象也。」而〈繫辭下〉又說：「易，窮則變，變則通，通則久。」可見「窮」是變化的條件，而變化又與象不可分割。對此，陳望衡在其《中國古典美學史》中闡釋說：

　　《周易》的這些關於變的觀念對中國文化包括中國美學影響深遠。……「象」最大的功能就是能變。……「變」既是空間性的，表現為物體位置的變異；又是時間性的，表現為時光的線性流程。〈繫辭上傳〉云：「法象莫大乎天地，變通莫大乎四時。」最大的象是天地，最大的變通應是春夏秋冬四時的更迭。這實際上是提出，我們視察事物應該有兩種相交叉：空間的──天地（自然、

---

71 《美學新編》，頁 76。

社會）；時間的──四時（歷史）。[72]

既然「變化」是時、空交叉的，而章法又離不開時空，所以這種「變化」的觀點，用於章法，不但可以解釋章法或結構單元之「移位」（齊一、反復）與「轉位」（往復）與時空交叉之關係，也可以和人之心理緊密地接軌。陳望道在其《美學概論》中說：

> 人類心理卻都愛好富於變化的刺激，大抵喚取意識須變化，保持意識的覺醒狀態也是需要變化的。若刺激過於齊一無變化，意識對它便將有了滯鈍、停息的傾向。在意識的這一根本性質上，反復的形式實有顯然的弱點。反復到底不外是同一（縱非嚴格的同一，也是異常的近似）狀態之齊一地刺激著我們的事。反復過度，意識對於本刺激也便逐漸滯鈍停息起來，移向那有變化有起伏的別一刺激去的趨勢。[73]

而「變化」是會形成較複雜之「節奏」的，歐陽周、顧建華、宋凡聖等在其《美學新編》中就針對由「變化」所引生的「節奏」，加以解釋說：

> 節奏是一種連續的合規律的週期性變化的運動形式。郭沫若說：「把心臟的鼓動和肺臟的呼吸，認為節奏的起源，我覺得很鞭辟近裡了。」是有道理的。世界上沒有一樣事物是沒有節奏的：日出日沒，月圓月缺，寒往暑來，四時代序，這是時間變化上的節

---

72 《中國古典美學史》，頁 188。
73 《美學概論》，頁 63-64。

　　奏；日作夜眠，起居有序，有勞有逸，這是人們日常生活上的節
奏；人體的呼吸、脈搏、情緒乃至思維，都像生物鐘一樣，是一
種有節奏的生命過程。當外在環境的節奏與人的機體的律動相協
調時，人的生理就會感到快適，並引起心理上的喜悅。[74]

　　可見時空或生活變化，甚至生命過程，都會引起「節奏」，與人之
生理律動相協調，產生「心理上的喜悅」。而這種由「變化」、「節奏」
所引起的「心理上的喜悅」，說的正是美感效果。
　　由上述可知，章法之「多樣」美，是由其結構之「秩序」（順或逆）
與「變化」（順與逆），引生時間或空間性之節奏而呈現的。

二　「二」的美感效果

　　所謂的「二」，是「陰」（柔）與「陽」（剛）。由於事事物物，都
可形成「二元對待」，而分陰分陽。因此陰陽可說是層層對待，且一直
互動、循環的。就以章法單元或結構單元而言，除了本身自成陰陽之
外，又可以其他結構形成「二元對待」，而形成另一層陰陽。其中屬於
陰性的，便成調和性結構，而造成陰柔之美；屬於陽性的，則成對比性
結構，而造成陽剛之美。陳望道於其《美學概論》裡說：

　　　兩個極相接近的東西並列在一處，其間相差很微，便多成為調和
　　　（Harmony）的形式。兩個極不相同的東西並列在一處，其間相
　　　去很遠，便多成為對比（Contrast）的形式。例如從正黑色，漸
　　　次淡薄到正白色的一列中，取正黑色和其次的但黑色相並列時就
　　　是調和；取兩端的黑白兩色相並列時就是對比。……凡是調和的

74　《美學新編》，頁 78-79。

兩件東西，總是互相類似的，並無甚麼觸目的變化。所以接觸到它時，也就每每覺得它有融洽、優美、鎮靜、深沉等情趣。……對比的形式，因為變化極明顯，每每帶有華美、鮮活、健強及闊達等情趣，與調和所隨有的情調，差不多相反。[75]

　　他用顏色為例來說明，很能凸顯「調和」與「對比」的不同，而由此所引生的「情趣」，又以「融洽、優美、鎮靜、深沉」與「華美、鮮活、健強及闊達」加以區別，也很能分出「陰柔之美」與「陽剛之美」之差異來。而歐陽周、顧建華、宋凡聖等在其《美學新編》中，也對這種「調和」與「對比」因素之造成及其所引生之美，提出如下說明：

對比，指的是具有顯著差異的形式因素的對立統一。如色彩的濃與淡、冷與暖，光線的明與暗，線條的粗和細、直與曲，體積的大與小，體量的重與輕，聲音的長與短、強與弱等，有規則地組合排列，就會相互對照、比較，形成變化，又相互映襯、協調一致。這種對立因素的統一，可收到相反相成、相得益彰的效果。色彩學上的對比色就是這個道理。如紅與綠互為補色，可產生強烈的色對比和反差。「桃紅柳綠」、「紅花綠葉」、「紅肥綠瘦」、「萬綠叢中一點紅」等，使人感到特別鮮明、醒目，富有動感。所以民間有俗話說：「紅配綠，花簇簇」，「紅間綠，看不足」。由對立因素的統一造成的形式美，一般屬於陽剛之美。調和，指的是沒有顯著差異的形式因素之間的對立統一。它只有量的區別，是一種漸變的協調，並不構成強烈的對比。如果說，對比是差異中趨向於「異」，那麼，調和則是在差異中趨向於「同」。

75　《美學概論》，頁 70-72。

以色彩為例，紅與橙、橙與黃、黃與綠、綠與藍、藍與青、青與紫、紫與紅，都是相似色，在同一色中又有濃淡、深淺的層次變化，如綠有深綠、淺綠、暗綠、墨綠、嫩綠、翠綠、碧綠等。這種相似或相近的顏色相互配合協調，在變化中保持大體一致，就會給人一種融和、寧靜的感覺。……由非對立因素的統一造成的形式美，一般屬於陰柔美。[76]

　　他們不但把事物「調和」與「對比」之差異與各自所造成的美感，都說明得很清楚，也把「調和」一般屬於「陰柔美」、「對比」一般屬於「陽剛美」的不同，明白地指出來[77]，有助於了解「陰柔美」與「陽剛美」產生的一般原因。

三　「一（0）」的美感效果

　　所謂的「一（0）」，籠統地說，就是「統一」，也可說是「和諧」。這是統括「多」與「二」所獲致的結果，如就章法來說，則是連結在時、空結構中，由「反復」（秩序）與「往復」（變化）所引起之「節奏」、「調和」與「對比」所呈顯之「剛柔」（陰陽），以串成整體「韻律」、突出情理（主旨）、形成風格、氣象，而達於「和諧」的一個境界。而這種「統一」或「和諧」，可以從「形式原理」方面來探討。陳望道在其《美學概論》裡說：

　　　　所謂形式原理，就是繁多的統一。我們對於美的形式，雖不一定其如此如彼，只是四分五裂、雜亂無章，總覺得是與審美的心情

---

[76] 《美學新編》，頁 81。
[77] 《古典詩詞時空設計之研究》，頁 329。

不合的。所以第一，「統一」實為對象所不可不具的一個要質。
而且它所統一的又該不只是簡單的一、二個要素。如只是一、二
個要素，則統一固易成就，卻頗不免使人覺得單調。所以第二，
繁多又為對象所不可不具的一個要質。我們覺得美的對象最好一
面有著鮮明的統一，同時構成它的要素又是異常的繁多。卻又不
是甚麼統一與否定了統一的繁多相並列，而是統一即現在繁多的
要素之中的。如此，則所謂有機的統一就成立。能夠「統一為繁
多的統一，而繁多又為統一的分化」。既沒有統一的流弊的單調
板滯，也沒有繁多的流弊的厭煩與雜亂。所以古來所公認的形式
原理，就是所謂繁多的統一（Unity in Variety），或譯為多樣的
統一，亦稱變化的統一。[78]

　　所謂「統一為繁多的統一，而繁多又為統一的分化」，將「多」與
「一（0）」不可分的關係，說得很明白。而這「多」與「一（0）」，是
要徹下徹上的「二」來作橋樑的。對這「多樣的統一」，歐陽周、顧建
華、宋凡聖等在其《美學新編》裡，也加以闡釋說：

　　　所謂統一，是指各個部分在形式上的某些共同特徵以及它們之間
　　的某種關聯、呼應、襯托、協調的關係，也就是說，各個部分都
　　要服從整體的要求，為整體的和諧、一致服務。有多樣而無統一，
　　就會使人感到支離破碎、雜亂無章、缺乏整體感；有統一而無多
　　樣，又會使人感到刻板、單調和乏味，美感也難以持久。而在多
　　樣與統一中，同中有異，異中求同，寓「多」於「一」，「一」
　　中見「多」，雜而不越，違而不犯；既不為「一」而排斥「多」，

---

[78] 《美學概論》，頁 77-78。

也不為「多」而捨棄「一」；而是把兩個對立方面有機結合起來，
這樣從多樣中求統一，從統一中見多樣，追求「不齊之齊」、「無
秩序之秩序」，就能造成高度的形式美。……多樣與統一，一般
表現為兩種基本型態：一是對比，二是調和。……無論對比還是
調和，其本身都要要求在統一中有變化，在變化中求統一，把兩
者巧妙地結合在一起，就能顯示出多樣與統一的美來。[79]

　　可見「一（0）」與「多」也形成了「二元對待」，有機地結合在一
起。也就是說，「一（0）」之美，需要奠基在「多」之上；而「多」之
美，也必須仰仗「一（0）」來整合。在此，最值得注意的是，歐陽周
他們特將這種屬於「二元對待」的「調和」（陰）與「對比」（陽），結
合「多」（多樣）與「一（0）」（統一）作說明，凸顯出「二」（「調和」
（陰）與「對比」（陽））徹下徹上的居間作用。這對章法「多、二、一
（0）」結構及其所產生美感方面的認識而言，有相當大的幫助。

　　而這個「一」中的（0），簡單地說，在辭章中指的是風格、韻味、
氣象、境界等辭章之抽象力量。這些抽象力量，是與「剛」（對比）、
「柔」（調和）息息相關的。就以風格而言，即可用「「剛」（對比）、「柔」
（調和）」來概括。關於這點，姚鼐在其〈復魯絜非書〉中就已提出，
大致是「姚鼐把各種不同風格的稱謂，作了高度的概括，概括為陽剛、
陰柔兩大類。像雄渾、勁健、豪放、壯麗等都可歸入陽剛類；含蓄、委
曲，淡雅、高遠、飄逸等都可歸入陰柔類。就這兩類看，認為『為文者
之性情形狀舉以殊焉』，性情指作者的性格，跟陽剛、陰柔有關；形
狀指作品的文辭，跟陽剛、陰柔有關。又指出這兩者『糅而氣有多寡進
絀』，即陽剛和陰柔可以混雜，在混雜中，陰陽之氣可以有的多，有的

---

79 《美學新編》，頁 80-81。

少，有的消，有的長，這就造成風格的各種變化」[80]。據此，則陽剛（對比）和陰柔（調和），不但與風格有關，而為各種風格之母；也一樣與作者性情與作品文辭有關，而為韻味、氣象、境界等的決定因素。

對這種道理，吳功正在其《中國文學美學》裡，以美學的觀點，從「陰陽」這一範疇切入說：

> 由一個最簡括的範疇方式：陰陽，繁孳衍化出正多的美學範疇：言與意、情與景、文與質、濃與淡、奇與正、虛與實、真與假、巧與拙等等，顯示出中國美學的一個顯著特徵：擴散型；又顯示出中國美學的另一個顯著特徵：本源不變性。這兩個特徵的組合，便顯示出中國美學在機制上的特性。如劉勰的《文心雕龍》就以此作為理論的結構框架。關於審美的主客體關係，劉勰認為，心（主體）「隨物以宛轉」，物（客體）「與心而徘徊」。關於情與物的關係：「情以物興，故義必明雅；物以情觀，故詞必巧麗」。其他關於文質、情文、通變等範疇和問題，也都是兩兩對舉，都有著陰陽二元的基本因子的構成模式。[81]

在此，他提出了兩個重要觀點：一是指出心（情）與物、文與質、情與文、通與變等等範疇，都與「陰陽二元」有關。二為「陰陽二元」的特徵，既是「擴散」（徹下）的，也是「本源不變」（徹上）的。也正由於「陰陽二元」，是諸多範疇構成的基本因子，有著擴散（徹下）、本源不變（徹上）的特徵，所以既能繁衍為「多」，也能歸本於「一

---

80 周振甫：《文學風格例話》（上海市：上海教育出版社，1989 年 7 月一版一刷），頁 13。

81 吳功正：《中國文學美學》下卷（南京市：江蘇教育出版社，2001 年 9 月一版一刷），頁 785-786。

（0）」。 由此可知，陽剛（對比）和陰柔（調和）之重要，因而也凸顯了「二」（陽剛、陰柔）在「多」、「一（0）」之間不可或缺的地位。

這樣看來，這（0）之美，是統合了「多」、「二」、「一」所形成的；而「多」、「二」、「一」之美，則依歸了（0）所呈現的，這就說明了此種「多、二、一（0）」結構美之一體性，也由此可見章法螺旋的美感效果。

經由上述，可以看出「多二一（0）」螺旋結構的普遍性，它不但是屬於哲學、美學的，也是屬於文學的。而落於辭章的章法上，則既適用於解釋章法之四大律：「秩序」（移位）與「變化」（轉位）為「多」、「聯貫」（由剛柔形成調和與對比，以徹下徹上）為「二」、「統一」（主旨與風格、韻味、氣象、境界等）為「一（0）」；而章法及其結構，也由於它們是一律由「二元對待」所形成的，非屬於「調和」（陰柔），即屬於「對比」（陽剛），可徹下徹上，是為「二」，而以核心結構以外之結構為「多」、統合全文之主旨與所形成之整體風格、韻味、氣象、境界等為「一（0）」；所以也一樣適用而無所牴觸。這些都可從所舉散文或詩詞的諸多例子中，獲得充分之證明。而由此「異」中求「同」，特用「多二一（0）」加以貫串，嘗試著將哲學、美學、文學等冶為一爐，以見「天下一致而百慮，殊塗而同歸」（《周易・繫辭下》）的道理；尤其是特地從多樣的「二元對待」中提煉出「剛柔（陰陽、仁義）」[82]來統合，在「多樣」與「統一」之間，搭起一座「二」（二元對待—剛柔、陰陽、仁義）以徹下徹上的橋樑，來發揮居間收、散之樞紐作用，開拓了一些「有理可說」的空間，這不僅可以看出章法與螺旋結構的緊要關係，就是對其他的領域而言，也該是密不可分的。

82　《周易・說卦傳》：「昔者聖人之作易也，將以順性命之理，立天之道曰陰與陽，立地之道曰剛與柔，立人之道曰仁與義。兼三才而兩之，故易六畫而成卦，分陰分陽，迭用剛柔，故易六位而成章。」見李鼎祚：《周易集解》，頁 404-405。

第二章
章法與完形理論

摘要

辭章之四大要素為「情」、「理」、「景（物）」、「事」，其中「情」與「理」為「意」、「景（物）」與「事」為「象」，這是形成章法結構的基礎。而其中「意」（情、理）與「象」（景〔物〕、事）之所以能互動，自來雖有「移情」、「投射」之理論加以解釋，卻不夠圓滿；於是有「格式塔」心理學派完形理論（「異質同構」或「同形說」）的出現。因此本章特參酌這種學說，分別就意、象互動之理論基礎、類型及其美學詮釋，進行延伸探討，並特別將其類型，依據辭章四大要素之連結，除了就個別意象由「異質同構」推擴至「同質同構」外，再就整體意象拓大到「異形同構」與「同形同構」，探討章法結構與它們的關係，並舉例論證，以呈現章法與完形理論之密切關係。

關鍵詞：章法、意象互動、格式塔、完形論、同質同構、異質同構、同
　　　　形同構、異形同構

　　章法呈現的是「意象」的組織，而所謂的「意象」，乃合「意」與「象」所形成。它不只指狹義的個別意象而已，而是有廣義之整體意象的。廣義者指全篇，屬於整體，可以析分為「意」與「象」；狹義者指個別，屬於局部，往往合「意」與「象」為一來稱呼。而整體是局部的總括、局部是整體的條分，所以兩者不可分割。本章即著眼於此，先探討其互動與形成組織之相關理論，再分別就個別意象互動之同質同構、異質同構與整體意象連結之同形同構、異形同構等，探討其類型，並舉例說明它們與章法結構的關係；然後作美學之詮釋[1]，以見意、象互動與章法結構變化的奧妙於一斑。

第一節　相關理論

　　「意象」乃合「意」與「象」而成。由於它有哲學層面之基礎，所以運用在辭章層面上便能切合無間，以其組織形成章法結構。

　　從哲學層面來看，意象與心、物之合一是有關的，但因它牽扯甚廣，而爭議也多，所以在此略而不論，只直接落到「意」與「象」來說。而論述「象」與「意」最精要的，要推《易傳》，其〈繫辭上〉云：

　　　　聖人有以見天下之賾，而擬諸其形容，象其物宜，是故謂之象。

而〈繫辭下〉又云：

　　　　《易》者，象也。象也者，像也。……是故吉凶生而悔吝著也。

---

[1]　陳滿銘：〈意象「多二一（0）」螺旋結構論——以哲學、文學、美學作對應考察〉，《濟南大學學報‧社會科學版》17 卷 3 期（2007 年 5 月），頁 47-53。

對此，孔穎達在《周易正義》卷八中解釋道：

> 《易》卦者，寫萬物之形象，故《易》者，象也。象也者，像也，
> 謂卦為萬物象者，法像萬物，猶若乾卦之象法像於天也。[2]

可見在此，「象」是指近取諸身、遠取諸物而得來的卦象，可藉以表示
人事之吉凶悔吝。廣義地說，即藉具體形象來表達抽象事理，以達到象
徵（或譬喻）的作用。因此陳望衡說：

> 《周易》的「觀物取象」以及「象者，像也」，其實並不通向模
> 仿，而是通向象徵。這一點，對中國藝術的品格影響是極為深遠
> 的。[3]

而所謂「象徵」，就其表出而言，就是一種符號，所以馮友蘭說：

> 〈繫辭傳〉說：「易者，象也。」又說：「聖人有以見天下之賾，
> 而擬諸其形容，象其物宜，是故謂之象。」照這個說法，「象」
> 是模擬客觀事物的複雜（賾）情況的。又說「象也者，象此者也」；
> 象就是客觀世界的形象。但是這個模擬和形象並不是如照相那樣
> 下來，如畫像那樣畫下來。它是一種符號，以符號表示事物的
> 「道」或「理」。六十四卦和三百八十四爻都是這樣的符號。[4]

2　孔穎達：《周易正義》卷八（臺北市：廣文書局，1972 年 1 月），頁 77。
3　陳望衡：《中國古典美學史》（長沙市：湖南教育出版社，1998 年 8 月一版一刷），
　　頁 202。
4　馮友蘭：《馮友蘭選集》上卷（北京市：北京大學出版社，2000 年 7 月一版一刷），
　　頁 394。

所謂「以符號表示事物的『道』或『理』」，和葉朗在《中國美學史大綱》所說的：〈繫辭傳〉認為整個《易經》都是「象」，都是以形象來表明義理，[5] 其道理是一樣的。

除了上文談到〈繫辭傳〉，指出了《易經》「象」的層面與「道或理」有關外，〈繫辭傳〉還進一步論及「立象以盡意」的問題。〈繫辭上〉云：

> 子曰：「書不盡言，言不盡意。」然則，聖人之意，其不可見乎？子曰：「聖人立象以盡意，設卦以盡情偽，繫辭焉以盡其言，變而通之以盡利，鼓之舞之以盡神。

一般而言，語言在表達思想情感時，會存在著某種侷限性，此即「言不盡意」的意思（這關涉到了「空白」、「補白」理論，當另文討論）。而在〈繫辭傳〉中，卻特地提出了「象可盡意、辭可盡言」的論點。王弼《周易略例‧明象》對此曾說明云：

> 夫象者，出意者也；言者，明象者也。盡意莫若象，盡象莫若言。言生於象，故可尋言以觀象；象生於意，故可尋象以觀意。意以象盡，象以言著[6]

由此可知，「情意」可透過「言語」、「形象」來表現，並且可以表現得很具體。而前者（情意）是目的、後者（言語、形象）為工具。陳望衡《中國古典美學史》釋此云：

5　葉朗：《中國美學史大綱》（臺北市：滄浪出版社，1986 年 9 月），頁 66。
6　王弼：《周易略例‧明象》，收入《易經集成》149（臺北市：成文出版社，1976 年出版），頁 21-22。

王弼將「言」、「象」、「意」排了一個次序，認為「言」生於「象」、「象」生於「意」。所以，尋言是為了觀象，觀象是為了得意。言—象—意，這是一個系列，前者均是後者的工具，後者均為前者的目的。[7]

他把「意」與「象」、「言」的前後關係，說得十分清楚。不過，他所謂的「言→象→意」，是就逆向的鑑賞（讀）一面來說的，如果從順向的創作（寫）一面而言，則是「意→象→言」了。此外，葉朗在《中國美學史大綱》裡，也從另一角度，將《易傳》所言之「象」與「意」闡釋得相當扼要而明白，他說：

「象」是具體的，切近的，顯露的，變化多端的，而「意」則是深遠的，幽隱的。〈繫辭傳〉的這段話接觸到了藝術形象以「個別」表現「一般」，以「單純」表現「豐富」，以「有限」表現「無限」的特點。[8]

所謂的「個別」與「一般」、「單純」（象）與「豐富」（意）、「有限」（象）與「無限」（意），說的就是「象」與「意」之相互關係。

由此看來，辭章中「意」與「象」之互動，其哲學層面之基礎就建立在這裡。而在文學理論中最早以合成詞的方式標舉出「意象」這一藝術概念的，是劉勰《文心雕龍·神思》：

是以陶鈞文思，貴在虛靜，疏瀹五藏，澡雪精神；積學以儲寶，

7　《中國古典美學史》，頁 207。
8　《中國美學史大綱》，頁 26。

酌理以富才，研閱以窮照，馴致以繹辭；然後使玄解之宰，尋聲律而定墨；燭照之匠，窺意象而運斤。此蓋馭文之首術，謀篇之大端。[9]

在此，劉勰指出作家須使內心虛靜，才能醞釀文思、經營意象。一個作家如能如此啟動思維力來經營意象，自然就能推陳出新，創造出新的意象，而產生美感。張紅雨在《寫作美學》中說：

人們之所以有了美感，是因為情緒產生了波動。這種波動與事物的形態常常是統一起來的，美感總是附著在一定的事物上。[10]

他更進一步地指出：事物之所以可以成為激情物，是因為它觸動人們的美感情緒，而使美感情緒產生波動，所以我們對事物形態的摹擬，實際上是對美感情緒波動狀態的摹擬，是雕琢美感情緒的必要手段。因此，所謂靜態、動態的摹擬，也並不是對無生命的事物純粹作外形，或停留在事物動的表面現象上作摹狀，而是要挖掘出它更本質、更形象的內容，來寄託和流洩美感的波動。[11]

他所說的「情緒波動」，即主體之「意」；而「事物形態」之「更本質、更形象的內容」，則為客體之「象」。對這種意與象之互動關係，格式塔心理學家用「同形同構」或「異質同構」來解釋。他們認為：審美體驗就是對象的表現性及其力的結構（外在世界：象），與人的神經系統中相同的力的結構（內在世界：意）的同型契合。由於事物表現性

9　黃叔琳注：《增訂文心雕龍校注》卷六（北京市：中華書局，2000 年 8 月一版一刷），頁 369。
10　張紅雨：《寫作美學》（高雄市：麗文文化事業公司，1996 年 10 月初版），頁 311。
11　同前註，頁 311-314。

的基礎在於力的結構，「所以一塊突兀的峭石、一株搖曳的垂柳、一抹
燦爛的夕陽餘暉、一片飄零的落葉……都可以和人體具有同樣的表現
性，在藝術家的眼裡也都具有和人體同樣的表現價值，有時甚至比人體
還更有用。」[12] 基於此，魯道夫・安海姆（Rudolf Amheim）提出了「藝
術品的力的結構與人類情感的結構是同構」之論點，以為推動我們自己
情感活動起來的力，與那些作用於整個宇宙的普遍性的力，實際上是同
一種力。他說：「我們自己心中生起的諸力，只不過是在遍宇宙之內同
樣活動的諸力之個人的例子罷了」[13] 也就是說：現實世界存在之本質乃
一種力，它統合著客觀存在之「物理力」與主觀世界的「心理力」，在
審美過程中，這種力使人類知覺扮演中介的角色，將作品中之「物理
力」與人類情感的「心理力」因「同構」而結合為一。

　　對此，李澤厚在〈審美與形式感〉一文中說：

　　　　不僅是物質材料（聲、色、形等等）與視聽感官的聯繫，而更重
　　　　要的是它們與人的運動感官的聯繫。對象（客）與感受（主），
　　　　物質世界和心靈世界實際都處在不斷的運動過程中，即使看來是
　　　　靜的東西，其實也有動的因素……其中就有一種形式結構上巧妙
　　　　的對應關係和感染作用……格式塔心理學家則把這種現象歸結為
　　　　外在世界的力（物理）與內在世界的力（心理）在形式結構上的
　　　　「同形同構」，或者說是「異質同構」，就是說質料雖異而形式
　　　　結構相同，它們在大腦中所激起的電脈衝相同，所以才主客協
　　　　調，物我同一，外在對象與內在情感合拍一致，從而在相映對的

---

12 蔣孔陽、朱立元主編：《西洋美學通史》第六卷（上海市：上海文藝出版社，1999 年
　　11 月第一版），頁 714。
13 安海姆著、李長俊譯：《藝術與視知覺心理學》（臺北市：雄獅圖書公司，1982 年 9
　　月再版），頁 444。

對稱、均衡、節奏、韻律、秩序、和諧……中，產生美感愉快。[14]

而歐陽周、顧建華、宋凡聖等在《美學新編》中也指出：

> 完形心理學美學依據「場」的概念去解釋「力」的樣式在審美知
> 覺中的形成，並從中引申出了著名的「同形論」或稱為「異質同
> 構」的理論。按照這種理論，他們認為外部事物、藝術樣式、人
> 物的生理活動和心理活動，在結構形式方面，都是相同的，它們
> 都是「力」的作用模式。在安海姆看來，自然物雖有不同的形狀，
> 但都是「物理力作用之後留下的痕跡」。藝術作品雖有不同的形
> 式，卻是運用內在力量對客觀現實進行再創造的過程。所以，「書
> 法一般被看著是心理力的活的圖解」。總之，世界上的一切事物，
> 其基本結構最後都可歸結為「力的圖式」。正是在這種「異質同
> 構」的作用下，人們才在外部事物和藝術作品中，直接感受到某
> 種「活力」、「生命」、「運動」和「動態平衡」等性質。……
> 所以，事物的形體結構和運動本身就包含著情感的表現，具有審
> 美的意義。[15]

他們這把「意」與「象」之所以形成、互動、趨於統一，而產生美感的
原因、過程與結果，都簡要地交代清楚了。

　　若單從辭章層面來看，則意象和辭章的內容是融為一體的。而辭章

---

14 李澤厚：《李澤厚哲學美學文選》（臺北市：谷風出版社，1987 年 5 月初版），頁
　　503-504。
15 歐陽周、顧建華、宋凡聖等：《美學新編》（杭州市：浙江大學出版社，2001 年 5 月
　　一版九刷），頁 253。安海姆之「同形論」或「同形說」，參見蔣孔陽、朱立元主編：
　　《西方美學通史》第六卷，頁 715-717。

內容的主要成分，不外情、理與事、物（景）。其中情與理為「意」，屬核心成分；事與物（景）乃「象」，為外圍成分[16]。它可用下圖來表示：

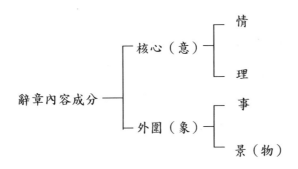

而此情、理與事、物（景）之辭章內容成分，就其情、理而言，是「意」；就其事、物（景）而言，是「象」。

所謂核心成分，為「情」或「理」，乃一篇之主旨所在。它安排在篇內時，都以「情語」或「理語」來呈現，既可置於篇首，也可置於篇腹，更可置於篇末[17]，以統合各個事、物（景）之「象」。而如果核心成分之「情」或「理」（主旨）未安置於篇內，就要從篇外去尋找，這是讀者要特別費心的。但無論是「理」或「情」，皆指「意象」之「意」來說。

所謂外圍成分，則以事語或物（景）語來表出。也就是說，形成外圍結構的，不外「景」（物）材與「事」材而已。先就「景」（物）材來說，凡是存於天地宇宙之間的實物或東西都可以成為文章的材料。以

---

16 陳滿銘：〈談篇章的縱向結構〉，臺灣師大《中國學術年刊》22 期（2001 年 5 月），頁 259-300。

17 陳滿銘：〈談安排辭章主旨（綱領）的幾種基本形式〉，臺灣師大《國文學報》14 期（1985 年 6 月），頁 201-224。

較大的物類而言，如天（空）、地、人、日、月、星、山（陸）、水
（川、江、河）、雲、風、雨、雷、電、煙、嵐、花、草、竹、木
（樹）、泉、石、鳥、獸、蟲、魚、室、亭、珠、玉、朝、夕、晝、
夜、酒、餚……等就是；以個別的對象而言，如桃、杏、梅、柳、菊、
蘭、蓮、茶、麥、梨、棗、鶴、雁、鶯、鷗、鷺、鵜鴂、鷓鴣、杜鵑、
蟬、蛙、鱸、蚊、蟻、馬、猿、笛、笙、琴、瑟、琵琶、船、旗、
轎……等就是。這些物材可說無奇不有，不可勝數。大抵說來，作者在
處理內容成分時，大都將個別的物材予以組合而形成結構。

再就「事」材來說，凡是發生在天地宇宙之間的事情都可以成為文
章的材料。以抽象的事類而言，如取捨、公私、出入、聚散、得失、逢
別、迎送、仕隱、悲喜、苦樂、歌舞、來（還）往（去）、成敗、視聽、
醒醉、動靜，甚至入夢、弔古、傷今、閒居、出遊、感時、恨別、雪
恥、滅恨、修身、齊家、治國、平天下，泛論、舉證、經過、結果……
等就是；以具體的事件而言，如乘船、折荷、繞室、讀書、醉酒、離
鄉、還家、邀約、赴約、生病、吃糠、遊山、落淚、彈箏、倚杖、聽
蟬、接信、拆信、羅酒漿、備飯菜，甚至行孝、行悌、致敬……等就
是。這些事材，可說俯拾皆是，多得數也數不清。作者通常都用具體的
事件來寫，卻在無形中可由抽象的事類予以統括。[18]

以上所舉的「景」（物）材，主要用於寫「景（物）」；而「事材」
則主要用於敘「事」；乃形成章法結構隻基礎。它們所敘寫的無論是「景
（物）」或「事」，皆指「意象」之「象」而言。茲舉馬致遠題作「秋思」
的〈天淨沙〉曲為例：

---

18 以上說明，參見陳滿銘：《章法學綜論》（臺北市：萬卷樓圖書公司，2003 年 6 月初
　版），頁 107-119。

　　枯藤、老樹、昏鴉。小橋、流水、人家。古道、西風、瘦馬。夕
陽西下。斷腸人在天涯。

本曲旨在寫浪跡天涯之苦。它先就空間，以「枯藤」兩句寫道旁所見，
以「古道」句寫道中所見；再就時間，以「夕陽」句指出是黃昏，以增
強它的情味力量；然後由景轉情，點明浪跡天涯者「人生如寄」、「漂
泊無定」的悲痛[19]，亦即「斷腸」作結。
　　就在這首曲裡，可說一句一意象（狹義），形成了豐富之「意象」
群，其中以「枯藤」、「老樹」、「昏鴉」、「古道」、「西風」、「瘦馬」、
「夕陽西下」（黃昏）等「物」（景）與「人在天涯」之「事」，針對著「斷
腸」之「意」，透過「異質同構」（正：悽涼）之作用，而形成正面「意
象」，很技巧地與「小橋」、「流水」、「人家」（反：溫馨）等「物」所
形成的反面「意象」，把流浪的孤苦與團圓的溫馨作成強烈對比，以推
深作者「人在天涯」的悲痛來。很顯然地，這種意象之互動，是可以還
原到作者構思之際加以確定的。以此為基礎就形成了如下結構：

```
        ┌─ 遠（道旁）─┬─ 正（自然之景〔象〕）：「枯藤老樹」句
        │            └─ 反（人文之景〔象〕）：「小橋流水」句
 ┤
        └─ 近（道中）─┬─ 一（馬、日〔象〕）：「古道西風」二句
                     └─ 二（斷腸人〔意、象〕）：「斷腸人在天涯」
```

19 楊棟：「這首小令通過一幅秋野夕照圖的描繪，抒寫了一位浪跡天涯的遊子對『家』
　的思念，以及由此生發出的漂泊無定的厭倦及悲涼情緒，強烈地表現出人類普遍存
　在的內在孤獨感與無歸宿感。」見《中國古代文學名篇選讀》（天津市：南開大學出
　版社，2001 年 3 月一版一刷），頁 62。

這首曲所搜取的「象」特別豐富,但只要稍予歸納,即可看出它的「意」在「象」中。

因此,意象之形成、互動而組織為章法,就像《文心雕龍·神思》所說的,確是「馭文之首術、謀篇之大端」。

如同上述,所謂的「意象」,乃合「意」與「象」而成。它除指狹義的個別意象外,也指廣義之整體意象。廣義者指全篇,屬於整體,可以析分為「意」與「象」;狹義者指個別,屬於局部,往往合「意」與「象」為一來稱呼。而整體是局部的總括、局部是整體的條分,所以兩者關係密切。不過,必須一提的是:意象有廣義與狹義之別。而狹義之「意象」,亦即個別之「意象」,雖往往合「意」與「象」為一來稱呼,卻大都用其偏義,譬如草木或桃花的意象,用的是偏於「意象」之「意」,因為草木或桃花都偏於「象」;如「桃花」的意象之一為愛情,而愛情是「意」;而團圓或流浪的意象,則用的是偏於「意象」之「象」,因為團圓或流浪,都偏於「意」;如「流浪」的意象之一為浮雲,而浮雲是「象」。因此前者往往是一「象」多「意」,後者則為一「意」多「象」。而它們無論是偏於「意」或偏於「象」,通常都通稱為「意象」[20]。

而這種「意」與「象」,看來雖是對待的「二元」,卻有形質、主從之分。其中「情」與「理」,是「質」是「主」;而「景」(物)與「事」,為「形」為「從」。這可藉王國維的「一切景語皆情語」[21]一語加以擴充,那就是:

---

20 陳滿銘:〈意、象互動論——以「一意多象」與「一象多意」為考察範圍〉,中山大學《文與哲》學報 11 期(2007 年 12 月),頁 253-280。

21 王國維:《人間詞話刪稿》,《詞話叢編》五(臺北市:新文豐出版公司,1988 年 2月臺一版),頁 4257。

也就是說，作者用「景」（物）、「事」來寫，是手段，而藉以充分凸顯「情」與「理」，才是目的。因此「景」（物）、「事」之形是以「理」或「情」為質的。

　　如果進一步以「質」與「構」切入探討，則大體而言，主體之「情」與客體之「理」是「質」（本質）、主體之「事」（人為）與客體之「景」（自然）為「形」（現象），而主、客體交互由「外在世界的力（物理）與內在世界的力（心理）」作用所聯接起來的「形式結構」，則為「構」。它們的關係可用下圖來表示：

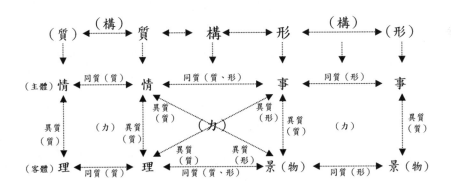

其中主體為「人類」、客體為「自然」，兩者是不同質的，卻可透過「力」的作用形成「構」，搭起連結的橋樑。而主體與客體，又所謂「誠於中（質）而形於外（形）」，是各有其「形」、「質」的：就主體的人類來說，「情」是「質」、「事」（含人事景）是「形」；就客體的自然而言，「理」

是「質」、「景（物）」（含自然事）是「形」[22]；而章法結構也因此能連接在一起，形成系統。

　　因此完整說來，主與客、主與主、客與客、質與質、質與形、形與形之間，都可以形成「構」（力），而連結在一起，產生互動之作用，使章法結構系統趨於嚴密。其中連結「情」（意）與「情」（意）、「情」（意）與「事」（象）、「理」（意）與「理」（意）、「理」（意）與「景（物）」（象）的，為「同質同構」類型；連結「情」（意）與「理」（意）、「情」（意）與「景（物）」（象）、「理」（意）與「事」（象）的，為「異質同構」類型；連結「景」（象）與「景（物）」（象）、「事」（象）與「事」（象）的，為「同形同構」類型，這是特別從「同質同構」中分出來的；連結「景」（象）與「事」（象）的，為「異形同構」類型，這是特別從「異質同構」中分出來的。如此來看待意象形成之類型，是會比較周全的。而這種類型，如果單著眼於「意」與「象」之連結，則可呈現如下：首先為「意」與「意」類型：（一）情與情（同質）、（二）情與理（同質）、（三）理與理（同質）；其次為「意」與「象」類型：（一）情與事（同質、形與質）、（二）情與景（異質、形與質）、（三）理與景（同質、形與質）、（四）理與事（異質、形與質）；又其次為「象」與「象」類型：（一）事與事（同質、同形）、（二）事與景（異質、異形）、（三）景與景（同質、同形）。這樣兩相對照，它們互動而形成章法結構的關係是可以清楚看出來的。

第二節　章法與同質同構

　　「同質同構」，是指藉「構」（力）為橋樑，連結「人」這個主體之

---

22 陳滿銘：〈以「構」連結「意象」成軌之幾種類型──以格式塔「異質同構」說切入作考察〉，《平頂山學院學報》21 卷 6 期（2006 年 12 月），頁 68-72。

「情」（意）與「情」（意）、「情」（意）與「事」（象）、連結「物」那
個客體之「理」（意）與「理」（意）、「理」（意）與「景」（象）的一
種類型。這是形成章法結構的一種常見類型。

　　首先是「情」（意）與「情」（意）互動所產生的「同構」，藉以呈現
章法結構中有關「情」與「情」的通貫脈絡。如杜甫的〈旅夜書懷〉詩：

　　細草微風岸，危檣獨夜舟。星垂平野闊，月湧大江流。名豈文章
　　著，官應老病休。飄飄何所似？天地一沙鷗。

　　此詩為泊舟江邊、觸景生情之作。起聯藉孤舟、風岸、細草，寫江
邊的寂寥；頷聯藉星月、平野、江流，寫天地的高曠；這是寫景的部
分，為「實」。頸聯就文章與功業，寫自己事與願違、老病交迫的苦
惱；尾聯就旅舟與沙鷗，寫自己到處飄泊的悲哀；這是抒情的部分，為
「虛」。就這樣一實一虛地產生相糅相襯的效果，使得滿紙盈溢著悲愴
的情緒[23]。其結構分析表為：

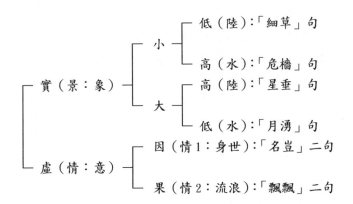

---

23 傅思均分析，見《唐詩大觀》（香港：商務印書館香港分館，1986 年 1 月香港一版二
　　刷），頁 564。

　　由上表可看出，作者寫這首詩，主要是用虛（情）實（景）、大小、因果、高低等章法來組織其內容材料，以形成其篇章結構的。而其中的「篇」結構，即以「悲愴」為構，以連結「實（景）」與「虛（情）」而形成互動；而「虛（情）」的部分，又仍以「悲愴」為構，連結「身世之感」（情1）與「流浪之苦」（情2）而形成互動，呈現脈絡。

　　其次是「情」（意）與「事」（象）互動所產生的「同構」，藉以呈現章法結構中有關「情」與「事」的通貫脈絡。如李之儀的〈卜算子〉詞：

　　我在長江頭，君住長江尾。日日思君不見君，共飲長江水。　　此水幾時休，此恨何時已。只願君心似我心，定不負相思意。

　　這闋相思詞，是用「先事後情」的結構寫成的。作者在上片，以起二句，寫相隔之遠，這是敘事的部分。以後二句，寫相思之久；換頭以後，則以前兩句，敘恨無已時；以結兩句，敘兩情不負；以上六句是抒情的部分。就這樣，以「長江」為媒介，以「不見」為根由，純用「虛」的材料，始終未雜以任何寫景的句子來襯托，卻將「思君」的情感表達得極其真切深長，無論從其韻味或用語來看，都像極了古樂府。唐圭璋

說它「意新語妙，直類古樂府」[24]，是很有見地的。其結構分析表為：

從上表可以看出，這闋詞主要是用泛（情）具（事）、賓主、虛實、因果等章法來組織其內容材料，以形成其篇章結構的。而其中的「篇」結構，即以「無休、無已」為構，以連結「具（事）」與「泛（情）」而形成互動，呈現脈絡。

又其次是「理」（意）與「理」（意）互動所產生的「同構」，藉以呈現章法結構中有關「理」與「理」的通貫脈絡。如《禮記・大學》的「經一章」：

> 大學之道：在明明德，在親民，在止於至善。知止而后有定，定而后能靜，靜而后能安，安而后能慮，慮而后能得。物有本末，事有終始，知所先後，則近道矣。
> 古之欲明明德於天下者，先治其國；欲治其國者，先齊其家；欲齊其家者，先修其身；欲修其身者，先正其心；欲正其心者，先誠其意；欲誠其意者，先致其知；致知在格物。物格而后知至，知至而后意誠，意誠而后心正，心正而后身修，身修而后家齊，

---

24 唐圭璋：《唐宋詞簡釋》（臺北市：木鐸出版社，1982 年 3 月初版），頁 115。

　　家齊而后國治，國治而后天下平。

　　自天子以至於庶人，壹是皆以修身為本。其本亂，而末治者否矣；
　　其所厚者薄，而其所薄者厚，未之有也。此謂知本，此謂知之至也。

　　這章文字總論「大學」的目標與方法。論其目標的，為「大學之道」
四句，此即朱子所謂之「三綱」（見《大學章句》）。論其方法的，從「知
止」句起至段末，在此，先泛泛地就步驟，論「知止」、「知先後」，既
一面承上交代「三綱」之實施步驟，也一面啟下提明「八目」的實踐工
夫。朱子《大學章句》在「則近道矣」句下注云：「此結上文兩節之意。」
又在「國治而后天下平」句下注云：「『修身』以上，明明德之事也；『齊
家』以下，新民之事也；物格知止，則知所至矣；『意誠』以下，皆得
所止之序也。」[25] 可見這節文字在內容上，是既承上又啟下的。接著實
際地就「八目」來加以論述。《大學》的作者在這個部分，先以「平提」
的方式，依序以「古之欲明明德」十三句，逆推八目，以「物格而后知
至」七句，順推八目；然後以「側收」的方式，就「八目」中的「修身」
一目，說「修身」為本，並說明所以如此的原因，朱子《大學章句》於
「壹是皆以修身為本」句下注云：「『正心』以上，皆所以修身也；『齊家』
以下，則舉此而錯之耳。」[26] 又於「未之有也」句下注云：「本，謂身
也；所厚，謂家也。此兩節（自「天子」句至「未之有也」）結上文兩
節（自「古之欲明明德」句至「國治而后天下平」）之意。」[27] 而孔穎
達《禮記正義》在「此謂知之至也」句下云：「本，謂身也；既以身為
本，若能自知其身，是知本也，是知之至極也。」[28] 由此可知這一節文

---

25 依朱熹：《四書集注》（臺北市：學海出版社，1984 年 9 月初版），頁 4。
26 同前註。
27 同前註。
28 《十三經注疏‧禮記》（臺北市：藝文印書館，1965 年 6 月三版），頁 984。

字，是採「側收」以回繳整體的手法來表達的。這樣，不僅回應了具論條目的部分，也回應了論步驟與目標的二節文字，產生了以簡（側）馭繁（平）的效果。其結構分析表為：

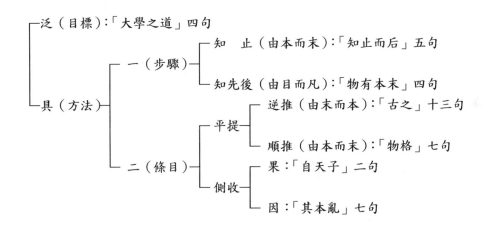

從上表可知，作者在此章文中，主要用了泛具、並列、平側、本末、凡目、因果等章法來組織其內容材料，以形成其篇章結構，很合乎秩序、變化、聯貫、統一的原則[29]。而其中無論「篇」與「章」結構，全以「知先後」為構，以連結各部分「修己」（先）、「治人」（後）之道理而形成互動，呈現脈絡。

　　然後是「理」（意）與「景」（象）互動所產生的「同構」，藉以呈現章法結構中有關「理」與「景」的通貫脈絡。如朱熹的〈觀書有感〉二首之一：

　　半畝方塘一鑑開，天光雲影共徘徊。問渠那得清如許？為有源頭活水來。

---

29 陳滿銘：〈談儒家思想體系中的螺旋結構〉，臺灣師大《國文學報》29 期（2000 年 6 月），頁 12-23。

　　此詩先以開端二句，描寫反映著天光雲影的半畝方塘，它的形象因為「能使人心情澄淨，心胸開朗」[30]，所以十分自然地帶出三、四兩句來。而三、四兩句，則採設問技巧，為「方塘」之所以能「清」得反映「天光雲影」，找到「源頭活水」這個答案，使得全詩充滿著理趣[31]。其結構分析表為：

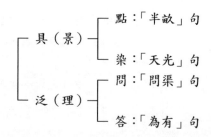

由上表可知，這首詩主要是用泛具、點染、問答等章法來組織其內容材料，以形成其篇章結構的。而其中的「篇」結構，即以「清如許」為構，以連結「具（景）」與「泛（理）」而形成互動，呈現脈絡。

第三節　章法與異質同構

　　「異質同構」，是指藉「構」（力）為橋樑，連結「情」與「理」、「情」（意）與「景」（象）、「理」（意）與「事」（象）的一種類型。這在章法結構中最常見的。

　　首先是「情」與「理」互動所產生的「同構」，藉以呈現章法結構中有關「情」與「理」的通貫脈絡。如秦觀的〈鵲橋仙〉：

---

30 霍松林語，見《宋詩大觀》，頁1119。
31 同前註，頁1118。

纖雲弄巧，飛星傳恨，銀漢迢迢暗度。金風玉露一相逢，便勝卻人間無數。　　柔情似水，佳期如夢，忍顧鵲橋歸路。兩情若是久長時，又豈在朝朝暮暮。

　　這首詞藉牛郎織女相會的故事，來歌頌歷久不渝的愛情，是用「先實後虛」的結構寫成的。

　　「實」的部分，自篇首至「金風」句止。其中「纖雲」句，暗用織女巧手善織雲錦的典實，描繪出空中彩雲變幻的景象，為下面的敘事安排一個良好環境。「飛星」三句，直寫牛郎織女在七夕，懷著別恨，暗中渡河相會的本事。而「虛」的部分，則自「便勝卻」句起至篇末。其中「便勝卻」句，即事（景）說理，歌頌牛郎織女的真情摯意。「柔情」三句，由「因」而「果」，寫牛郎織女由於兩情綢繆、相聚甜美，所以依依不捨，不忍踏上歸路，從正面抒情，有著無盡的酸辛。「兩情」二句，忽又轉情為論，從酸辛中超拔而出，給真情者以莫大的安慰。

　　從表面上看來，此詞似寫牛郎織女，而實際上卻未離自己。其結構分析表為：

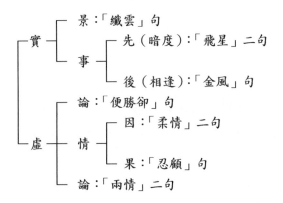

顯然地，這首詞主要是用虛實、景事、論情、先後、因果等章法來組織

其內容材料，以形成其篇章結構的。而其中「論、情、論」的「章」結構，乃以「久長」為「構」，連結「情」與「理」而形成互動，呈現脈絡。

其次是「情」（意）與「景」（象）互動所產生的「同構」，藉以呈現章法結構中有關「情」與「景」的通貫脈絡。如李煜的〈望江南〉詞：

> 多少恨，昨夜夢魂中。還似舊時遊上苑，車如流水馬如龍。花月正春風。

這闋詞首先以起二句，直接將自己夢後的滿腔怨恨傾洩而出；其次以次句，交代他「怨恨之由」[32]；然後以「還似」三句，寫溫馨之夢境，以反襯「怨恨」之情。這樣以「先情後景」的結構來寫，篇幅雖短，卻充分地抒發了他亡國之痛[33]。其結構分析表為：

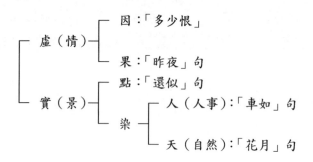

從上表可知，作者在此，主要是用虛（情）實（景）、因果、點染、天人[34]等章法來組織其內容材料，以形成其篇章結構的。而其中的「篇」

32 王沛霖、傅正谷分析，見唐圭璋主編：《唐宋詞鑑賞集成》（香港：中華書局香港分局，1987 年 7 月初版），頁 119。
33 同前註，頁 120。
34 天，指自然；人指人事；都屬於材料。在寫景時，這種著眼於材料，將「天」與「人」

結構，即以「怨恨（正）、溫馨（反）」為構，以連結「虛（情）」與「實（景）」而形成互動，呈現脈絡。

　　然後是「理」（意）與「事」（象）互動所產生的「同構」，藉以呈現章法結構中有關「理」與「事」的通貫脈絡。如劉蓉的〈習慣說〉：

　　　蓉少時，讀書養晦堂之西偏一室。俛而讀，仰而思；思而弗得，輒起，繞室以旋。室有窪徑尺，浸淫日廣。每履之，足苦躓焉；既久而遂安之。
　　　一日，父來室中，顧而笑曰：「一室之不治，何以天下國家為？」命童子取土平之。
　　　後蓉履其地，蹴然以驚，如土忽隆起者；俯視地，坦然則既平矣。已而復然；又久而後安之。
　　　噫！習之中人甚矣哉！足履平地，不與窪適也；及其久，而窪者若平。至使久而即乎其故，則反窒焉而不寧。故君子之學貴慎始。

　　此文旨在說明習慣對人影響之大，藉以讓人體會「學貴慎始」的道理。它就結構而言，可大別為「敘」與「論」兩大部分。其中「敘」屬「目」（條分）而「論」屬「凡」（總括）。屬「目」之敘，先以「蓉少時」七句，敘述自己繞室以旋的習慣，作為引子，以領出下面兩軌文字來。再以「室有窪徑尺」五句，敘述室有窪而足苦躓，卻久而安的情事，這是第一軌；然後以「一日」十三句，敘述自己因父親取土平而蹴然以

並呈，以形成結構的情形很普遍，因此，把「天人」視為章法，是相當合理的。如馬致遠的套曲〈題西湖〉，便是著例。見陳滿銘：《文章結構分析──以中學國文課文為例》（臺北市：萬卷樓圖書公司，1999 年 5 月初版），頁 295-297。又參見陳滿銘：〈論幾種特殊的章法〉，臺灣師大《國文學報》31 期（2002 年 6 月），頁 187-191。

驚，卻又久而後安的經過，這是第二軌。而屬「凡」之論，則先以
「噫！習之中人也甚矣哉」，為習慣對人之影響而發出感歎；再以「足
履平地」四句，呼應屬「目」之第一軌加以論述；接著以「至使久而即
乎其故」二句，呼應屬「目」之第二軌加以論述；最後以「故君子之學
貴慎始」一句，由習慣轉入為學，將一篇主意點明作結。此文誠如宋廓
所說「文章以『思』為經，貫穿始末。因『思』而『繞室以旋』，從『旋』
而極其自然地引渡到主題的闡發」[35]，這樣所闡發的主題，便更為明
晳，而富於說服力了。其結構分析表為：

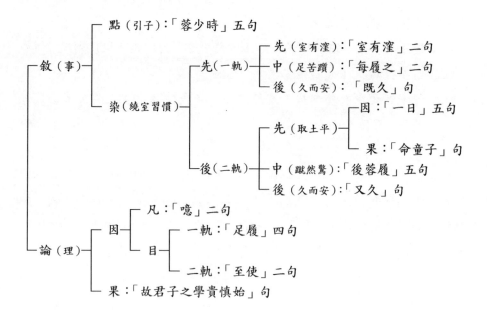

由上表可看出，這篇文章主要是用敘論、點染、因果、凡目、先後（今

---

35 宋廓語，見《古文鑑賞辭典》下（上海市：上海辭書出版社，1998 年 4 月一版三
　　刷），頁 2004。

昔）等章法來組織其內容材料，以形成其結構的。而其中的「篇」結構，即以「慎始（習慣）」為構，以連結「敘（事）」與「論（理）」而形成互動，呈現脈絡。

第四節　章法與形形同構

　　「形」與「形」之同構有兩種：「同形同構」與「異形同構」。其中「同形同構」，是指藉「構」（力）為橋樑，連結「景」（象）與「景」（象）、「事」（象）與「事」（象）的一種類型。而「異形同構」，則是指藉「構」（力）為橋樑，連結「景」（象）與「事」（象）的一種類型。本來，這兩種類型，乃屬於「同質同構」或「異質同構」的範圍，可分別歸入上兩類型之內，但為了凸顯形與質之「二元」關係，在此特地抽離出來單獨探討，以見「象」（形）以「意」（質）為「構」的特點。

　　首先是「象」（景）與「象」（景）互動所產生的「同構」，藉以呈現章法結構中有關「景」與「景」的通貫脈絡。如歐陽脩〈采桑子〉詞：

　　　　春深雨過西湖好，百卉爭妍，蝶亂蜂喧，晴日催花暖欲然。　　蘭橈畫舸悠悠去，疑是神仙。返照波間，水闊風高颺管絃。

　　這是作者詠西湖十三調中的一首，旨在詠雨過春深的潁州西湖好景，以襯托作者閑適的心情。作者在此，先以起句「春深雨過西湖好」作一總敘，再以「百卉爭妍」三句，藉花卉、蜂蝶、晴日等自然景物，寫西湖堤上的春深好景，然後以「蘭橈畫舸悠悠去」四句，以畫船、返照、水闊、風高與管絃等糅合自然與人事的景物，寫西湖水上的春深好景。敘次由凡而目，將西湖的春深好景，描寫得異常生動。其結構分析

表為：

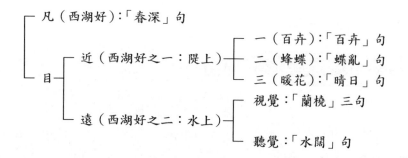

由上表可看出，作者寫潁州西湖「春深」好景，主要用了凡目、遠近、知覺轉換[36]與並列等章法來組織其內容材料，以形成它的篇章結構，敘次井然。而其中的「章」（目）結構，即以「春好」為構，以連結一近一遠之「景」（象）而形成互動，呈現脈絡。

　　其次是「象」（事）與「象」（事）互動所產生的「同構」，藉以呈現章法結構中有關「事」與「事」的通貫脈絡。如《列子》的〈愚公移山〉：

太形、王屋二山，方七百里，高萬仞，本在冀州之南、河陽之北。北山愚公者，年且九十，面山而居。懲北山之塞，出入之迂也，聚室而謀曰：「吾與汝畢力平險，指通豫南，達於漢陰，可乎？」雜然相許。
其妻獻疑曰：「以君之力，曾不能損魁父之丘，如太形、王屋何？且焉置土石？」雜曰：「投諸渤海之尾、隱土之北。」遂率子孫荷擔者三夫，叩石墾壤，箕畚運於渤海之尾；鄰人京城氏之孀妻

---

36 仇小屏：《篇章結構類型論》（臺北市：萬卷樓圖書公司，2005 年 7 月再版），頁149-157。

有遺男，始齔，跳往助之；寒暑易節，始一反焉。

河曲智叟笑而止之曰：「甚矣，汝之不慧！以殘年遺力，曾不能毀山之一毛，其如土石何？」北山愚公長息曰：「汝心之固，固不可徹，曾不若孀妻弱子。雖我之死，有子存焉；子又生孫，孫又生子；子又有子，子又有孫；子子孫孫，無窮匱也。而山不增，何苦而不平？」河曲智叟亡以應。操蛇之神聞之，懼其不已也，告之於帝，帝感其誠，命夸娥氏二子負二山，一厝朔東，一厝雍南。自此冀之北、漢之陰，無隴斷焉。

　　這是藉一則寓言故事，以說明有志竟成、人助天助的道理。作者在此，直接以開端四句，交代這個故事發生的地點與原因，屬此文之「引子」，為「因」；而以結尾二句，才應起交代這個故事的結局，乃本文之「收尾」，為「果」。至於「北山愚公者」句起至「一厝雍南」句止，則正式用具體的情節來呈現這件故事發生的經過；這對開端四句的「因」而言，是「果」的部分。這個部分，作者用「先因後果」的順序加以組合：其中「北山愚公者」句起至「河曲智叟亡以應」句止，敘述愚公決意「移山」，贏得家人、鄰居的贊可與幫助，無視於河曲智叟之嘲笑，努力率眾去「移山」的始末，此為「因」；而「操蛇之神聞之」起至「一厝雍南」句止，敘述愚公的這番努力，終於感動了天帝，而命大力神去助其完成「移山」的最後結果；此為「果」。其結構分析表為：

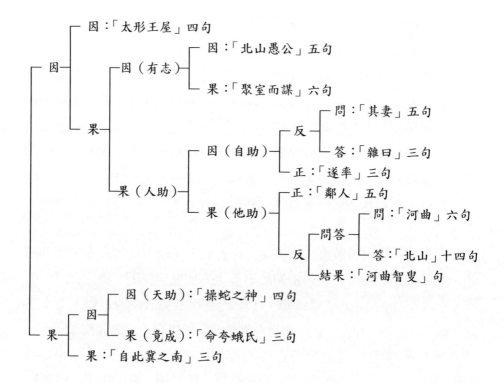

　　由上表可看出，作者敘述這一神話故事，用了因果、正反、問答等章法來組織其內容材料，以形成篇章結構，如果拿掉了這些章法，是很難形成完整結構的。而其中的篇章結構，即以「有志（人助）、竟成（天助）」為構，以連結各種人為與天工之「事」（象）而形成互動，呈現脈絡。

　　然後是「象」（景）與「象」（事）互動所產生的「同構」，藉以呈現章法結構中有關「景」與「事」的通貫脈絡。如王維的〈輞川閒居贈裴秀才迪〉詩：

寒山轉蒼翠，秋水日潺溪。倚杖柴門外，臨風聽暮蟬。渡頭餘落日，墟里上孤煙。復值接輿醉，狂歌五柳前。

　　這首詩是王維和裴迪秀才相酬為樂之作，旨在藉自然景物與人物形象的刻畫，以寫作者閒逸之趣。它在首、頸兩聯，特地採「先高後低」、「先視覺後聽覺」之結構，描繪了「輞川」附近的水陸秋景與暮色，勾勒出一幅有色彩、音響和動靜結合的和諧畫面。而在頷、末兩聯，則用「先遠後近」、「先視覺後聽覺」之結構，於一派悠閑的自然圖案中，嵌入了作者自己倚杖聽蟬和裴迪狂歌而至的人事象，兩兩相映成趣，形成物我一體的藝術境界，將「輞川閒居」之樂作了具體的表達[37]。其結構分析表為：

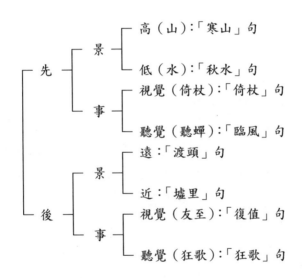

由上表可知，此詩主要是用全「具」（景、事）、先後（今昔）、高低、遠近、知覺轉換等章法來組織其內容材料，以形成其篇章結構的。而其中的第一層「章」結構，即以「閑逸」為構，以連結兩疊「景」（象）與「事」（象）而形成互動，呈現脈絡。

----

37 趙慶培分析，見《唐詩大觀》，頁149。

第五節　美學詮釋

　　經由「構」將「意」與「象」加以連結而形成互動，來呈現章法結構，所涉及的是「虛實」與「映襯」、「聯貫」與「統一」等，而美感就從中產生。茲分述如下：

一　虛實與映襯

　　「意」與「象」是「一虛一實」的關係，而「虛」與「實」又形成「二元互動」。從形式上看，「意」與「象」之形成、互動，無論是「以虛化實」「以實化虛」，形成章法結構，都可以產生「虛實相生」之美感。曾祖蔭即指出這種「虛實」一種美學特徵說：

> 　　就藝術反映生活的特點來看，如果說現實景物是「實」，通過景物所體現的思想感情是「虛」，那末，化實為虛就是要化景物為情思，這在我國詩詞中表現得尤為突出。……化虛為實突出地表現為將心境物化。把看不見、摸不著的思想感情、心理變化等，用具體的或直觀的感性形態表現出來，也就是說，要變無形為有形。從這個意義上說，具體的或直觀的物象為實，無形的思想感情、心理變化等為虛。化虛為實就是把無形的思想、情趣、心理等轉化為具體生動的藝術形象。[38]

如此透過「同構」，將「心境物化」、「物境心化」，確實可以解釋「意（虛）」與「象（實）」互動的藝術特色。也正因為它們能由互動而結合，便成為中國美學一條重要的原則，概括了中國藝術的美學特點。葉太平

---

[38] 曾祖蔭：《中國古代文藝美學範疇》（臺北市：文津出版社，1987 年 8 月初版），頁 167-172。

即認為：

> 藝術形象必須「虛實結合」，才能真實地反映有生命的世界。如
> 果沒有物象之外的虛空，藝術品就失去了生命。[39]

而這種「轉化」或「結合」，如對應於生理、心理來說，則建立在「兩
兩相對」之基礎上。對此，宗白華便說：

> 有謂節奏為生理、心理的根本感覺，因人之生理，均兩兩相對，
> 故於對稱形體，最易感人。[40]

而「兩兩相對」形成藝術，即兩兩「映襯」或「襯托」之意。董小玉說：

> 襯托，原係中國繪畫的一種技法，它是只用墨或淡彩在物象的外
> 廓進行渲染，使其明顯、突出。這種技法運用於文學創作，則是
> 指從側面著意描繪或烘托，用一種事物襯托另一種事物，使所要
> 表現的主體在互相映照下，更加生動、鮮明。襯托之所以成為文
> 學創作中一種重要的表現手法，是由於生活中多種事物都是互為
> 襯托而存在的，作為真實地表現生活的文學，也就不能孤立地進
> 行描寫，而必然要在襯托中加以表現。[41]

---

39 葉太平：《中國文學的精神世界》（臺北市：正中書局，1994 年 12 月臺初版），頁
　290。
40 林同華主編：《宗白華全集》1（合肥市：安徽教育出版社，1996 年 9 月一版二刷），
　頁 506。
41 董小玉：《文學創作與審美心理》（成都市：四川教育出版社，1992 年 12 月一版一
　刷），頁 338。

既然「生活中多種事物都是互為襯托而存在」，而「襯托」的主（意）客（象）雙方，所呈現的就是「二元互動」的現象。這種現象，形成「調和」的，相當於襯托中的「對稱」；而形成「對比」的，則相當於襯托中的「對立」。

以「對稱」而言，陳望道在《美學概論》中論述「美的形式」時，列有「對稱與均衡」一項：

> 對稱（symmetry）是與幾何學上所說的對稱指稱同一的事實。都是將一條線（這一條線實際並不存在，也可假定其如此），為軸作中心，其左右或上下所列方向各異，形象相同的狀態。……所謂均衡（balance）雖與它（按：指對稱的形式）極類似，就比它活潑得多；……均衡是左右的形體不必相同，而左右形體的分量卻是相等的一種形式。[42]

這種「美的形式」運用在辭章時，則不必如幾何學那麼嚴密，只要達到均衡的狀態即可。因此落到「意」與「象」之虛實來說，則一樣可凸顯出其對稱（均衡）美。

以「對立」而言，張少康說：

> 任何藝術作品的內部都包含著許多矛盾因素的對立統一。例如我國古代文藝理論中所說的形與神、假與真、一與萬、虛與實、情與理、情與景、意與勢、文與質、通與變等等。每一件藝術品，每一個藝術形象，都是這一組組矛盾關係的統一，是它們的綜合

---

42 陳望道：《美學概論》（臺北市：文鏡文化事業公司，1984 年重排出版），頁 43-45

產物。[43]

而邱明正也表示：

> 這種既對立又統一的原則體現了矛盾著的雙方相互對立、相互排
> 斥，又在一定條件下相互轉化，相互統一的矛盾運動法則，是宇
> 宙萬物對立統一的普遍規律、共同法則在審美心理上的反映。[44]

可見「意」與「象」所形成的是「虛實」二元，而所形成「映襯」
之互動關係，無論為「對稱」或「對立」，均可趨向一種和諧統一的狀
態，而獲得「相生相成」之美感效果。這在章法結構系統中是極常見
的。

二　聯貫與統一

由「虛實」二元互動而形成「映襯」，如同上述，必然產生「相生
相成」之結果。而其中之「構」，就像表現物體輪廓之「線」（或明或暗）
一樣，會產生「聯貫」的作用，以聯貫如「點」之「意」和「象」，而
產生美感。這在章法結構中，隨處可見。歐陽周、顧建華、宋凡聖等在
其《美學新編》裡即指出：

> 線是點的運動軌跡，起貫穿空間的作用。在形式美諸要素中，線

---

43 張少康：《中國古代文學創作論》（臺北市：文史哲出版社，1991 年 6 月初版），頁
173。

44 邱明正：《審美心理學》（上海市：復旦大學出版社，1993 年 4 月一版一刷），頁
95。

占有特別重要的地位。[45]

這樣聯貫各「意象」二元（含映襯雙方），就形成了所謂之「多」，而「多」必又涉及「統一」的問題。因為：「聯貫」是「統一」的下徹過程，以連結成「多」；而「統一」是「聯貫」的上徹結果，以歸根於「一」；這自然就和「多樣的統一」有關。對此，陳望道從「形式原理」加以解釋說：

> 所謂形式原理，就是繁多的統一。我們對於美的形式，雖不一定其如此如彼，只是四分五裂、雜亂無章，總覺得是與審美的心情不合的。所以第一，「統一」實為對象所不可不具的一個要質。而且它所統一的又該不只簡單的一、二個要素。如只是一、二個要素，則統一固易成就，卻頗不免使人覺得單調。所以第二，繁多又為對象所不可不具的一個要質。我們覺得美的對象最好一面有著鮮明的統一，同時構成它的要素又是異常的繁多。卻又不是甚麼統一與否定了統一的繁多相並列，而是統一即現在繁多的要素之中的。如此，則所謂有機的統一就成立。能夠「統一為繁多的統一，而繁多又為統一的分化」。既沒有統一的流弊的單調板滯，也沒有繁多的流弊的厭煩與雜亂。所以古來所公認的形式原理，就是所謂繁多的統一（Unity in Variety），或譯為多樣的統一，亦稱變化的統一。[46]

所謂「統一為繁多的統一，而繁多又為統一的分化」，將「多」與「一」

---

45 《美學新編》，頁73。
46 《美學概論》，頁77-78。

不可分的關係，說得很明白。對此，楊辛、甘霖也認為：

> 多樣統一，這是形式美法則的高級形式，也叫和諧。從單純齊一、
> 對稱均衡到多樣統一，類似「一生二、二生三、三生萬物」。多
> 樣統一體現了生活、自然界中對立統一的規律，整個宇宙就是一
> 個多樣統一的和諧的整體。「多樣」體現了各個事物的個性的千
> 差萬別。「統一」體現了各個事物的共性的整體聯繫。[47]

　　由事物之「個性」與「共性」來觀察「多」與「一」，很能凸顯兩
者「一而二、二而一」的關係。而歐陽周、顧建華、宋凡聖等在其《美
學新編》裡，又加以闡釋說：

> 所謂統一，是指各個部分在形式上的某些共同特徵以及它們之間
> 的某種關聯、呼應、襯托、協調的關係，也就是說，各個部分都
> 要服從整體的要求，為整體的和諧、一致服務。有多樣而無統一，
> 就會使人感到支離破碎、雜亂無章、缺乏整體感；有統一而無多
> 樣，又會使人感到刻板、單調和乏味，美感也難以持久。而在多
> 樣與統一中，同中有異，異中求同，寓「多」於「一」，「一」
> 中見「多」，雜而不越，違而不犯；既不為「一」而排斥「多」，
> 也不為「多」而捨棄「一」；而是把兩個對立方面有機結合起來，
> 這樣從多樣中求統一，從統一中見多樣，追求「不齊之齊」、「無
> 秩序之秩序」，就能造成高度的形式美。……多樣與統一，一般
> 表現為兩種基本型態：一是對比，二是調和。……無論對比還是

---

47 楊辛、甘霖：《美學原理》（北京市：北京大學出版社，1989 年 2 月一版四刷），頁
　　161。

調和，其本身都要要求在統一中有變化，在變化中求統一，把兩者巧妙地結合在一起，就能顯示出多樣與統一的美來。[48]

可見「一」與「多」能形成「二元互動」，有機地結合在一起。也就是說，「一」之美，需要奠基在「多」之上；而「多」之美，也必須仰仗「一」來統合。

對這種道理，吳功正在其《中國文學美學》裡，以美學的觀點，從「陰陽」這一範疇切入說：

由一個最簡括的範疇方式：陰陽，繁孵衍化出正多的美學範疇：言與意、情與景、文與質、濃與淡、奇與正、虛與實、真與假、巧與拙等等，顯示出中國美學的一個顯著特徵：擴散型；又顯示出中國美學的另一個顯著特徵：本源不變性。這兩個特徵的組合，便顯示出中國美學在機制上的特性。如劉勰的《文心雕龍》就以此作為理論的結構框架。關於審美的主客體關係，劉勰認為，心（主體）「隨物以宛轉」，物（客體）「與心而徘徊」。關於情與物的關係：「情以物興，故義必明雅；物以情觀，故詞必巧麗」。其他關於文質、情文、通變等範疇和問題，也都是兩兩對舉，都有著陰陽二元的基本因子的構成模式。[49]

在此，他提出了兩個重要觀點：一是指出心（意）與物（象）、文與質、情與文、通與變等等範疇，都與「陰陽二元」有關。二為「陰陽二元」的特徵，既是「擴散」（徹下）的，也是「本源不變」（徹上）的。也

---

48 《美學新編》，頁 80-81。

49 吳功正：《中國文學美學》下卷（南京市：江蘇教育出版社，2001 年 9 月一版一刷），頁 785-786。

正由於「陰陽二元」，是諸多範疇構成的基本因子，有著擴散（徹下）、本源不變（徹上）的特徵，所以既能繁衍為「多」（層次、變化），也能歸本於「一（0）」（統一、和諧）。由此可知，陽剛（對比）和陰柔（調和）之重要，因而也凸顯了「二」（陽剛、陰柔或調和、對比）在「多」（層次、變化）、「一（0）」（聯貫、統一）之間不可或缺的地位，章法結構系統之特色，也可由此看出[50]。

　　這樣看來，無論是如上所述之「意象」之各種「質（形）構類型」，都可以因「同構」產生互動，而經由「二」（對稱、對立），以下徹形成「多」，再由「統一中見多樣」，而融成一體，以上徹形成「一（0）」，以形成章法結構系統，產生感染力，獲致多樣美感效果。

　　綜上所述，可知意、象之互動，依據辭章「情」、「理」、「事」、「景（物）」之四大要素，並結合格式塔「異質同構」之說，加以梳理、擴展，可大分為「同質同構」（情與情、理與理、情與事、理與景）、「異質同構」（情與理、情與景、理與事）、「同形同構」（景與景、事與事）、「異形同構」（景與事）等類型。而這些類型，都可經由舉例，藉其「章法結構」進行驗證，已充分見出個別與整體意象形成時「構」之作用，與篇章「意」與「象」間所產生「虛實、映襯」、「聯貫、統一」之美感。

---

50 陳滿銘：〈論章法結構之方法論系統——歸本於《周易》與《老子》作考察〉，臺灣師大《國文學報》46 期（2009 年 12 月），頁 61-94。又陳滿銘：〈論章法四大律之方法論原則——以多二一（0）螺旋結構作系統探討〉，臺灣師大《中國學術年刊》33 期春季號（2011 年 3 月），頁 87-118。

第三章
章法與思考訓練

摘要

所謂章法，指的是篇章的「條理」，也就是綴句成節（句群）、連節成段、組段成篇的一種層次邏輯。它源自於人類與宇宙共通的理則，而這理則，正是人人作各種思考的準據。因此人如能好好地依據章法的四大規律：秩序、變化、聯貫、統一，掌握各種章法（約四十種）作邏輯結構之分析，熟悉這種層次邏輯，則他（她）的思考，假以時日，必定可以逐漸合於秩序、變化、聯貫、統一的要求，藉以在人生事務上，能辨別是非、決定取捨。本章即著眼於此，舉常見名作為例，並附以結構分析表，略予說明，以見章法對思考訓練的重要性。

關鍵詞：章法、秩序、變化、聯貫、統一、邏輯結構、思考訓練

　　辭章章法是以「邏輯思維」為主、「形象思維」[1]為輔的，因此簡單地說，它所探討的主要是內容材料的深層關係，也就是篇章的邏輯「條理」，而此「條理」乃源自於人之心理，從內在應接萬事萬物，所呈顯的共通理則[2]。而這共通的理則，落到章法之上，便形成「秩序」、「變化」、「聯貫」、「統一」等四層邏輯。其中「秩序」、「變化」與「聯貫」三者，主要著重於個別材料（景與事）之布置，以梳理各種章法結構，重在分析；而「統一」則主要著眼於情、理或統合材料，凝成主旨或綱領，以貫穿全篇[3]，重在綜合。從根源上說，這四大規律（條理），乃經由人心之邏輯思考而得以呈顯，可說貫通了人我、物我，是完全合於天理人情，可藉以在人生事務上，辨別是非、決定取捨的，所以透過章法分析來進行思考訓練，最可收到事半功倍的效果。有鑑於此，本章即以此章法四層邏輯為綱，就一些章法結構，酌舉著例，並附以結構分析表，略作說明，藉以看出章法與思考訓練之間的密切關係。

第一節　秩序邏輯與思考訓練

　　所謂的「秩序」，是說將材料依時間、空間或事理展演的順序加以安排的意思。而目前所能掌握之章法，將近四十種，那就是：今昔、久暫、遠近、內外、左右、高低、大小、視角轉換、知覺轉換、時空交

1　邏輯思維與形象思維為人類最基本的兩種思維方式。參見侯健：《文學通論》（北京市：北京大學出版社，1986 年 5 月一版一刷），頁 153-157。

2　此即「人同此心，心同此理」之「理」，參見陳滿銘：〈談辭章章法的主要內容〉、〈談篇章結構〉，《章法學新裁》（臺北市：萬卷樓圖書公司，2001 年 1 月初版），頁 319-360、364-419。

3　陳滿銘：〈論辭章章法的四大律〉，《國文天地》17 卷 4 期（2001 年 9 月），頁 101-107。又參見仇小屛：《文章章法論》（臺北市：萬卷樓圖書公司，1998 年 11 月初版），頁 510，及《篇章結構類型論》上、下（臺北市：萬卷樓圖書公司，2000 年 2 月初版），頁 620。

錯、狀態變化、本末、淺深、因果、眾寡、並列、情景、論敘、泛具、
虛實（時間、空間、假設與事實、虛構與真實）、凡目、詳略、賓主、
正反、立破、抑揚、問答、平側（平提側注）、縱收、張弛、插補[4]、偏
全、點染、天（自然）人（人事）、圖底、敲擊[5] 等。這些章法，都可
以依秩序律，可藉由「移位」[6]，形成「順」與「逆」的兩種結構。如
今昔法，可形成「先今後昔」（逆）、「先昔後今」（順）的結構；又如
遠近法，可形成「先遠後近」（順）、「先近後遠」（逆）的結構；又如
因果法，可形成「先因後果」（順）、「先果後因」（逆）的結構；又如
虛實法，可形成「先虛後實」（逆）、「先實後虛」（順）的結構；又如
點染法，可形成「先點後染」（順）、「先染後點」（逆）的結構；又如
圖底法，可形成「先圖後底」（逆）、「先底後圖」（順）的結構。這些
結構，無論順、逆，都呈現出「層次邏輯」的條理。如曹操的〈短歌行〉
詩：

> 對酒當歌，人生幾何？譬如朝露，去日苦多。慨當以慷，憂思難
> 忘。何以解憂？唯有杜康。青青子衿，悠悠我心。但為君故，沉
> 吟至今。呦呦鹿鳴，食野之苹。我有嘉賓，鼓瑟吹笙。明明如月，
> 何時可掇？憂從中來，不可斷絕。越陌度阡，枉用相存。契闊談
> 讌，心念舊恩。月明星稀，烏鵲南飛。繞樹三匝，何枝可依？山
> 不厭高，海不厭深。周公吐哺，天下歸心。

---

4 以上章法，見〈談辭章章法的主要內容〉，《章法學新裁》，頁 319-360。又，《篇章
　結構類型論》上、下，頁 620。
5 以上五種章法，見陳滿銘：〈論幾種特殊的章法〉，臺灣師大《國文學報》31 期（2002
　年 6 月），頁 175-204。
6 陳滿銘：〈章法的「移位」、「轉位」結構論〉，臺灣師大《師大學報・人文與社會類》
　49 卷 2 期（2004 年 10 月），頁 1-22。

　　這首詩主要在抒發沒有人才來幫助自己一統天下的感嘆，所以傅更生認為它「意有所主，寓懷思招來之情」[7]，是用「先果後因」的結構寫成的。「果」的部分，自篇首至「何枝可依」句止，也一樣採「先果（一）後因（一）」的順序來寫：它首先以「對酒」八句，抒發對人生苦短的感慨（因），認為只得靠「酒」來解憂（果）而已；這是「果（一）」。其次首以「青青子衿」八句，就「實」，向眼前尚未歸附自己之賢才，表達長久以來的思慕之情（反─消極），並強調對那些歸附自己之賢者，是會竭誠歡迎、而加以禮遇的（正─積極）[8]；次以「明明如月」八句，就「虛」，對賢才何時求得、理想何時實現的重大事情，表達了一憂一喜的複雜心理；末以「月明」四句，藉月下烏鵲尋枝卻無枝可依的景象，以景襯情，帶出自己對無依賢才的愛憐之情；以上二十句，先抒情、後寫景，情景交融，為「因（一）」。而「因」的部分為「山不厭高」四句，特以「山」、「水」為喻（虛），並引「周公吐哺」之典，「表明自己求賢不懈的耿耿赤忱，希望能開創一個『天下歸心』的大好局面」[9]（實）。如此以「先果後因」（篇、章）、「先因後果」、「先反後正」、「先情後景」、「先實後虛」、「先虛後實」（章）等結構來寫，曲

7　傅庚生：「沈歸愚云：『月明星稀四句，喻客子無所依託，山不厭高四句，言王者不卻眾庶，故能成其大也。』此詩意有所主，寓懷思招來之情，『但為君故，沉吟至今，』此『君』必有所指。若不深求其脈注之鵠的，則此篇之旨，殊難揣摩。或曰：此曹操懷劉備詩也。說甚新穎，而尋繹之通篇可解，或其然歟？」見《中國文學欣賞舉隅》（臺北市：國文天地雜誌社，1990 年 4 月初版），頁 66-67。

8　蔡厚示以為此八句：「前半寫他求賢才不得時的日夜思慕；後半寫他求賢才既得後的竭誠歡迎。兩相對照，意極分明。」見盧昆、孫安邦主編：《漢魏晉南北朝隋詩鑑賞辭典》（太原市：山西人民出版社，1989 年 3 月一版一刷），頁 123。

9　同前註。

折而成功地表出了作者憐才、一統的心意。附結構分析表如下：

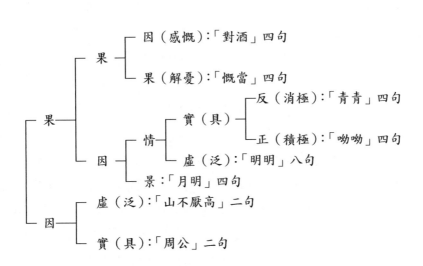

可見此詩由「因果」三疊、「虛實」二疊與「情景」、「正反」各一疊，
以「移位」邏輯通貫篇章結構系統，形成「秩序」。

又如孟浩然〈宿桐廬江寄廣陵舊遊〉詩：

> 山暝聽猿愁，滄江急夜流。風鳴兩岸葉，月照一孤舟。建德非吾
> 土，維揚憶舊遊。還將兩行淚，遙寄海西頭。

據詩題，可知此詩為作者乘舟停泊桐廬江畔時所作，旨在抒發自己
對揚州（廣陵）友人的懷念之情與自己的身世之感（愁）[10]，是以「先
底後圖」[11]的結構寫成的。「底」（背景）的部分，為「山暝」三句，一

---

10 喻守真：「這是旅途中寄給舊友的詩，詩中滿含傷感，想見作者奔波無定、很不得意
的情況。」見《唐詩三百首詳析》（臺北市：臺灣中華書局，1996 年 4 月臺二三版五
刷），頁 161。

11 圖底是新發現的一種章法。一般說來，作者在辭章中所用之時、空〔包括「色」〕

面就視覺，將空間推擴，呈現了黃昏時的山色、江流與岸樹；一面又訴
諸聽覺，依序寫山上猿啼、江中急流、風吹岸樹的幾種聲音；把作者在
舟上所面對的空間，蒙上一片「愁」的況味，為底下「孤舟」上主人翁
（作者）的抒情，作有力的烘托，十足地發揮了「底」（背景）的作用。
而「圖」（焦點）的部分，則為「月照」五句，用「先點後染」順序來寫。
其中「孤舟」句，經由「月」之照，將焦點集中在「孤舟」上的作者身
上，作為抒發懷念之情的落足點，為「點」的部分。「建德」兩聯是採
「先點後染」[12]的結構加以呈現：其中「建德」二句，指此地（桐廬）
不是自己的故鄉（賓），以加強對揚州舊遊的懷念（主），所謂「雖信
美而非吾土兮，曾何足以少留」（王粲〈登樓賦〉），使「愁」又加深一
層；這是「點」的部分。而「還將」二句，則由泛而具，透過凝想，將
自己的眼淚遠寄到揚州，大力地深化對揚州舊友的思念之情（愁）；這
是「染」的部分。作者就這樣，主要以「先底後圖」（篇）和「先點後
染」、「先賓後主」、「先泛後具」（章）的結構來寫，寫得「旅況寥落」、

材料，有一些是充當「背景」用的，也有某些是用來作為「焦點」的。就像繪畫一
樣，用作「背景」的，往往對「焦點」能起烘托的作用，即所謂的「底」；而用作「焦
點」的，則對「背景」而言，都會產生聚焦的功能，即所謂的「圖」。這種條理用於
辭章章法上，也可造成秩序、變化、聯貫的效果，而形成「先圖後底」、「先底後
圖」、「圖、底、圖」、「底、圖、底」等結構。見〈論幾種特殊的章法〉，頁 191-
196。

12 新發現章法之一。「點染」本用於繪畫，指基本技巧。而移用以專稱辭章作法的，則
始於清劉熙載。但由於他的所謂的「點染」，指的，乃是「情」（點）與「景」（染），
和「虛實」此一章法大家族中的「情景」法，恰巧相重疊，所以就特地借用此「點染」
一詞，來稱呼類似畫法的一種章法：其中「點」，指時、空的一個落足點，僅僅用作
敘事、寫景、抒情或說理的引子、橋樑或收尾；而「染」，則指真正用來敘事、寫
景、抒情或說理的主體。也就是說，「點」只是一個切入或固定點，而「染」則是各
種內容本身。這種章法相當常見，也可以形成「先點後染」、「先染後點」、「點、染、
點」、「染、點、染」等結構，而產生秩序、變化、聯貫〔呼應〕之作用。同前註，
頁 181-187。

「情深語摯」[13]，極為動人。附結構分析表如下：

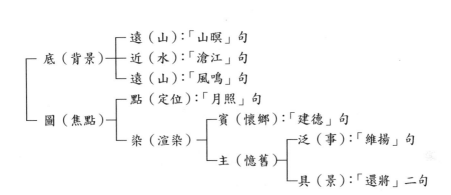

可見此詩由「圖底」、「遠近」、「點染」、「賓主」與「泛具」各一疊，以「移位」邏輯通貫篇章結構系統，形成「秩序」。

　　這種合於「秩序」的篇章結構，無論順、逆，都是作者將寫作材料，訴諸人類求「秩序」的心理，經過邏輯思考，予以組合而成的。因此用以訓練作或順或逆的單向思考，是極為直接而有效的。松山正一著、歐陽鍾仁譯的《教師啟發學童思考能力的方法》一書中列有幾種方法，如「有條理地啟發學生的思考」、「藉分析事理啟發學生的思考」、「藉因果關係啟發學生的思考」、「藉知識的結構啟發學生的思考」[14]，都與此有關。而多湖輝所著的《全方位思考方法》一書更針對著逆向思考，提出「站在完全相反的立場來思考」的主張[15]。而這「順」和「逆」的思考，如反映在小學生的作文上，據調查是這樣子的：

13 高步瀛選注：《唐宋詩舉要》（臺北市：學海出版社，1973 年 2 月初版），頁 438-439。
14 松山正一著、歐陽鍾仁譯：《教師啟發學童思考能力的方法》（臺北市：幼獅文化事業公司，1989 年 7 月七版），頁 15-19、85-88、104-107、126-129。
15 多湖輝：《全方位思考法》（臺北市：萬象圖書公司，1994 年 7 月初版一刷），頁 101-106。

六年級學生的作文，順敘佔 87.61%，插敘佔 3.54%，倒敘佔 8.85%。小學生基本上只能運用順敘法。據黃仁發等的調查三年級學生只會順敘，五年級會插敘的佔 2.28%，個別學生作文有倒敘的萌芽，即開頭一、二句把後面的事情提前說。[16]

可知「順」的思考，對年幼的學生而言，遠比「逆」者的發展為早、為易。

不過，無論「順」、「逆」，如就章法中的今與昔、遠與近、因與果、虛與實、凡與目、圖與底等相應之兩者來說，它們的結合關係就是「反復」，亦即「齊一」的形式。對此，陳望道說：

形式中最簡單的，是反復（Repetition）。反復就是重複，也就是同一事物的層見疊出。如從其他的構成材料而言，其實就是齊一。所以反復的法則同時又可稱為齊一（Uniformity）的法則。這種齊一或反復的法則，原本只是一個極簡單的形式，但頗可以隨處用它，以取得一種簡純的快感。[17]

所謂「形式」，乃指「事物所有的結合關係」[18]，而通常所謂「先甲後乙」者，指的就是形成秩序的「甲」與「乙」（同一事物）之結合，由此可見，章法所說的「秩序」，從另一角度說，就是「反復」、「齊一」，這對思考訓練而言，當然是很有用的。

---

16 朱作仁、祝新華：《小學語文教學心理學導論》（上海市：上海教育出版社，2001 年 5 月一版一刷），頁 195。
17 陳望道：《美學概論》（臺北市：文鏡文化事業公司，1984 年 12 月重排初版），頁 61-62。
18 同前註，頁 60。

第二節　變化邏輯與思考訓練

　　所謂變化，是說改變材料的次序，予以參差安排的意思。一般而言，作者會將時間、空間或事理展演的自然過程加以改變，造成「參差見整齊」的效果。就拿每種章法來說，都可藉「轉位」[19]，形成幾種變化的結構，如大小法，可形成「大、小、大」、「小、大、小」等結構；又如本末法，可形成「本、末、本」、「末、本、末」等結構；又如情景法，可形成「情、景、情」、「景、情、景」等結構；又如凡目法，可形成「凡、目、凡」、「目、凡、目」等結構；又如立破法，可形成「立、破、立」、「破、立、破」等結構；又如敲擊法，可形成「敲、擊、敲」、「擊、敲、擊」等結構。這些結構是將「順」和「逆」作雙向的結合，與秩序原則只循單向求「齊一」的，有所不同。如賈誼〈過秦論〉的一段文字：

　　孝公既沒，惠文、武、昭襄，蒙故業，因遺策，南取漢中，西舉巴蜀，東割膏腴之地，北收要害之郡。諸侯恐懼，會盟而謀弱秦，不愛珍器重寶肥饒之地，以致天下之士，合縱締交，相與為一。當此之時，齊有孟嘗，趙有平原，楚有春申，魏有信陵；此四君者，皆明智而忠信，寬厚而愛人，尊賢重士，約從離橫，兼韓、魏、燕、趙、齊、楚、宋、衛、中山之眾。於是六國之士，有寧越、徐尚、蘇秦、杜赫之屬為之謀；齊明、周最、陳軫、召滑、樓緩、翟景、蘇厲、樂毅之徒通其意；吳起、孫臏、帶佗、兒良、王廖、田忌、廉頗、趙奢之倫制其兵。嘗以十倍之地，百萬之眾，叩關而攻秦。秦人開關延敵，九國之師，逡巡遁逃而不敢進。秦

---

19 〈章法的「移位」、「轉位」結構論〉，頁 1-22。

無亡矢遺金鏃之費，而天下諸侯已困矣。於是從散約解，爭割地
而賂秦。秦有餘力而制其敝，追亡逐北，伏尸百萬，流血漂櫓；
因利乘便，宰割天下，分裂河山，強國請服，弱國入朝。

　　這是〈過秦論上〉的次段文字，承首段[20] 進一步寫秦國之強大，用
「擊、敲、擊」[21] 的結構寫成。它首先以「孝公既沒」句起至「北收要害」
句止，從正面寫秦國的三位君王〔惠文、武、昭襄〕，在孝公之後，由
於「蒙故業」、「因遺策」（因），而繼續在侵蝕六國上，獲得了可觀成
果（果）；這是頭一個「擊」的部分。其次以「諸侯恐懼」句起至「叩
關而攻秦」句止，極寫六國抗秦之事：先以「諸侯恐懼」二句，作一總
括；再以「不愛珍器」句起至「制奇兵」句止，分策略〔合縱〕、人力
〔賢相、兵眾、謀士、使臣、將帥〕和實際行動〔攻秦〕等，凸顯出六
國抗秦的強大力量；作者這樣寫六國之強大，對寫秦國之強大而言，與
其說是「反襯」[22]，不如說是「側寫」，因此這是「敲」的部分。又其

20　〈過秦論（上）〉前三段，依次寫秦強之始、秦強之漸、秦強之最。林雲銘在首段下
　　注：「已（以）上言秦強之始。史載孝公發憤修政，故首言孝公。」見林雲銘：《古
　　文析義合編》上（臺北市：廣文書局，1965 年 10 月再版），頁 132。

21　為「敲擊」結構之一種。「敲擊」一詞，一般用作同義的合義複詞，都指「打」的意
　　思。但嚴格說來，「敲」與「擊」兩個字的意義，卻有些微的不同，《說文》說：「敲，
　　橫擿也。」徐鍇《繫傳》：「橫擿，從旁橫擊也。」而《廣韻·錫韻》則說：「擊，打也。」
　　可見「擊」是通指一般的「打」，而「敲」則專指從旁而來的「打」。也就是說，以
　　用力之方向而言，前者可指正「前後」面，也可指側面，而後者卻僅可指側面。依
　　據此異同，移用於章法，用「敲」專指側寫，用「擊」專指正寫，以區隔這種篇章
　　條理與「正反」、「平側」〔平提側注〕、賓主等章法的界線，希望在分析辭章時，
　　能因而更擴大其適應的廣度與貼切度。大體說來，「敲擊」，主要在用不同事物以表
　　達同類情意時，藉「敲」加以引渡或旁推，來呼應「擊」的部分，與「正反」、「賓主」
　　之彼此映襯或「平側」之有所偏重的，有所不同。見〈論幾種特殊的章法〉，頁 196-
　　202。

22　一般文論家都視為「反襯」，如王文濡在「相與為一」句下評注：「正欲寫秦之強，
　　忽寫諸侯，作反襯。」又在「尊賢而重士」句下評注：「極贊四君，以反襯秦之強。」
　　又在「趙奢之倫制其兵」句下評注：「極寫諸侯得人之盛，以反襯秦之強。」見《精

次以「秦人開關」句起至「弱國入朝」句止，又由側面轉為正面，將六國之強大轉為秦國之最後勝利，以極寫秦國的強大；這是後一個「擊」的部分。如此來看待此段文字，可知它除了在首層用「擊、敲、擊」外，又在次層用「先因後果」與「先凡後目」的結構，貫穿前後，以寫「秦強之漸」，這和第一、三段全用正寫的手法，是有所不同的。附結構分析表如下：

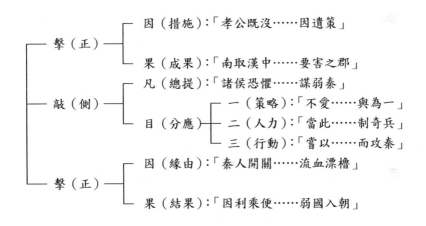

可見此段文字由上層的「敲擊」的「轉位」邏輯，統合次層「因果」二疊、「凡目」一疊與底層「並列（一、二、三）」一疊的「移位」邏輯，形成結構系統，是「變化」中有「秩序」的。

校評注古文觀止》卷六（臺北市：臺灣中華書局，1972 年 11 月臺六版），頁 6-7。再如王根林在論此文特色時，特標「反襯」一項：「上篇寫秦始皇以前幾代君主雄踞關中、俯視山東各國的形勢，是從描寫山東諸國的威勢著筆的：『當是時……中山之眾』，還有一大批優秀的政治家、外交家、軍事家為本國出謀獻策、馳騁疆場，『常〔嘗〕以十倍之地、百萬之眾叩關而攻秦』。儘管他們地廣兵眾，人才薈萃，然而『秦人開關而延敵，九國之士〔師〕逡巡遁逃而不敢進』。這樣寫，比直接描繪秦國如何強大，顯然能收到更好的效果。同樣，寫秦王朝在風雨飄搖中一朝傾覆，也是用它的對立面陳涉之弱小加以反襯的。」見《古代文學作品鑑賞》〔上海市：上海古籍出版社，1988 年 3 月一版一刷〕，頁 48-49。

　　又如杜甫的〈聞官軍收河南河北〉詩：

　　　　劍外忽傳收薊北，初聞涕淚滿衣裳。卻看妻子愁何在，漫卷詩書
　　　　喜欲狂。白日放歌須縱酒，青春作伴好還鄉。即從巴峽穿巫峽，
　　　　便下襄陽向洛陽。

　　這首詩旨在寫「聞官軍收河南河北」時「喜欲狂」之情，是以「目、
凡、目」的結構寫成的。作者「首先在起聯，針對題目，寫『聞官軍收
河南河北』（因）時自己喜極而泣的情形（果），藉『忽傳』、『初聞』
寫事出突然，藉『涕淚滿衣裳』具寫喜悅；接著在頷聯，採設問的形
式，由自身移至妻子身上，寫妻子聞後狂喜的情狀，很技巧地以『卻
看』作接榫，帶出『漫卷詩書』作具體之描寫。以上全用以實寫『喜欲
狂』，為『目一』的部分。而緊接著『漫卷詩書』而來的『喜欲狂』三
字，正是一篇的主旨所在，為『凡』部分。繼而在頸聯，由實轉虛，以
『放歌縱酒』上承『喜欲狂』、『作伴好還鄉』上承『妻子』，寫春日攜
手還鄉的打算（時）；最後在結聯，緊接上聯『還鄉』之打算，一口氣
虛寫還鄉所準備經過的路程（空）。以上全用以虛寫『喜欲狂』，為『目
二』的部分。如此，由『忽傳』而『初聞』、『卻看』而『漫卷』、『即從』
而『便下』，以單軌一氣奔注[23]，將自己與妻子『喜欲狂』的心情，描
摹得真是生動極了。」[24]由此看來，此詩結構，主要除了用「目（實）、

───────────────

[23] 趙山林指出這是承續式意象之組合，以為：「這是一首情感真摯充沛的抒情佳作，但
　　從意象結構上說，卻帶有一定的敘事特色。《杜詩詳注》引黃生說：『此通首敘事之
　　體。』這是說得很有道理的。不僅從感情發展的內在脈絡說，即使從『忽傳』、『初
　　聞』、『卻看』、『漫卷』、『即從』、『便下』這些字眼上，也可以明顯地看出前後續接、
　　一脈相承的關係，錯亂不得，顛倒不得。這是典型的承續式意象組合。」見《詩詞曲
　　藝術論》（杭州市：浙江教育出版社，1998 年 6 月一版一刷），頁 124。
[24] 《章法學新裁》，頁 383。

凡、目（虛）」（篇）外，也用「先因後果」、「先時後空」（章）等，以組合篇章，使全詩維持一致的情意。附結構分析表如下：

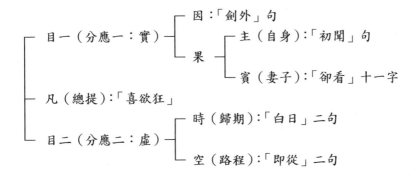

可見此詩由上層的「凡目」的「轉位」邏輯，統合次層「因果」、「時空」與底層「賓主」各一疊的「移位」邏輯，形成結構系統，也是「變化」中有「秩序」的。

　　這種將「順」和「逆」結合在一起所形成的「轉位」結構，比起單「順」與單「逆」的「移位」，要來得複雜而有變化。而這種變化，可說源自於人類要求變化的心理，陳望道在其《美學概論》中說：

　　　人類心理卻都愛好富於變化的刺激，大抵喚取意識須變化，保持
　　　意識的覺醒狀態也是需要變化的。若刺激過於齊一無變化，意識
　　　對它便將有了滯鈍、停息的傾向。在意識的這一根本性質上，反
　　　復的形式實有顯然的弱點。反復到底不外是同一（縱非嚴格的同
　　　一，也是異常的近似）狀態之齊一地刺激著我們的事。反復過度，
　　　意識對於本刺激也便逐漸滯鈍停息起來，移向那有變化有起伏的

別一刺激去的趨勢。[25]

因此掌握這類富於變化的結構（條理）來訓練學思考能力，是完全能切合他（她）們的心理的。這種求變的心理，如反映在小學生的作文上，據調查是這樣子的：

> 張宏熙等發現，不同的題材，學生對結構層次的安排不一樣，寫一件事，最喜歡用「一詳一略」來反映的佔 21.6%；任何題材，都喜歡結構多變的佔 58.9%。學生喜歡結構多變的原因，是這種作文內容隨意，不必考慮獨特的開頭，巧妙的結尾，形式隨便。總之，學生作文的結構層次，已從統一固定的模式，向靈活多變的模式過渡。[26]

由「齊一」而求「變化」，是人共通的心理。唯有求變化，才能提升人的思考能力，而使頭腦保持靈活。多湖輝在其《全方位思考方法·序》中，就由個人生活的角度切入說：

> 如何克服生活呆版化，是一般人最困擾的，唯有從「改變生活的空間」、「改變生活的時間」、「改變生活的習慣」著手，隨時隨地多多從各個角度觀看事物，甚至反習慣思考日常生活中理所當然的成規，一旦努力嘗試，養成處處腦力激盪的習慣，這樣自我訓練，就能常保思想靈活，創意便不會枯竭了。[27]

25　《美學概論》，頁 63-64。
26　《小學語文教學心理學導論》，頁 195。
27　《全方位思考方法》，頁（序）2。

　　足見變化思考對人生活的影響之大，而要幫助學生開啟這扇大門，章法分析無疑是最好的一把鑰匙。

第三節　聯貫邏輯與思考訓練

　　所謂「聯貫」，是就材料先後的銜接或呼應來說的，也稱為「銜接」。無論是哪一種章法，都可以由局部的「調和」與「對比」，形成銜接或呼應，而達到聯貫的效果。在近四十種章法中，大致說來，除了貴與賤、親與疏、正與反、抑與揚、立與破、眾與寡、詳與略、張與弛……等，比較容易形成「對比」外，其他的，如今與昔，遠與近、大與小、高與低、淺與深、賓與主、虛與實、平與側、凡與目、縱與收、因與果……等，都極易形成「調和」的關係。[28] 一般說來，辭章裡全篇純然形成「對比」者較少，而在「對比」（主）中含有「調和」（輔）者則較常見；至於全篇純然形成「調和」者則較多；而在「調和」（主）中含有「對比」（輔）者，雖然也有，卻較少見；這種情形，尤以古典詩詞為然。不過，無論怎樣，都可收到前後呼應、聯貫為一的效果[29]。如辛棄疾的〈賀新郎〉詞：

　　　　綠樹聽鵜鴂，更那堪、鷓鴣聲住，杜鵑聲切！啼到春歸無尋處，苦恨芳菲都歇。算未抵人間離別：馬上琵琶關塞黑，更長門翠輦辭金闕。看燕燕，送歸妾。　　將軍百戰身名裂，向河梁回頭萬里，故人長絕。易水蕭蕭西風冷，滿座衣冠似雪。正壯士、悲歌未徹。啼鳥還知如許恨，料不啼清淚長啼血。誰共我，醉明月。

28　〈論辭章章法的四大律〉，頁 104。

29　除此效果外，「對比」與「調和」還可以影響一篇辭章之風格，通常「對比」會使文章趨於陽剛，而「調和」則會使文章趨於陰柔。參見仇小屏：《古典詩詞時空設計之研究》（臺北市：臺灣師範大學國文研究所博士論文，2001 年 3 月），頁 323-331。

　　這闋詞題作「別茂嘉十二弟。鵜鴃、杜鵑實兩種,見《離騷補註》」,是用「先賓後主」的順序寫成的。其中的「賓」,先以「綠樹」句起至「苦恨」句止,從側面切入,用鵜鴃、鷓鴣、杜鵑等春鳥之啼春,啼到春歸,以寫「苦恨」;這是頭一個「敲」的部分。再以「算未抵」句起至「正壯士」句止,由「鳥」過渡到「人」,採「先平提後側收」[30]的技巧,舉古代之二女〔昭君、歸妾〕二男〔李陵、荊軻〕為例,用「先反後正」的形式,來寫人間離別的「苦恨」,暗涉慶元黨禍,將朝臣之通敵與志士之犧牲,構成強烈的對比,以抒發家國之恨[31];這是「擊」的部分。末以「啼鳥」二句,又應起回到側面,用虛寫(假設)方式,推深一層寫啼鳥的「苦恨」;這是後一個「敲」的部分。而「主」,則正式用「誰共我」二句,表出惜別「茂嘉十二弟」之意,以收拾全篇。所謂「有恨無人省」,作者之恨在其弟離開後,將要變得更綿綿不盡了。如此既以「賓」和「主」、「敲」和「擊」、「虛」和「實」、「凡」和「目」、「平提」和「側注」等結構,形成「調和」,又以「正」和「反」形成「對比」,也就是說在「調和」中含有「對比」,而這「對比」又出現在篇幅正中央,用以正「擊」的部分,這對此詞風格之趨於「沉鬱

---

30 陳滿銘:〈談「平提側收」的篇章結構〉,《章法學新裁》,頁 435-459。

31 鞏本棟:「鄧小軍先生所撰〈辛棄疾〈賀新郎・別茂嘉弟〉詞的古典與今典〉一文……認為辛棄疾〈賀新郎〉詞的主要結構,『乃是古典字面,今典實指。即借用古典,以指靖康之恥、岳飛之死之當代史。從而亦寄託了稼軒自己遭受南宋政權排斥之悲憤,及對南宋政權對金妥協投降政策之判斷。』」見《辛棄疾評傳》(南京市:南京大學出版社,1998 年 12 月一版一刷),頁 400-401。見陳滿銘:〈唐宋詞拾玉〔四〕——辛棄疾的〈賀新郎〉〉,《國文天地》12 卷 1 期(1996 年 6 月),頁 66-69。

蒼涼，**跳躍動盪**」[32]，是有作用的。附結構分析表如下：

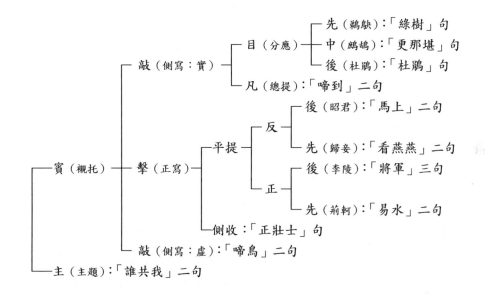

可見此詞由「敲擊」、「正反」各一疊形成「對比」，由「賓主」、「凡目」、「平提側收」各一疊與「先後」二疊形成「調和」，使得「對比」與「調和」互相呼應、包孕[33]，融成一體。

又如李文炤的〈儉訓〉：

儉，美德也，而流俗顧薄之。

貧者見富者而羨之，富者見尤富者而羨之。一飯十金，一衣百金，

32 陳廷焯：《白雨齋詞話》卷一，《詞話叢編》4（臺北市：新文豐出版公司，1988 年 2月臺一版）頁 3791。

33 「章法」之「移位」或「轉位」所推拓的是各層之「章法結構」，而「包孕」所連鎖的是上下層以至於整體之「章法結構」，它們功能雖不同，卻都是構成章法結構系同之主要內容，缺一不可。見陳滿銘：〈論章法結構之方法論系統〉，臺灣師大《國文學報》46 期（2009 年 12 月），頁 61-94。

一室千金，奈何不至貧且匱也？每見閭閻之中，其父兄古樸質實，足以自給，而其子弟羞向者之為鄙陋，盡舉其規模而變之，於是累世之藏，盡費於一人之手。況乎用之奢者，取之不得不貪，算及錙銖，欲深谿壑；其究也，詭求詐騙，寡廉鮮恥，無所不至；則何若量入為出，享恆足之利乎？且吾所謂儉者，豈必一切捐之？養生送死之具，吉凶慶弔之需，人道之所不能廢，稱情以施焉，庶乎其不至於固耳。

此文旨在勉人養成節儉美德，以免因奢侈浪費而寡廉鮮恥，無所不至，是用「先凡後目」的結構寫成的。「凡」的部分為起段，採開門見山的方式，提明「儉」是美德（正），而流俗卻反而輕視它（反），作為全篇總冒，以統攝下文。而「目」的部分，則先從反面論「流俗顧薄之」，即次段；然後回到正面來論「儉美德也」，即末段。就在論「流俗顧薄之」的次段，作者首以「貧者見富者」五句，泛論因奢侈而致「貧且匱」的道理；次以「每見閭閻之中」七句，舉常例來說明因奢侈而致敗家的必然後果；末則依序以「況乎用之」四句，指出「奢者」之慾望無窮，以「其究也」四句，指出這樣的結果是「寡廉鮮恥，無所不至」，以「則何若」二句，由反面轉到正面，勸人節儉以享恆足之利。至於論「儉美德也」的末段，作者特以「且無所謂」二句作一激問，帶出「養生送死」四句的回答，指明「儉」不是要捐棄一切，而是要在「人道」上「稱情以施」，以免流於固陋。作者就這樣一面以「正」和「反」作成鮮明「對比」，以貫穿「凡」和「目」，一面又以「因」和「果」、「敘」和「論」、「問」和「答」，兩兩呼應，形成「調和」，使得此文在「對比」中帶有「調和」，將全文聯貫成一個整體，成功地闡發了「儉美德也」的道理。附結構分析表如下：

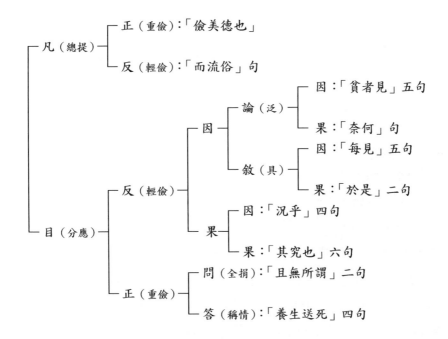

可見此詞由「正反」兩疊形成「對比」，由「因果」四疊與「凡目」、「文達」「敘論」各一疊與「先後」二疊形成「調和」，使得「對比」與「調和」互相呼應、包孕，融成一體。

要使一篇辭章形成「調和」與「對比」，如果僅就局部（章）的組織來說，其思考基礎，和形成「秩序」或「變化」的，沒多大差異；如果落到整體（篇）之聯貫、統一而言，則顯然要複雜、困難多了。這從小學生思考發展的過程，可看出一點端倪。王耘、葉忠根、林崇德在《小學生心理學》中說：

> 在小學生辯證思考的發展中……有一定的順序性，是一個從簡單到複雜，從低級到高級的不斷提高的過程。……小學生對不同內容的辯證判斷的正確率不同。以「主要與次要」方面的正確率最

高，接著依次是「內因與外因」方面，「現象與本質」方面，「部分與整體」方面，以「對立與統一」的內容方面最為薄弱。[34]

　　所謂「主要與次要」、「內因與外因」、「現象與本質」，涉及了「本末」、「深淺」、「內外」等章法；而「部分與整體」，則涉及了「凡目」、「偏全」等章法；至於「對立與統一」，所涉及的，正是「調和」與「對比」；它們依次是「從簡單到複雜的」，換句話說，它們大致是由「秩序」而「變化」而趨於「聯貫」的。

　　其實，「調和」與「對比」兩者，並不是永遠都如此，固定不變。所謂的「調和」，在某個層面來看，指的乃是「對比」前的一種「統一」；而所謂的「對比」，或稱「對立」，如著眼於進一層面，則形成的又是「調和」或「統一」的狀態；兩者可說是一再互動、循環，而形成「螺旋結構」[35] 的。所以邱明正在其《審美心理學》中說：

　　　　對立原則貫穿於整個審美、創造美的心理運動之中，它無處不在，無時不有。但是審美心理運動有矛盾對立的一面，又有矛盾統一的一面。人通過自覺或不自覺的自我調節，協調各種矛盾，可以由矛盾、對立趨於統一，並在主體審美心理上達於統一和諧。例如主體對客體由不適應到適應就是由矛盾趨於統一。即使主體仍然不適應客體，甚至引起反感，但主體心理本身卻處於和諧平衡狀態。這種既對立又統一的原則體現了矛盾的雙方相互對

---

34 王耘、葉忠根、林崇德：《小學生心理學》（臺北市：五南圖書公司，1998 年 10 月臺初版二刷），頁 168。

35 兩種對立的事物，往往會產生互動、循環而提升的作用，而形成螺旋結構。參見陳滿銘：〈談儒家思想體系中的螺旋結構〉，臺灣師大《國文學報》29 期（2000 年 6 月），頁 1-34。

立，互相排斥，又在一定條件下相互轉化，互相統一的矛盾運動
法則，是宇宙萬物對立統一的普遍規律、共同法則在審美心理上
的反映。[36]

審美是由「末」（辭章）溯「本」（心理：構思）的逆向活動，而
創作則正相反，是由「本」（心理：構思）而「末」（辭章）的順向過程；
其中的原理法則，是重疊的，是一樣的。一篇作品，假如能透過分析，
尋出其篇章條理，以進於審美，則作者寫作這篇作品時的構思線索，就
自然能加以掌握，上述的「秩序」、「變化」的條理，是如此；即以形
成「聯貫」的「調和」與「對比」來說，也是如此。所以藉這些條理來
訓練思考，收效是極大的。

第四節　統一邏輯與思考訓練

所謂的「統一」，是就材料情意的通貫來說的。這裡所說的「統
一」，乃側重於內容（包含內在的情理與外在的材料）而言，與前三層
邏輯之側重於形式（條理）者，有所不同。也就是說，這個「統一」，
和聯貫邏輯中由「調和」所形成的「統一」，所指非一。因此要達成內
容的「統一」，則非訴諸主旨（情意）與綱領（大都為材料的統合）不
可。而綱領既有單軌、雙軌或多軌的差別，就是主旨也有置於篇首、篇
腹、篇末與篇外的不同[37]。一篇辭章，無論是何種類型，都可以由此
「一以貫之」。如袁宏道的〈晚遊西湖六橋待月記〉：

---

36 邱明正：《審美心理學》（上海市：復旦大學出版社，1993 年 4 月一版一刷），頁 94-
　95。
37 〈談辭章章法的主要內容〉，《章法學新裁》，頁 351-359。

西湖最盛，為春為月。一日之盛，為朝煙，為夕嵐。

今歲春雪甚盛，梅花為寒所勒，與杏桃相次開發，尤為奇觀。石
簀數為余言：「傅金吾園中梅，張功甫玉照堂故物也，急往觀
之。」余時為桃花所戀，竟不忍去湖上。

由斷橋至蘇隄一帶，綠煙紅霧，瀰漫二十餘里。歌吹為風，粉汗
為雨，羅紈之盛，多於隄畔之草，艷冶極矣。

然杭人遊湖，止午、未、申三時。其實湖光染翠之工，山嵐設色
之妙，皆在朝日始出，夕春未下，始極其濃媚。月景尤不可言，
花態柳情，山容水意，別是一種趣味。此樂留與山僧遊客受用，
安可為俗士道哉！

　　此文旨在藉西湖六橋風光之盛來寫待月之樂。作者首先在起段即以
開門見山的方式提明西湖六橋最盛的，是春景、是月景（久），而一日
最盛的，是朝煙、夕嵐（暫），這是「凡」的部分；接著以二、三兩段，
透過梅、桃、杏之「相次開發」與「歌吹」、「羅紈」之盛來具寫春景，
這是「目一」的部分；然後以末段「然杭人遊湖」等七句，取湖光、山
色作陪襯，來具寫朝煙和夕嵐，這是「目二」的部分；末了以「月景尤
不可言」等六句，拿花柳、山水作點綴，來具寫月景，以帶出「樂」，
這是「目三」的部分。這樣以「春」為一軌、「月」為二軌、「朝煙」
和「夕嵐」為三軌，作為一篇綱領，採「先凡後目」的結構來寫，層次
極為分明，而全文也由此通貫而為一。附結構分析表如下：

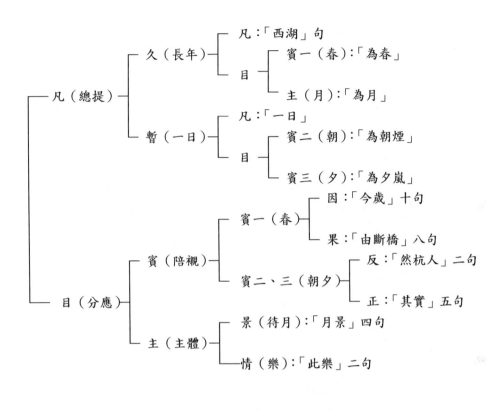

　　可見本文結構四層：上層為「凡目」，次層為「久暫」與「賓主」，三層為「凡目」(二疊)、「並列(一、二、三)」與「情景」，底層為「因果」與「正反」，經由「移位」拓展廣度、「包孕」推深層次，並以「正反」的「對比」與其他結構的「調和」互相呼應，然後以「待月之樂」之主旨(綱領)加以融貫，使全文獲得「統一」，形成完整的篇章結構系統[38]。

　　又如沈復的〈兒時記趣〉：

38　〈論章法結構之方法論系統〉，頁 61-94。

余憶童稚時，能張目對日，明察秋毫。見藐小微物，必細察其紋
理，故時有物外之趣。

夏蚊成雷，私擬作群鶴舞空，心之所向，則或千或百，果然鶴也；
昂首觀之，項為之強。又留蚊於素帳中，徐噴以煙，使之沖煙飛
鳴，作青雲白鶴觀；果如鶴唳雲端，為之怡然稱快。

又常於土牆凹凸處，花臺小草叢雜處，蹲其身，使與臺齊；定神
細視，以叢草為林，蟲蟻為獸，以土牆凸者為丘，凹者為壑；神
遊其中，怡然自得。

一日，見二蟲鬥草間，觀之，興正濃，忽有龐然大物，拔山倒樹
而來，蓋一癩蛤蟆也。舌一吐而二蟲盡為所吞。余年幼，方出神，
不覺呀然驚恐。神定，捉蛤蟆，鞭數十，驅之別院。

　　此文旨在寫作者在兒時所常得到的「物外之趣」，是用「先凡後目」
的結構寫成的。「凡」的部分，僅一段，即首段。作者直接以回憶之
筆，由因而果，拈出「物外之趣」的主旨，以貫穿全文。「目」的部分，
包括二、三、四等段：首先在第二段，以一群蚊子為例，細察牠們的紋
理，把牠們擬作「群鶴舞空」、「鶴唳雲端」，寫出作者獲得「項為之
強」、「怡然稱快」的這種「物外之趣」之情形，為「目一」。就在寫「群
鶴舞空」的一節裡，「夏蚊成雷」寫的是「物內」；「群鶴舞空」至「果
然鶴也」，寫的是「物外」；而以「私擬作」作橋樑，這是寫「細察紋理」
的部分。至於寫「物外之趣」的部分裡，「昂首觀之」為聯貫的句子，
而「項為之強」寫的則是「物外之趣」。在寫「鶴唳雲端」的一節裡，「又
留蚊」句起至「使之沖煙」句止，寫的是「物內」；「青雲」二句，寫
的是「物外」；而以「作」字作橋樑；這又是「細察紋理」的部分。至
於寫「物外之趣」的部分，則以「為之」作聯貫，而以「怡然稱快」寫
「物外之趣」。其次在第三段，以土牆凹凸處的叢草、蟲蟻為例，細察

牠們的紋理，把叢草擬作樹林、蟲蟻擬作野獸，寫出作者獲得「怡然自得」的這種「物外之趣」的情形，為「目二」。就在寫「細察紋理」的部分裡，「又常於」句起至「使與臺齊」句止，寫的是「物內」；「以叢草」句起至「凹者為壑」句止，寫的是「物外」；而以「定神細視」作橋樑。至於寫「物外之趣」的部分裡，「神遊其中」為聯貫的句子，而「怡然稱快」寫的則是「物外之趣」。然後在末段，以草間的二蟲與癩蛤蟆為例，細察牠們的紋理，把癩蛤蟆擬作龐然大物，舌一吐便盡吞二蟲，寫出作者獲得「捉蛤蟆，鞭數十，驅之別院」[39]的這種「物外之趣」的情形，為「目三」。就在寫「細察紋理」的部分裡，「一日」二句寫的是「物內」；「觀之」二句，是由「物內」過到「物外」的橋樑；「忽有」句起至「不覺」句止，寫的是「物外」；而特用「蓋一癩蛤蟆也」與「余年幼，方出神」等句，插敘在中間，作必要的說明。至於寫「物外之趣」的部分裡，「神定」為聯貫的詞語，而「捉蛤蟆」三句，寫的則是「物外之趣」。很特別的是：這個「物外之趣」是回到「物內」初時之情形加以交代的。十分明顯地，全文是以「物外之趣」一意貫穿，自始至終無不針對著「趣」字來寫，使前後都維持著一致的情意。附結構分析表如下：

---

39 這三句用得到「物外之趣」之後的動作來寫「物外之趣」。見陳滿銘：《國文教學論叢續編》（臺北市：萬卷樓圖書公司，1998 年 3 月初版），頁 146。

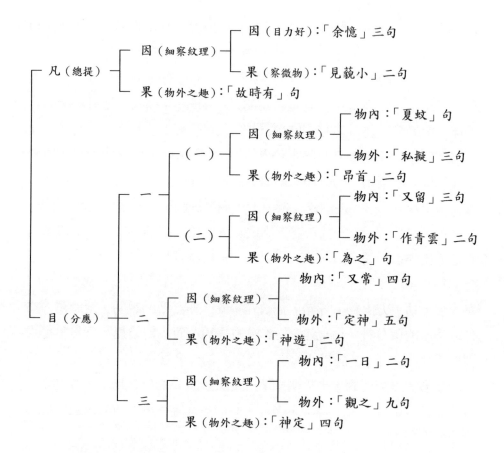

　　可見此文共五層結構：上層為「凡目」，次層為「因果」與「並列
（一、二、三）」，三層為「因果」（三疊）與「並列（〔一〕、〔二〕）」，
四層為「因果」（二疊）與「內外」（二疊），底層為「內外」（二疊）。
全以「調和」互相呼應，並經由「移位」拓展廣度、「包孕」推深層次，
而以「物外之趣」之主旨（綱領）加以融貫，使全文獲得「統一」，形
成完整的篇章結構系統。

　　一篇辭章，用核心的情理（主旨）或統合的材料（綱領）來作統一，
使全文自始至終維持一致的意思，以突出焦點內容，是一篇辭章寫得成

功與否的關鍵所在。松山正一著、歐陽鍾仁譯的《教師啟發學童思考能力的方法》一書，將「重視一貫性的思考」列為思考方法之一[40]，即注意於此。朱作仁、祝新華在其所編著的《小學語文教學心理學導論》中說：

分析發現，在何處點題，與作文內容、結構及寫法密切相關。[41]

所謂「點題」，即立主旨或綱領，以此統一全文，當然和「內容、結構及寫法」，關係密切。吳應天在其《文章結構學》中於論「整體結構的統一和諧」之後說：

此外，還有觀點和材料的統一，論點和論據的統一，這都是邏輯思維的問題，但同時顧及和諧的心理因素。[42]

這雖是單就論說文來說，但它的原理，同樣適用於其他文體。而所謂「觀點和材料的統一」，擴大來說，就是主旨或綱領與全篇材料之間的統一，這和章法結構的統一，可說疊合在一起，使得辭章整體能達於最高的和諧。能疊合這種內容與形式使它們達於統一和諧，可說是運用綜合思維的結果。所以吳應天又說：

積極主動地進行綜合思維，文章的內容和結構形式才能很快遞達

40　《教師啟發學童思考能力的方法》，頁 145-150。
41　《小學語文教學心理學導論》，頁 196。
42　吳應天：《文章結構學》（北京市：中國人民大學出版社，1989 年 8 月一版三刷），頁 359。

　　到高度統一，而且可以達到「知常通變」的目的。[43]

可見能這樣來訓練作綜合思維，將事半而功倍，收到良好效果。

　　所謂「人同此心，心同此理」，每個作者在寫作時，都會自覺或不自覺地基於這個「心」和「理」，來組織各種材料、表達各種情意；尤其在謀篇布局上，會特別運用邏輯思維，對應於自然法則，而形成「秩序」、「變化」、「聯貫」和「統一」的篇章邏輯。吳應天指出「文章結構規律作為文章本質的關係，恰好跟人類的思維形式相對應，而思維形式又是客觀事物本質關係的反映」[44]，便是這個意思。而就以這四種規律而言，前三者，比較偏於分析，而後一種，則比較偏於綜合，在思考能力的訓練上，無疑地，都極其重要，絕不可偏廢。所以藉章法結構，呈現「秩序」、「變化」、「聯貫」與「統一」的四層邏輯，來作思考的訓練，藉以在人生事務上，辨別是非、決定取捨，是最為直接而有效的。

---

43 同前註，頁 353。
44 同前註，頁 9。

第四章
章法與意象系統

摘要

自來研究意象的學者，大都只注意到「個別意象」，而忽略了「整體意象」；即使有的注意及此，也僅提出「意象群」或「總意象」、「分意象」的說法，而無法梳理出「意象系統」來。本章有鑑於此，即以「個別意象」與「整體意象」為基礎，試圖藉著由「層次邏輯」而形成之「章法結構」，將自「個別意象」逐層提升至「整體意象」的「意象系統」作一呈現，使深埋於意象與意象間的內在邏輯或「紐帶」，得以開挖、顯露出來，進而用「多二一（0）」的螺旋結構作考察，以見「章法結構」與「意象系統」不可分之關係。

關鍵詞：哲學、辭章、章法、意象系統、互動、疊合、「多二一（0）」
　　　　螺旋結構

辭章合縱、橫兩向而形成，就「章法結構」與「意象系統」而言，縱向指「意象系統」；而橫向指「章法結構」。由於這縱、橫兩向的「章法結構」與「意象系統」，都需藉「層次邏輯」來支撐，使它們疊合在一起，因此，先把握以「層次邏輯」為基礎的「章法結構」，再藉此理清大、小「意象系統」，然後用「多」、「二」、「一（0）」的螺旋結構作一統合，帶出主旨與風格，是最佳途徑。本文即著眼於此，首先論辭章「多二一（0）」螺旋結構之形成，其次論「章法結構」與大小「意象系統」之關聯，末了論「章法結構」與「意象系統」之疊合，以見「章法結構」與「意象系統」兩者關係之密切。

第一節　章法、意象系統的理論

在此，就哲學與辭章兩個層面加以探討：

一　哲學層面

宇宙萬物創生、含容的歷程，可以用「多二一（0）」的螺旋結構來呈現。大致說來，古代的聖賢是先由「有象」（現象界）以探知「無象」（本體界），逐漸形成「多、二、一（0）」的逆向結構；再由「無象」（本體界）以解釋「有象」（現象界），逐漸形成「（0）一、二、多」的順向結構的。就這樣一順一逆，往復探求、驗證，久而久之，終於形成了他們圓融的宇宙人生觀。而這種宇宙人生觀，各家雖各有所見，但若只求其同而不其求異，則總括起來說，都可以從「（0）一、二、多」（順）與「多、二、一（0）」（逆）的互動、循環而提升的螺旋關係[1]上

1　陳滿銘：〈論「多」、「二」、「一（0）」的螺旋結構——以《周易》與《老子》為考察重心〉，臺灣師大《師大學報・人文與社會類》48 卷 1 期（2003 年 7 月），頁1-20。而所謂「螺旋」，本用於教育課程之理論上，早在十七世紀，即由捷克教育家

加以統合。

　　而這種結構形成之過程，在〈序卦傳〉裡就約略地加以交代，雖然它們或許「因卦之次，託以明義」[2]，但由於卦、爻，均為象徵之性質，乃一種概念性符號，即一般所說的「象」，象徵著宇宙人生之變化與各種物類、事類。就以《周易》（含《易傳》）而言，它的六十四卦，從其排列次序看，就粗具這種特點[3]。而各種物類、事類在「變化」中，循「由天（天道）而人（人事）」來說，所呈現的是「（一）二、多」的結構，這可說是〈序卦傳〉上篇的主要內容；而循「由人（人事）而天（天道）」來說，則所呈現的是「多、二（一）」的結構了，這可說是〈序卦傳〉下篇的主要內容。其中「（一）」指「太極」，「二」指「天地」或「陰陽」、「剛柔」，「多」指「萬物」（包括人事）。雖然「太極」（「道」）與「陰陽」（「剛柔」）等觀念與作用，在〈序卦傳〉裡，未明確指出，卻皆含蘊其中，不然「天地」失去了「太極」（「道」）與「陰陽」（「剛柔」）等作用，便不可能不斷地「生萬物」（包括人事）了。再看《易傳》：

　　　　乾知大始，坤作成物。（《周易·繫辭上》）
　　　　一陰一陽之謂道，繼之者善也，成之者性也。……生生之謂易，
　　　　成象之謂乾，效法之謂坤。（同上）

　　夸美紐思所提出，見《簡明國際教育百科全書》（北京市：新華書局北京發行所，1991 年 6 月一版一刷），頁 611。又，相對於人文，科技界亦發現生命之「基因」和「DNA」等都呈現螺旋結構。參見約翰·格里賓著、方玉珍等譯：《雙螺旋探密——量子物理學與生命》（上海市：上海科技教育出版社，2001 年 7 月），頁 271-318。
2　戴璉璋：《易傳之形成及其思想》（臺北市：文津出版社，1988 年 11 月臺灣初版），頁 186-187。
3　徐復觀：《中國人性論史·先秦篇》（臺北市：臺灣商務印書館，1978 年 10 月四版），頁 202。又，參見馮友蘭：《馮友蘭選集》上卷（北京市：北京大學出版社，2000 年 7 月一版一刷），頁 394。

是故易有太極，是生兩儀，兩儀生四象，四象生八卦。（同上）

在這些話裡，《易傳》的作者用「易」、「道」或「太極」來統括「陰」（坤）與「陽」（乾），作為萬物生生不已的根源。而此根源，就其「生生」這一含意來說，即「易」，所以說「生生之謂易」；就其「初始」這一象數而言，是「太極」，所以《說文解字》於「一」篆下說「惟初太極，道立於一，造分天地，化成萬物」[4]；就其「陰陽」這一原理來說，就是「道」，所以說「一陰一陽之謂道」。分開來說是如此，若合起來看，則三者可融而為一[5]。這樣，其順向歷程就可用「一、二、多」的結構來呈現，其中「一」指「太極」、「道」、「易」，「二」指「陰陽」、「乾坤」（天地），「多」指「萬物」（含人事）。如果對應於〈序卦傳〉由天而人、由人而天，亦即「既濟」而「未濟」之的循環來看，則此「一、二、多」，就可以緊密地和逆向歷程之「多、二、一」接軌，形成其螺旋結構[6]。

就這樣，《周易》先由爻與爻的「相生相反」的變化[7]，以形成小循環；再擴及這種變化到卦，由卦與卦「相生相反」的變化，以形成大循環。而大、小循環又互動、循環不已，形成層層上升之螺旋結構。關於這點，黃慶萱說：

《周易》的周，……有周流的意思。《周易》每卦六爻，始於初，分於二，通於三，革於四，盛於五，終於上。代表事物的小周流。

4　黃慶萱：《周易縱橫談》（臺北市：三民書局，1995 年 3 月初版），頁 33-34。
5　《馮友蘭選集》上卷，頁 286。
6　〈論「多」、「二」、「一（0）」的螺旋結構——以《周易》與《老子》為考察重心〉，頁 1-20。
7　勞思光：《新編中國哲學史》一（臺北市：三民書局，1984 年 1 月增訂修版），頁 85-86。

再看六十四卦，始於〈乾卦〉的行健自強；到了六十三卦的「既
濟」，形成了一個和諧安定的局面；接著的卻是「未濟」，代表
終而復始，必須作再一次的行健自強。物質的構成，時間的演進，
人士的努力，總循著一定的周期而流動前進，於是生命進化了，
文明日益發展。[8]

所謂「周流」、「終而復始」、「周期而流動前進」，說的就是《周易》
變化不已的螺旋式結構。而這種結構，如對應於「三易」（《易緯‧乾
鑿度》）而言，則「多」說的是「變易」、「二」說的是「簡易」，而「一」
說的是「不易」。因此「三易」不但可概括《周易》之內容與特色，也
可以呈現「多二一」的螺旋結構。

這種螺旋結構，在《老子》一書中，不但可以找到，而且更完整：

> 道可道，非常道；名可名，非常名。無，名天地之始；有，名萬
> 物之母。（一章）
> 致虛極，守靜篤，萬物並作，吾以觀復。凡物芸芸，各復歸其根。
> 歸根曰靜，是謂復命，復命曰常。知常曰明。（十六章）
> 道之為物，惟恍惟惚。（二十一章）
> 知其雄，守其雌，為天下谿；為天下谿，常德不離，復歸於嬰兒。
> 知其白，守其黑，為天下式；為天下式，常德不忒，復歸於無極。
> 知其榮，守其辱，為天下谷；為天下谷，常德乃足，復歸於樸。
> （二十八章）
> 反者道之動，弱者道之用。天下萬物，生於有，有生於無。（四
> 十章）

8　《周易縱橫談》，頁236。

　　道生一，一生二，二生三，三生萬物。萬物負陰而抱陽，沖氣以
　　為和。（四十二章）

　　從上引各章裡，不難看出老子這種由「无（無）」而「有」而「无
（無）」的主張。所謂「道可道非常道」、「道之為物，惟恍惟惚」、「道
生一，一生二，二生三，三生萬物」、「有生於無」……等，都是就「由
无（無）而有」的順向過程來說的。而所謂「反者道之動」、「復歸於
無極」、「復歸於樸」，是就「有」而「無」的逆向過程來說的。而這個
「道」，乃「創生宇宙萬物的一種基本動力」，如就本末整體而言，是
「無」與「有」的統一體；如單就「本」（根源）而言，則因為它「不
可得聞見」（《韓非子‧解老》），「所以老子用一個『無（无）』字來
作為他所說的道的特性」[9]。而「由无（無）而有」，所說的就是「由一
而多」之宇宙萬物創生的過程[10]。
　　如就「有」而「無」，亦即「多而一」來看，老子在此是以「反」
作橋樑加以說明的。而這個「反」，除了「相反」、「返回」之外，還有
「循環」的意思。姜國柱說：

　　「道」的運動是周行不殆，循環往復的圓圈運動。運動的最終結
　　果是返回其根：「復歸其根」、「復歸於樸」。這裡所說的「根」、
　　「樸」都是指「道」而言。「道」產生、變化成萬物，萬物經過
　　周而復始的循環運動，又返回、復歸於「道」。老子的這個思想
　　帶有循環論的色彩。[11]

9　《中國人性論史‧先秦篇》，頁 329。
10　林同華主編：《宗白華全集》2（合肥市：安徽教育出版社，1994 年 12 月一版二刷），
　　頁 810。又參見《中國人性論史‧先秦篇》，頁 337。
11　姜國柱：《中國歷代思想史‧壹、先秦卷》（臺北市：文津出版社，1993 年 12 月初版
　　一刷），頁 63。

這強調的是「循環」，乃結合「相反」之義來加以說明的。如此「相反相成」、循環不已，說的就是「變化」，而「變化」的結果，就是「返回」至「道」的本身，這可說是變化中有秩序、秩序中有變化之一個循環歷程。

這樣，結合《周易》和《老子》來看，它們所主張的「道」，如僅著眼於其「同」，則它們主要透過「相反相成」、「返本復初」而循環不已的作用，不但將「一、多」的順向歷程與「多、一」的逆向歷程前後銜接起來，更使它們層層推展，循環不已，而形成了螺旋式結構，以呈現宇宙創生、含容萬物之原始規律。

就在這「由一而多」（順）、「多而一」（逆）的過程中，是有「二」介於中間，以產生承「一」啟「多」的作用的。而這個「二」，從「道生一，一生二，二生三，三生萬物」等句來看，該就是「一生二，二生三」的「二」。雖然對這個「二」，歷代學者有不同的說法，大致說來，有認為只是「數字」而無特殊意思的，如蔣錫昌、任繼愈等便是；有認為是「天地」的，如奚侗、高亨等便是，有認為是「陰陽」的，如河上公、吳澄、朱謙之、大田晴軒等便是。其中以最後一種說法，似較合於原意，因為老子既說「萬物負陰而抱陽」，看來指的雖僅僅是「萬物的屬性」，但萬物既有此屬性，則所謂有其「委」（末）就有其「源」（本），作為創生源頭之「一」或「道」，也該有此屬性才對，所差的只是，老子沒有明確說出而已。所以陳鼓應解釋「道生一」章說：

> 老子用「一」來形容「道」向下落實一層的未分狀態。渾淪不分的「道」，已稟賦陰陽兩氣；《易經》所說「一陰一陽之謂『道』」；「二」就是指『道』所稟賦的陰陽兩氣，而這陰陽兩氣便是構成萬物最基本的原質。「道」再向下落漸趨於分化，則陰陽兩氣的活動亦漸趨於頻繁。「三」應是指陰陽兩氣互相激盪而形成的均

適狀態，每個新的和諧體就在這種狀態中產生出來。[12]

而黃釗也說：

> 愚意以為「一」指元氣（從朱謙之說），「二」指陰陽二氣（從
> 大田晴軒說），「三」即「叁」，「參」也。若木《薊下漫筆》
> 「陰陽三合」為「陰陽參合」。「三生萬物」即陰陽二氣參合產
> 生萬物。[13]

他們對「一」與「三」（多）的說法雖有一些不同，但都以為「二」是
指「陰陽二（兩）氣」。而這種「陰陽二氣」的說法，其實也照樣可包
含「天地」在內，因為「天」為「乾」為「陽」，而「地」則為「坤」
為「陰」；所不同的，「天地」說的是偏於時空之形式，用於持載萬
物[14]；而「陰陽」指的則是偏於「二氣之良能」（朱熹《中庸章句》），
用於創生萬物。這樣看來，老子的「一」該等同於《易傳》之「太極」、
「二」該等同於《易傳》之「兩儀」（陰陽），因此所呈現的，和《周易》
（含《易傳》）一樣，是「一、二、多」與「多、二、一」之原始結構。
不過，值得一提的是：（一）即使這「一」、「二」、「多」之內容，和《周
易》（含《易傳》）有所不同，也無損於這種結構的存在。（二）「道生一」
的「道」，既是「創生宇宙萬物的一種基本動力」，而它「本身又體現
了無（无）」[15]，那麼老子的「道」可以說是「無」，卻不等於實際之「無」

---

12 陳鼓應：《老子今注今譯及評介》（臺北市：臺灣商務印書館，1985 年 2 月修訂十
　版），頁 106。

13 以上諸家之說與引證，見黃釗：《帛書老子校注析》（臺北市：學生書局，1991 年 10
　月初版），頁 231。

14 《中國人性論史‧先秦篇》，頁 335。

15 林啟彥：《中國學術思想史》（臺北市：書林書店，1999 年 9 月一版四刷），頁 34。

（實零）[16]，而是「恍惚」的「無」（虛零），以指在「一」之前的「虛理」[17]。這種「虛理」，如勉強以「數」來表示，則可以是「（0）」。這樣，順、逆向的結構，就可調整為「（0）一、二、多」（順）與「多、二、一（0）」（逆），以補《周易》（含《易傳》）之不足，這就使得宇宙萬物創生、含容的順、逆向歷程，更趨於完整而周延了。

上述「多二一（0）」的螺旋結構，既然反映了宇宙萬物創生、含容的順、逆向歷程，當然就可適用於事事物物之上。哲學如此，美學如此，文學自然也不例外。即以辭章而言，它所形成之結構，若由本（意）而末（象），就創作（寫）面來說，就呈現了「（0）一、二、多」的順向結構；若由末（象）而本（意），就鑑賞（讀）面來說，則呈現的則是「多、二、一（0）」的逆向結構。

二　辭章層面

辭章是結合「形象思維」與「邏輯思維」[18] 與「綜合思維」所形成的。而這三種思維，各有所主。就形象思維而言，如果是將一篇辭章所要表達之「情」或「理」，也就是「意」，主要訴諸各種偏於主觀的聯想、想像，和所選取之「景（物）」或「事」，也就是「象」，連結在一起，或者是專就個別之「情」、「理」、「景」（物）、「事」等材料本身設計其表現技巧的，皆屬「形象思維」；這涉及了「取材」與「措詞」等問題，而主要以此為探討對象的，就是意象學（狹義）、詞彙學與修辭學等。就邏輯思維而言，如果整個就「景（物）」或「事」（象）等

16　《馮友蘭選集》上卷，頁 84。

17　唐君毅：《中國哲學原論・導論篇》（臺北市：學生書局，1993 年 2 月校訂版第二刷），頁 350-351。

18　吳應天：《文章結構學》（北京市：中國人民大學出版社，1989 年 8 月一版三刷），頁 345。

各種材料，對應於自然規律，結合「情」與「理」（意），主要訴諸偏於客觀的聯想、想像，按秩序、變化、聯貫與統一之原則，前後加以安排、布置，以成條理的，皆屬「邏輯思維」；這涉及了、「布局」（含「運材」）與「構詞」等問題，而主要以此為研究對象的，就字句言，即文（語）法學；就篇章言，就是章法學。就綜合思維而言，是合形象思維與邏輯思維而為一的。一篇辭章用以統合「形象思維」（偏於主觀）與「邏輯思維」（偏於客觀）而為一的，乃是主旨與風格（韻律）等，這就涉及了主題學與風格學等。而以此整體或個別為對象加以研究的，則統稱為辭章學或文章學。[19]

　　可見辭章的內涵，對應於學科領域而言，主要含意象學（狹義）、詞彙學、修辭學、文（語）法學、章法學、主題學、風格學……等。而其中意象學，此為研究辭章有關意象的一門學問。我國對這種文學中的「意象」，很早就注意到，以為它是「馭文之首術、謀篇之大端」（見《文心雕龍‧神思》）。而所謂「意象」，黃永武認為「是作者的意識與外界的物象相交會，經過觀察、審思與美的釀造，成為有意境的景象。」[20]這裡所說的「物象」，所謂「物猶事也」（見朱熹《大學章句》），該包含「事」才對，因為「物（景）」只是偏就「空間」（靜）而言，而「事」則是偏就「時間」（動）來說罷了。通常一篇作品，是由多種意象組成的。如單就個別意象的形成來說，運用的是偏於主觀的形象思維。而章法學，這所謂的「章法」，探討的是篇章內容的邏輯結構，也就是聯句成節（句群）、聯節成段、聯段成篇的關於內容材料之一種組織。對它的注意，雖然極早，但集樹而成林，確定它的範圍、內容及原則，形成

19 陳滿銘：《章法學綜論‧自序》（臺北市：萬卷樓圖書公司，2003 年 6 月初版），頁 1。

20 黃永武：《中國詩學──設計篇》（臺北市：巨流圖書公司，1999 年 6 月初版十三刷），頁 3。

體系，而成為一個學門，則是晚近之事[21]。到了現在，可以掌握得相當清楚的章法，約有四十種。這些章法，全出自於人類共通的理則，由邏輯思維形成，都具有形成秩序、變化、聯貫，以更進一層達於統一的功能。而這所謂的「秩序」、「變化」、「聯貫」、「統一」，便是章法的四大律。其中「秩序」、「變化」與「聯貫」三者，主要是就材料之運用來說的，重在分析；而「統一」，則主要是就情意之表出來說的，重在通貫。這樣兼顧局部的分析（材料）與整體的通貫（情意），來牢籠各種章法，是十分周全的[22]。這種篇章的邏輯思維，與語句的邏輯思維，可以說是一貫的。

　　在此需要強調的是，所謂的「意象」，乃合「意」與「象」而成。它不只指狹義的個別意象而已，而是有廣義之整體意象的。廣義者指全篇，屬於整體，可以析分為「意」與「象」；狹義者指個別，屬於局部，往往合「意」與「象」為一來稱呼。而整體是局部的總括、局部是整體的條分，所以兩者關係密切。不過，必須一提的是，狹義之「意象」，亦即個別之「意象」，雖往往合「意」與「象」為一來稱呼，卻大都用其偏義，譬如草木或桃花的意象，用的是偏於「意象」之「意」，因為草木或桃花都偏於「象」；如「桃花」的意象之一為愛情，而愛情是

---

21 鄭頤壽：「臺灣建立了「辭章章法學」的新學科，成果豐碩。……臺灣的辭章章法學體系完整、科學，已經具備成『學』的資格。」見〈中華文化沃土，辭章學圃奇葩─讀陳滿銘《章法學新裁》及其相關著作〉，《海峽兩岸中華傳統文化與現代化研討會文集》（蘇州市：「海峽兩岸中華傳統文化與現代化研討會」，2002 年 5 月），頁 131-139。又王希杰：「章法學作為一門學問，不是有關部門章法的個別知識，而是章法知識的總和，是一種概念的系統。章法學是一門實用性很強的學問，也有極高的學術價值。……章法學已經初步形成了一門科學。陳滿銘教授初步建立了科學的章法學體系。……如果說唐鉞、王易、陳望道等人轉變了中國修辭學，建立了學科的中國現代修辭學，我們也可以說，陳滿銘及其弟子轉變了中國章法學的研究大方向，建立了科學的章法學，把漢語章法學的研究轉向科學的道路。」見〈章法學門外閒談〉，《國文天地》18 卷 5 期（2002 年 10 月），頁 92-95。

22 《章法學綜論》，頁 17-58。

「意」；而團圓或流浪的意象，則用的是偏於「意象」之「象」，因為團圓或流浪，都偏於「意」；如「流浪」的意象之一為浮雲，而浮雲是「象」。因此前者往往是一「象」多「意」，後者則為一「意」多「象」。而它們無論是偏於「意」或偏於「象」，通常都通稱為「意象」。底下就著眼於整體（含個別）的「意象」（意與象），試著用它來統合形象思維與邏輯思維，並貫穿辭章的各主要內涵，以見意象在辭章上之地位。

　　先從「意象」之形成與表現來看，是與形象思維有關的，而形象思維所涉及的，是「意」（情、理）與「象」（事、景）之結合及其表現。其中探討「意」（情、理）與「象」（事、景）之結合者，為「意象學」（狹義），探討「意」（情、理）與「象」（事、景）本身之表現者，為「修辭學」。再從「意象」之組合與排列來看，是與邏輯思維有關的，而邏輯思維所涉及的，則是意象（意與意、象與象、意與象、意象與意象）之排列組合，其中屬篇章者為「章法學」，主要探討「意象」之安排，而屬語句者為「文法學」，主要由概念之組合而探討「意象」。至於綜合思維所涉及的，乃是核心之「意」（情、理），即一篇之中心意旨：「主旨」與審美風貌：「風格」。由此看來，形象思維、邏輯思維與綜合思維三者，涵蓋了辭章的各主要內涵，而都離不開「意象」。如對應於「多、二、一（0）」的逆向邏輯結構來說，則所謂的「多」，指由「意象」（個別）、「詞彙」、「修辭」、「文（語）法」、與「章法」等所綜合起來表現之藝術形式；「二」指「形象思維」（陰柔）與「邏輯思維」（陽剛），藉以產生徹下徹上之中介作用；而「一（0）」則指由此而凸顯出來的「主旨」與「風格」等，這就是「修辭立其誠」《易・乾》之「誠」，乃辭章之核心所在。這樣以「多二一（0）」來看待辭章內涵，就能透過「二」（「形象思維」與「邏輯思維」）的居間作用，使「多」（「意象」（個別）、「詞彙」、「修辭」、「文（語）法」與「章法」等）統一於「一（0）」

（「主旨」與「風格」等）了。它們的關係可呈現如下表：

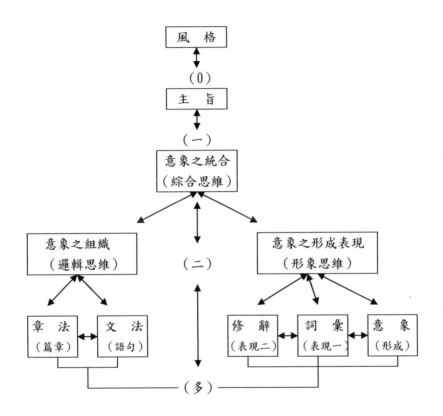

這樣看來，辭章是離不開「意象」的，就是主旨與風格，也是如此。因為「主旨」是核心之「意」，而風格是以主旨統合各「意象」之形成、表現與組織所產生之一種抽象力量。因此可以這麼說，如離開了「意象」就沒有辭章，其地位之重要，可想而知。

可見辭章確實離不開「意象」之形成、表現與其組織，並由此而凸顯出一篇主旨與風格來，這就相當於一棵樹之合其樹幹與枝葉而成整個形體、姿態與韻味一樣，其關係是密不可分的。而就在這種篇章結構中，直接與「意象之組織」相關的，就是「章法結構」。這個問題，雖

一直有人注意，卻無法獲得圓滿解決。如陳慶輝在《中國詩學》中即說
道：

> 應該說意象的組合方式是多種多樣的，上述所舉只怕是掛一漏
> 萬；而且複合意象的構成，作為一種審美創造，是一個複雜的心
> 理過程，用所謂並列、對比、敘述、述議等結構形式加以說明，
> 似乎是粗糙的、膚淺的，其深層的因素和邏輯還有待我們去挖掘
> 和探索。[23]

意象的組織，確乎是一種複雜的心理過程，其中動用了精密的層次邏輯
之思維能力，原本就是不易掌握、捕捉的，而且在古典詩詞中，可以幫
助確認意象組織的邏輯關係之連接詞常常被省略，因此更加重了探索、
挖掘的困難度。而王長俊等的《詩歌意象學》也認為：

> 中國古典詩歌的意象雖然可以直接拼接，意象之間似乎沒有關
> 聯，其實在深層上卻互相勾連著，只是那些起連接作用的紐帶隱
> 蔽著，並不顯露出來，這就是前人所謂的「斷峰雲連」、「辭斷
> 意屬」。[24]

他所謂的「斷峰雲連」、「辭斷意屬」，指的就是意象組織的問題。由此
看來，意象與意象間之隱蔽「紐帶」或「深層的因素和邏輯」，一直未
被有系統地「挖掘」、「探索」而「顯露」出來，是公認的事實。而
這個難題，雖不免在語句上牽扯到「文法」，卻主要可由和「篇章」直

---

23 陳慶輝：《中國詩學》（臺北市：文史哲出版社，1994 年 12 月初版），頁 74。
24 王長俊等：《詩歌意象學》（合肥市：安徽文藝出版社，2000 年 8 月一版一刷），頁
   215。

接有關的「章法」切入，將「個別意象」（單一意象）組織成「整體意象」（複合意象），而獲得圓滿之解決。也就是說，「章法結構」與「意象系統」，是密不可分的。

第二節　章法、意象系統的互動

從辭章層面來看，意象和辭章的內容融為一體的。而辭章內容的主要成分，不外情、理與事、物（景）。其中情與理為「意」，屬核心成分；事與物（景）乃「象」，為外圍成分。它可用下圖來表示：

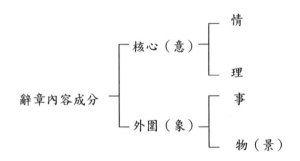

而此情、理與事、物（景）之辭章內容成分，就其情、理而言，是「意」；就其事、物（景）而言，是「象」。

所謂核心成分，為「情」或「理」，乃一篇之主旨或綱領所在，主要以「情語」或「理語」來呈現。由於主旨與綱領同屬於主題之範圍，因此彼此之間必然有共通點，那就是兩者都是統貫全篇的，但是相異處在於主旨是一篇辭章所欲表達的中心思想，綱領則是貫串材料的意脈；因此若以珠鍊為譬，則大大小小的珍珠是材料，將之串聯起來的絲線如同綱領，但是珠鍊的最終目的是作為裝飾，這最終目的就有如文章中的主旨。關於主旨，最值得注意的地方有二：「主旨的顯隱」和「主旨出

現的位置」。所謂主旨的顯隱，就是主旨是否在篇中明白點出，而根據
這一點，又可以分為三種情況：「主旨全顯者」、「主旨全隱者」、「主
旨顯中有隱者」。此外主旨出現的位置又有四種情況，即主旨出現在篇
首、篇腹、篇末與篇外。至於綱領，則依據意脈的多寡而有軌數多寡之
分，可以分為單軌、雙軌、三軌，乃至於多軌等多種情形。

　　所謂外圍成分，則以事語或物（景）語來表出。也就是說，形成外
圍結構的，不外「物」材與「事」材而已。先就「物」材來說，凡是存
於天地宇宙之間的實物或東西都可以成為文章的材料。以較大的物類而
言，如天（空）、地、人、日、月、星、山（陸）、水（川、江、河）、
雲、風、雨、雷、電、煙、嵐、花、草、竹、木（樹）、泉、石、鳥、
獸、蟲、魚、室、亭、珠、玉、朝、夕、晝、夜、酒、餚……等就是；
以個別的對象而言，如桃、杏、梅、柳、菊、蘭、蓮、茶、麥、梨、
棗、鶴、雁、鶯、鷗、鷺、鵜鴂、鷓鴣、杜鵑、蟬、蛙、鱸、蚊、蟻、
馬、猿、笛、笙、琴、瑟、琵琶、船、旗、轎……等就是。這些物材可
說無奇不有，不可勝數。大抵說來，作者在處理內容成分時，大都將個
別的物材予以組合而形成結構。再就「事」材來說，凡是發生在天地宇
宙之間的事情都可以成為文章的材料。以抽象的事類而言，如取捨、公
私、出入、聚散、得失、逢別、迎送、仕隱、悲喜、苦樂、歌舞、來
（還）往（去）、成敗、視聽、醒醉、動靜，甚至入夢、弔古、傷今、
閒居、出遊、感時、恨別、雪恥、滅恨、修身、齊家、治國、平天下，
泛論、舉證、經過、結果……等就是；以具體的事件而言，如乘船、折
荷、繞室、讀書、醉酒、離鄉、還家、邀約、赴約、生病、吃糠、遊
山、落淚、彈箏、倚杖、聽蟬、接信、拆信、羅酒漿、備飯菜、甚至
孝、悌、敬、信、慈……等就是。這些事材，可說俯拾皆是，多得數也
數不清。作者通常都用具體的事件來寫，卻在無形中可由抽象的事類予

以統括[25]。

　　而這些「意」與「象」是可藉「章法結構」來呈現其大小系統的。底下舉幾首詩文為例，略作說明，以見一斑：

　　首先看《史記·孔子世家贊》：

　　　　太史公曰：《詩》有之：「高山仰止，景行行止。」雖不能至，然心鄉往之。余讀孔氏書，想見其為人。適魯，觀仲尼廟堂，車服、禮器，諸生以時習禮其家，余低回留之，不能去云。天下君王至於賢人眾矣，當時則榮，沒則已焉。孔子布衣，傳十餘世，學者宗之。自天子王侯，中國言六藝者，折中於夫子，可謂至聖矣！

　　這篇贊文，採「先點後染」的「篇」結構寫成，「點」指「太史公曰」；而「染」則自「《詩》有之」起至篇末，乃用「凡」（綱領）、「目」、「凡」（主旨）的「章」結構寫成。其中頭一個「凡」（綱領）的部分，自篇首至「然心鄉往之」止，引《詩》虛虛籠起，以「高山仰止，景行行止」兩句語典形成「象」，由此領出「鄉往」兩字形成「意」，作為綱領，以統攝下文。「目」的部分，自「余讀孔氏書」至「折中於夫子」止，以「由小及大」的方式，含三節來寫：首節寫自己「讀孔氏書」與「觀仲尼廟堂」之所見為「象」、所思為「意」，以「想見其為人」與「低回留之，不能去云」句，表出自己對孔子的「鄉往」之情；次節特將孔子與「天下君王至於賢人」作一對照，以「一反一正」形成「象」，以「學者宗之」形成「意」，表出孔門學者對孔子的「鄉往」之情（理），並暗示所以將孔子列為世家的理由；三節寫各家以孔子的學說為截長補

25　《章法學綜論》，頁 107-119。

短的標準形成「象」，以「折中於夫子」形成「意」，表出全天下讀書
人對孔子的「鄉往」之情（理）。後一個「凡」（主旨）的部分，即末
尾「可謂至聖矣」一句，拈出主旨，以回抱前文之意（情、理）作收。
附結構系統表如下：

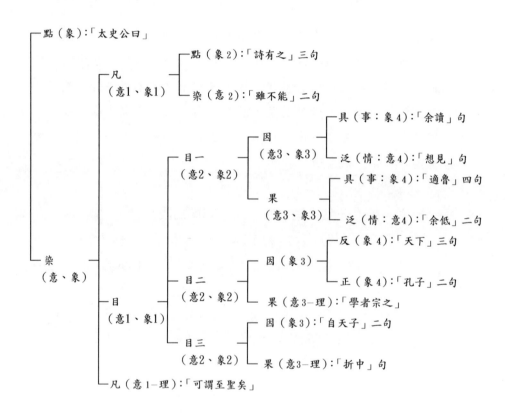

　　就篇章而言，其縱、橫向，所謂「情經辭緯」（《文心雕龍・情采》：
「情者，文之經；辭者，理之緯」），「縱」本指「意象」（內容材料）、
「橫」本指「章法」（形式條理）而言；如果改直排為橫排，則「縱」
反指「章法」，而「橫」反指「意象」。因此著眼於所謂「意」（第一層）、
「意1」（第二層）、「意2」（第三層）、「意3」（第四層）、「意4」（第

五層）……與層級相應之「象」（第一層）、「象1」（第二層）、「象2」（第三層）、「象3」（第四層）、「象4」（第五層）……等，這些經過章法處理，就橫向由不同層級所呈現的，是個別的「小意象系統」；而著眼於所謂「點染」、「凡目」、「因果」、「泛（情）、具（事）」與「正反」，這些從縱向將「意」與「象」（第一層）、「意1」與「象1」（第二層）、「意2」與「象2」（第三層）、「意3」與「象3」（第四層）、「意4」與「象4」（第五層）……等層層組織起來，所呈現的則是「章法結構」。至於透過這種「章法結構」，發揮意象與意象間「紐帶」的功能，把「個別意象」用「層次邏輯」逐層加以組織，自然就形成了整體的「大意象系統」。

如就「多二一（0）」來看，篇中那些「點染」、「因果」、「泛（情）、具（事）」與「正反」等結構，與分別所對應的「意2」與「象2」（第三層）、「意3」與「象3」（第四層）、「意4」與「象4」（第五層）等所形成之各「小意象系統」，為「多」；「凡、目、凡」的核心結構[26]與所組織之「意1」、「象1」（第二層），可徹下以統合「多」、徹上於「意」與「象」（第一層），以形成「大意象系統」，並進一層地歸根於「一（0）」的，為「二」；而一篇之主旨「至聖」與「虛神宕漾」[27]之風格，則為「一（0）」。就這樣，太史公此文，握定「鄉往」作為綱領，以作者本身、孔門學者以及全天下讀書人對孔子「鄉往」的事實為內容，層層遞寫，結出「至聖」（嚮往到了極點的稱號）的一篇主旨，以讚美孔子。文雖短而意特長，令人讀了，也不禁湧生無限的「仰止」之情來，久久不止。

---

26 陳滿銘：〈論章法「多、二、一（0）」的核心結構〉，臺灣師大《師大學報·人文與社會類》48卷2期（2003年12月），頁71-94。
27 吳楚材、王文濡：《精校評注古文觀止》卷5（臺北市：臺灣中華書局，1972年11月臺六版），頁8。

再看晏殊的〈浣溪沙〉詞：

> 小閣重簾有燕過，晚花紅片落庭莎，曲闌干影入涼波。　　一霎
> 好風生翠幕，幾回疏雨滴圓荷，酒醒人散得愁多。

　　這是抒寫春暮閑愁的作品，此詞的主旨在末尾的「酒醒人散得愁
多」一句上。其中「酒醒人散」，用以敘事，為「象」；「得愁多」，用
於抒情，為「意」。因為這種「愁」實在太抽象了，無從產生巨大的感
染力量，於是作者就特意的安排了映入眼簾的具體景物，個別形成
「象」，把它凸顯出來：首先是重簾下的過燕，其次是庭莎上的落紅，
再其次是涼波中的闌影，接著是翠幕間的一陣好風，最後是圓荷上的幾
回疏雨。這些由近及遠的景物（象），對一個「酒醒人散」的作者來說，
每一樣都適足以增添他的一份愁，那就難怪他會「得愁」那樣「多」（意）
了。因此，這置於篇末之「酒醒人散得愁多」，就是一篇內容之核心成
分（意），用以統合過燕、落紅、闌影、風荷等外圍成分（象），是很
富於感染力的。

附結構系統表如下：

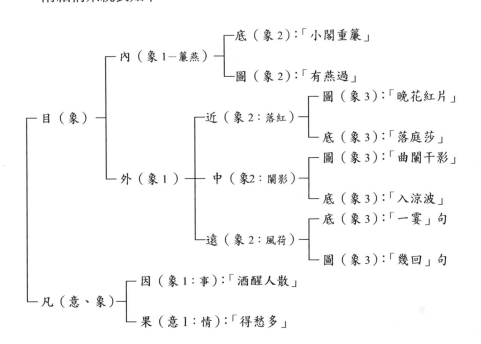

依據上表此詞著眼於所謂「意」（第一層）、「意1」（第二層）與「象」（第一層）、「象1」（第二層）、「象2」（第三層）、「象3」（第四層）等，這些經過章法處理，就橫向由不同層級所呈現的，是它個別的「小意象系統」；而著眼於所謂「凡目」、「內外」、「因果」、「遠近」等章法，從縱向將「意」與「象」（第一層）、「意1」與「象1」（第二層）、「象2」（第三層）、「象3」（第四層）等層層組織起來，所呈現的則是它的「章法結構」。至於透過這種「章法結構」，發揮意象與意象間「紐帶」的功能，把「個別意象」用「層次邏輯」逐層加以組織，自然就形成了它整體的「大意象系統」。

如就「多二一（0）」來看，篇中那些「凡目」、「內外」、「因果」、「遠近」等結構，與分別所對應的「意1」與「象1」（第二層）、「象2」

（第三層）、「象3」（第四層）等所形成之各「小意象系統」，為「多」；「先目後凡」的核心結構與所組織之「意」、「象」（第一層），可徹下以統合「多」，以形成「大意象系統」，並徹上歸根於「一（0）」的，為「二」；而一篇之主旨—熱鬧過後的「悽清之情」與「富貴溫婉」之風格，則為「一（0）」。就這樣，作者寫出了他「嘆息時光易逝，盛筵不再，美景難留的淡淡閒愁」[28]。

　　然後看蘇軾的〈臨江仙〉詞：

> 夜飲東坡醒復醉，歸來彷彿三更。家童鼻息已雷鳴。敲門都不應，倚杖聽江聲。　　　長恨此身非我有，何時忘卻營營。夜闌風靜縠紋平。小舟從此逝，江海寄餘生。

　　這首〈臨江仙〉詞，題作「夜歸臨皋」，也作於元豐五年，是採「具（事）泛（情）、具（景、事）」的結構寫成的。它在上片，先以「夜飲」二句，敘自己夜半從雪堂醉歸之事，主要以「醉」、「歸」形成「象」；再以「家童」三句，交代自己所以「倚杖聽江聲」的因果，主要以「鼻息」「敲門」、「聽江聲」形成「象」；以上是頭一個「具」（事）的部分。而在下片，則寫「倚杖聽江聲」時所見所感，先以「長恨」兩句，採「先果後因」的結構寫所感，表達急欲解脫束縛之感喟與退隱江湖之意願；這是「泛」（情）的部分。接著以「夜闌」句寫所見，主要以「風靜縠平」之景形成「實象」；然後以「小舟」二句虛寫面對「夜闌風靜縠紋平」時之所思，主要以「小舟逝江海」之事形成「象」。如此即事（景）抒

---

28 黃拔荊評析，見《唐宋詞鑑賞辭典》（上海市：上海辭書出版社，1999年1月一版十五刷），頁410。

情，將作者超曠之襟懷表現得十分清楚。附結構系統表如下：

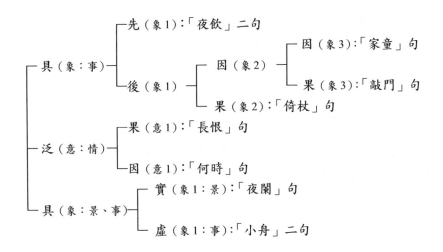

依據上表此詞著眼於所謂「意」（第一層）、「意1」（第二層）與「象」（第一層）、「象1」（第二層）、「象2」（第三層）、「象3」（第四層）等，這些經過章法處理，就橫向由不同層級所呈現的，是它個別的「小意象系統」；而著眼於所謂「泛具」、「先（昔）後（今）」、「因果」、「虛實」章法，這些從縱向將「意」與「象」（第一層）、「意1」與「象1」（第二層）、「象2」（第三層）、「象3」（第四層）等層層組織起來，所呈現的則是它的「章法結構」。至於透過這種「章法結構」，發揮意象與意象間「紐帶」的功能，把「個別意象」用「層次邏輯」逐層加以組織，自然就形成了它整體的「大意象系統」。

　　如就「多」、「二」、「一（0）」來看，篇中那些「凡目」、「先（昔）後（今）」、「因果」、「虛實」等結構，與分別所對應的「意1」與「象1」（第二層）、「象2」（第三層）、「象3」（第四層）等所形成之各小「意象系統」，為「多」；「具、泛、具」的核心結構與所組織之「意」、「象」（第一層），可徹下以統合「多」，以形成大「意象系統」，並徹上歸根

於「一（0）」的，為「二」；而一篇之主旨「隱逸之思」與「飄逸超曠」[29]
之風格，則為「一（0）」。就這樣，作者寫出了他謫居中的真性情，體
現了它的鮮明個性。

　　以上所舉的三例中，首例主要以「事」為「象」、「情與理」為
「意」，而形成意象系統；次例主要以「景（物）」為「象」、「情」為
「意」，而形成意象系統；末例以「景（物）與事」為「象」、「情」為
「意」，而形成意象系統。從這些例證中，可看出無論大、小的「意象
系統」，都必須透過「章法結構」才能完整呈現。如此一來，任何辭章
中意象與意象間之隱蔽「紐帶」或「深層的因素和邏輯」，便得以藉「層
次邏輯」所形成之「章法結構」，深入「探索」、「挖掘」而完全「顯露」
出來了。

第三節　章法、意象系統的疊合

　　辭章的篇章結構，有縱、橫兩向。其中縱向的結構，乃由「意象
（內容）系統」，亦即「情、理、景、事」等分層組成；而橫向的結構，
則由邏輯層次，也就是各種章法，如今昔、遠近、大小、本末、賓主、
正反、虛實、凡目、因果、抑揚、平側……等落實為「章法結構」而組
成。因此捨縱向而取橫向，或捨橫向而取縱向，是無法探知辭章的篇章
結構的。唯有疊合縱、橫向而為一，用「表」為輔加以呈現，才能凸顯
一篇辭章在「意象系統」與「章法結構」上的特色。

　　而所謂「章法」，由於是綴句成節（句群）、連節成段、統段成篇
的一種組織，所以一直被歸入「形式」來看待，似乎與「意象」（內容）
扯不上關係。其實，這裡所指的「句」、「節」（句群）、「段」、「篇」，
說的是句、節（句群）、段、篇的「意象」，而要縱橫組合這些「意

---

29 高原評析，見《唐宋詞鑑賞辭典》，頁 641-643。

象」，形成合乎「秩序、變化、聯貫、統一」此四大要求的辭章，則非靠各種「章法」來達成任務不可。

　　因此，說得精確一點，「章法」所探求的，是「意象（內容）」的深層結構。劉熙載在其《藝概・詞曲概》中說得好：「詞以煉章法為隱，煉字句為秀。秀而不隱，是猶百琲明珠，而無一線穿也。」[30] 這雖專就「詞」來說，但也一樣可適用於其他文體。所謂「隱」，指「蘊藏於內」；所謂「秀」，指「表現於外」。一篇辭章，如僅煉「表現於外」的「字句」，來傳遞情意，而不煉「蘊藏於內」的「章法」，藉邏輯思維以貫穿情意，使前後串成條理（秩序、變化、聯貫、統一），則它必定因失去內在條理，而雜亂無章，這當然就像「百琲明珠而無一線穿」了。

　　既然「章法」所探求的，是「意象（內容）」的深層結構，那麼「章法」便等同於人類共通的一種理則，是人人所與生俱來的；而所有的作者在創作之際，也就自覺或不自覺地受它的支配，以「章法結構」分層組合「情」、「理」、「景（物）」、「事」。因此，「章法」絕不是強加於文章之上的外在框架，而是任何一篇辭章所不可無的內在之邏輯條理。這種邏輯條理深蘊於辭章「意象（內容）」之內，如不予深入挖掘，是探求不到的。這也就是縱向的「意象系統」所以必須與橫向的「章法結構」疊合的原因。茲採先分解後疊合之方式，舉例略作說明。不過，「表」如以橫排方式呈現，就像上文所說的，縱向的反指「章法結構」，而橫向的反為「意象系統」。

　　首先看王維的〈渭川田家〉詩：

　　　斜光照墟落，窮巷牛羊歸。野老念牧童，倚杖候荊扉。雉雊麥苗秀，蠶眠桑葉稀。田夫荷鋤至，相見語依依。即此羨閒逸，悵然

---

30 劉熙載：《劉熙載文集》（南京市：江蘇古籍出版社，2000 年 12 月一版一刷），頁143。

歌式微。

　　這首詩藉「渭川田家」黃昏時「閒逸」之景，以興欣羨之情，從而表出作者急欲歸隱田園的心願。其小「意向系統」，可藉章法梳理之後用下表來呈現：

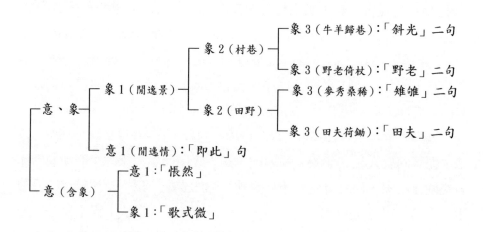

　　從上表可看出此詩先藉由村巷與田野，分別著眼於牛羊、野老、桑麥、田夫，寫所歆羨的閒逸之景，再由此帶出「羨閒逸」之情，然後用《詩經・邶風・式微》「式微，式微，胡不歸」的詩意，以表達自己「踵武靖節」[31]的心願。這就形成了「意、象」與「意含象」（第一層）、「象1、意1」（第二層）、「象2」（第三層）、「象3」（第四層）的「小意向系統」。而這種「小意向系統」，是用什麼內在的邏輯條理，以形成其深層結構的呢？如細予審辨，則不難發現它用了因果、虛實（情

31　高步瀛：《唐宋詩舉要》（臺北市：學海出版社，1973 年 2 月初版），頁 12。

景）、遠近、天人（自然、人事）等章法，以形成其結構系統，那就是：

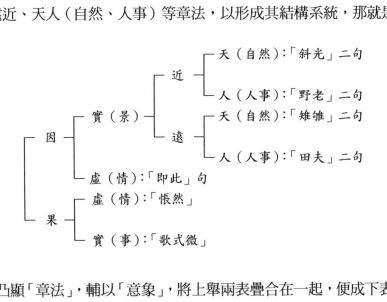

若特別凸顯「章法」，輔以「意象」，將上舉兩表疊合在一起，便成下表：

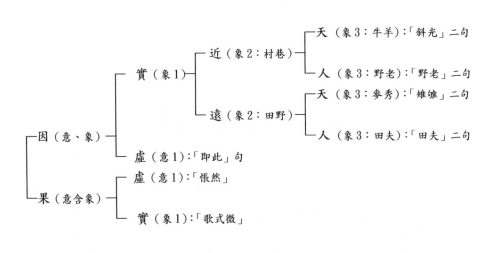

由此可見橫向（意象系統）與縱向（章法結構）的關係，是深密得不可分割的。先就「小意象系統」來看，以「意、象」與「意含象」（第一層）、「象1」與「意1」（第二層）、「象2」（第三層）、「象3」（第四層）形成其小系統；再就「章法結構」來看，以「先因後果」（第一層）、「先

實後虛」與「先虛後實」（第二層）、「先近後遠」（第三層）、兩疊「先
天後人」（第四層）形成其結構；然後就「大意象系統」來看，用各層
「章法結構」，將「小意象系統」縱橫聯結，以形成其大系統。其中第
二、三、四等層所屬「意象系統」與「章法結構」為「多」，而第一層
所屬「意象」與「結構」以徹下徹上者為「二」；至於所表達「羨閒逸，
歌式微」之一篇主旨與「疏散簡淡」[32]之風格，則為「一（0）」。

　　然後看白居易的〈長相思〉詞：

　　　　汴水流，泗水流，流到瓜州古渡頭。吳山點點愁。　　　思悠悠，
　　　　恨悠悠，恨到歸時方始休。月明人倚樓。

　　此詞藉自身之所見、所為來寫相思之情（所思）。其橫向（原縱向）
之「意象（內容）系統」，可用下表來呈現：

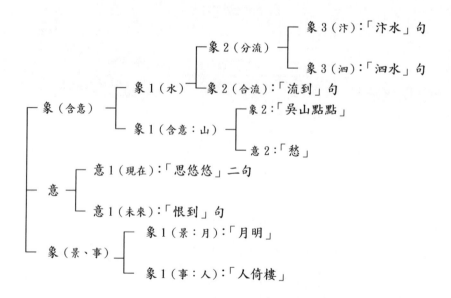

從上表可看出「作者在上片，寫的是自己置身於瓜州古渡所見的景物：
首以『汴水流』三句，寫向北所見到的『水』景，藉汴、泗二水之不斷
奔流，襯托出一份悠悠別恨；再以『吳山點點愁』一句，寫向南所見到
之『山』景，藉吳山之『點點』又襯托出另一份悠悠別恨來，使得情寓
景中，全力為下半的抒情預鋪路子。到了下片，則即景抒情，一開頭就
將一篇之主旨『悠悠』之恨拈出，再以『恨到歸時方始休』作進一層的
渲染。然後以結句，寫自己在樓上對月相思的樣子，將『恨』字作更具
體之描繪，而且也『呼應了全篇』[33]。」[34]。如果從章法切入，則它以
「泛具」、「方位轉換」、「虛實」與「高低」、「凡目」、「情景」、「並列」
等章法組成其縱向（原橫向）之深層結構，即：

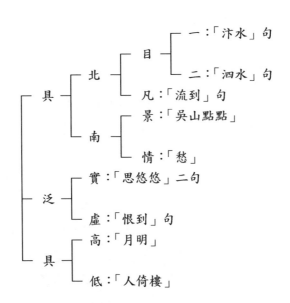

---

33 黃屏解析，見陳邦炎主編：《詞林觀止》上（上海市：上海古籍出版社，1994年4月
　　一版一刷），頁25。

34 陳滿銘：〈談篇章的縱向結構〉，臺灣師大《中國學術年刊》22期（2001年5月），
　　頁274-275。

如果以縱向（章法）為主、橫向（意象）為輔加以疊合，則形成了下表：

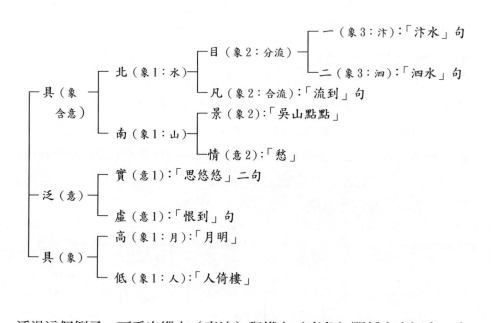

透過這個例子，可看出縱向（章法）與橫向（意象）關係之密切來。先就「小意象系統」來看，以「意含象」、「意」與「象」（第一層）、「象1」與「意1」（第二層）、「象2」與「意2」（第三層）、「象3」（第四層）形成其小系統；再就「章法結構」來看，以「具、泛、具」（第一層）、「先北後南」、「先實後虛」與「先高後低」（第二層）、「先目後凡」與「先景後情」（第三層）、「並列」（第四層）形成其結構；然後就「大意象系統」來看，用各層「章法結構」，將「小意象系統」縱橫連結，以形成其大系統。其中第二、三、四等層所屬「意象系統」與「章法結構」為「多」，而第一層所屬「意象」與「結構」以徹下徹上者為「二」；至於所表達「相思之情」的一篇主旨與「音調諧婉，流美如珠」[35] 之風

---

35 趙仁圭、李建英、杜媛萍：「整首詞借流水寄情，含情綿邈。疊字、疊韻的頻繁使

格，則為「一（0）」。就這樣以「多二一（0）」統合縱橫向，將「意象系統」與「章法結構」疊合而為一了。

　　總結起來看，所謂「小意象系統」，是就「橫向」（依橫排結構表）、「個別意象」來說的，它藉「章法結構」自第一層開始，依「由最大類到最小意象」之順次，逐層下遞，到最低一層的「個別意象」，即形成此「個別意象」之「小意象系統」。而所謂「大意象系統」，則是就「縱向」（依橫排結構表）、「整體意象」而言的，它藉「章法結構」將「橫向」之各「小意象系統」，逐層作縱向之統合，成為「大意象系統」，從而呈現「章法結構」與大、小「意象系統」緊密疊合之整體結構。因此，大小「意象系統」之形成，都有賴於「（0）一、二、多」的「章法結構」。

　　而這種系統與結構，如著眼於創作面，所呈現的是「（0）一、二、多」，而著眼於鑑賞面，則所呈現的是「多、二、一（0）」。這就同一作品而言，作者由「意」而「象」地在從事順向（「（0）一、二、多」）創作的同時，也會一再由「象」而「意」地如讀者作逆向（「多、二、一（0）」）之檢查；同樣地，讀者由「象」而「意」地作逆向（「多、二、一（0）」）鑑賞（批評）的同時，也會一再由「意」而「象」地如作者在作順向（「（0）一、二、多」）之揣摩。如此順逆互動、循環而提升，形成螺旋結構，而最後臻於至善，自然能使得創作與鑑賞合為一軌。

　　一般說來，由「意」而「象」而形成「系統」，大都是不自覺的；而由「象」而「意」，用「客觀存在」之「章法」切入，是完全自覺的。前者所呈現的是「（0）一、二、多」之順向過程，後者所呈現的為「多、二、一（0）」的逆向過程。在此過程中，兩者一直互動、循環而

用，使詞句音調諧婉，流美如珠。」見《唐五代詞三百首譯析》（長春市：吉林文史出版社，1997 年 1 月一版一刷），頁 148。

提升，形成「多」、「二」、「一（0）」的螺旋結構，逐漸地化「不自覺」為「自覺」，以求最後臻於完全合軌的境界，使得「意象系統」因「章法結構」之介入而完全顯露，而「章法結構」也因「意象系統」之融入而能將縱橫向結合在一起，由此可見「意象系統」與「章法結構」，是不可分割的。

第五章
章法與內容結構

摘要

「章法」所探求的，是「內容材料」深層的層次邏輯結構，以反映宇宙事事物物的層次邏輯關係。換句話說，它等同於人類共通的一種理則，是人人所與生俱來的；而所有的辭章作者在創作之際，也就自覺或不自覺地受它的支配，以組合「情」、「理」、「景（物）」、「事」等「內容材料」，而成章、成篇。因此，章法絕不是強加於辭章之上的外在框架，而是任何一篇文章所不可無的內在條理。這種條理深蘊於辭章「內容材料」之內，如不予深入挖掘，是探求不到的。也就是說，不透過章法，辭章的「內容材料」，很多時候是無法加以整合城系統的，尤其是辭章「內容」之核心，也就是一篇之「主旨」，更是如此。本章即著眼於此，從篇章結構之「內容與形式」、「主旨的安置」、「縱橫的互動」與「分合的呼應」等不同角度進行探討，以見「章法」與「內容」結構的緊密關係。

關鍵詞：篇章、章法、結構、內容與形式、主旨的安置、縱橫的互動、
　　　　分合的呼應

篇章結構，就「內容與形式」而言，章法是「內容的形式」、內容
是「內容的內容」；就「主旨的安置」而言，有「篇首」、「篇腹」、「篇
末」與「篇外」之不同，以影響章法結構的選擇；就「縱橫的互動」而
言，能產生「情經（內容為縱）辭緯（形式為橫）」（《文心雕龍‧情采》）
的作用，造成互動；就「分合的呼應」而言，使「章」支撐「篇」、「篇」
統合「章」，形成呼應，是很適用於較長篇章之分析的。茲分四節論述
如下：

第一節　從篇章的內容形式看

一直以來，辭章家都認為「辭章」是離不開「內容」與「形式」的。
大體而言，辭章之主要內涵，如「個別意象」、「詞彙」、「文法」「章
法」、「主題」（含義旨與材料）與「風格」，無不涉及「內容」與「形
式」。其中的「個別意象」、「詞彙」與「文法」，主要屬於「字句」範圍；
而「章法」、「主題」（含義旨與材料）與「風格」，主要屬於「篇章」
範圍。本文即單單鎖定「篇章」層面，就其「內容」與「形式」，以多
二一（０）螺旋結構切入，先梳理其相關理論，再舉古文與詩詞為例加
以說明，然後作綜合探討，以見「章法」與「主題」（整體意象，即義
旨與材料）、「風格」間的密切關係。

一　篇章內容、形式之相關理論

在此，分兩層面加以探討：

（一）辭章體系層面

篇章是辭章中最重要的一環。就「辭章」而言，乃結合「形象思
維」、「邏輯思維」與「綜合思維」而形成。這三種思維，各有所主。

如果是將一篇辭章所要表達之「意」，訴諸各種偏於主觀之聯想、想像，和所選取之「象」連結在一起，或者是專就個別之「意」、「象」等本身設計其表現技巧的，皆屬「形象思維」（運用典型的藝術形象來顯示各種事物的特質）；這涉及了「取材」、「措詞」等有關「意象」之形成與表現等問題，而主要以此為研究對象的，就是意象學（狹義）、詞彙學與修辭學等。如果是專就各種「象」，對應於自然規律，結合「意」，訴諸偏於客觀之聯想、想像，按秩序、變化、聯貫與統一之原則，前後加以安排、布置，以成條理的，皆屬「邏輯思維」（用抽象概念來顯示各種事物的組織）；這涉及了「運材」、「布局」與「構詞」等有關「意象」之組織等問題，而主要以此為研究對象的，就語句言，即文（語）法學；就篇章言，就是章法學。至於合「形象思維」與「邏輯思維」而為一，探討其整個「意象」體性的，則為「綜合思維」，這涉及了「立意」、「確立體性」等有關「意象」之統合等問題，而主要以此為研究對象的，為主題學、意象學（廣義）、文體學、風格學等。而以此整體或個別為對象加以研究的，則統稱為辭章學或文章學[1]。

　　而這些辭章的內涵，都是針對辭章作「模式之探討」加以確定的。它們分別與形象思維、邏輯思維或綜合思維有著密切的關係。其中有偏於字句範圍的，主要為詞彙、修辭、文（語）法與意象（個別）；有偏於章與篇的，主要為意象（整體含個別）與章法；有偏於篇的，主要為一篇主旨與風格。因此辭章的篇章，是主要以意象（個別到整體）與章法為其內涵，而以主旨與風格來「一以貫之」的。

　　換另一個角度看，辭章是離不開「意象」的。而「意象」有廣義與狹義之別：廣義者指全篇，屬於整體，可以析分為「意」與「象」，形

1　陳滿銘：〈論語文能力與辭章研究──以「多二一（0）」螺旋結構作考察〉，臺灣師大《國文學報》36 期（2004 年 12 月），頁 67-102。

成「二元」；狹義者指個別，屬於局部，往往合「意」與「象」為一來稱呼。而整體是局部的總括、局部是整體的條分，所以兩者關係密切。不過，必須一提的是，狹義之「意象」，亦即個別之「意象」，雖往往合「意」與「象」為一來稱呼，卻大都用其偏義，造成「包孕」的效果，譬如草木或桃花的意象，用的是偏於「意象」之「意」，因為草木或桃花都偏於「象」；如「桃花」的意象之一為愛情，而愛情是「意」；而團圓或流浪的意象，則用的是偏於「意象」之「象」，因為團圓或流浪，都偏於「意」；如「流浪」的意象之一為浮雲，而浮雲是「象」。因此前者往往是一「象」多「意」，後者則為一「意」多「象」。而它們無論是偏於「意」或偏於「象」，通常都通稱為「意象」。如著眼於整體（含個別）的「意象」（意與象）來看，則它應屬於綜合思維，能統合形象思維與邏輯思維，並貫穿辭章的各主要內涵，以見意象在辭章上之地位[2]。

　　先從「意象」之形成與表現來看，是都與形象思維有關的，因為形象思維所涉及的，是「意」（情、理）與「象」（事、景）之結合及其表現。其中探討「意」（情、理）與「象」（事、景〔物〕）之結合者，為「意象學」，這是就意象之形成來說的。而探討「意」（情、理）與「象」（事、景〔物〕）本身之表現者，如就原型求其符號化的，是「詞彙學」；如就變型求其生動化的，則為「修辭學」。

　　再從「意象」之組織來看，是與邏輯思維有關的，而邏輯思維所涉及的，則是意象（意與意、象與象、意與象、意象與意象）之排列組合，其中屬篇章者為「章法學」，屬語句者為「文法學」。

　　然後從「意象」之統合來看，是與綜合思維有關的，而綜合思維所

―――――――――――――――

2　陳滿銘：〈意、象互動論——以「一意多象」與「一象多意」為考察範圍〉，中山大學《文與哲》學報 11 期（2007 年 12 月），頁 435-480。

涉及的，乃是核心之「意」（情、理），即一篇之中心意旨：「主旨」（統合內容義旨）與審美風貌：「風格」。

　　由此看來，形象思維、邏輯思維與綜合思維三者，涵蓋了辭章的各主要內涵，而都離不開「意象」。如單由「象」與「意」來說，如涉及後天之「辭章研究」（讀），所循的是「由象而意」之逆向邏輯結構；如涉及先天之「語文能力」（寫）而言，所循的則是「由意而象」之順向邏輯結構[3]。

　　總結上述，結合意象系統與辭章體系，其關係可呈現如下列簡圖：

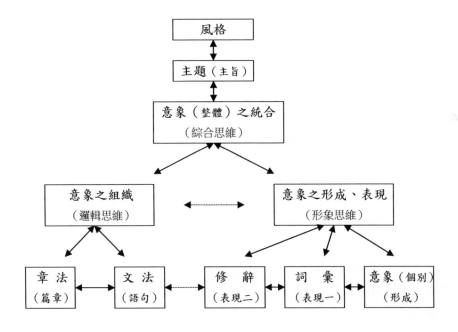

這些內涵主要含綜合思維的「風格」、「主題」、邏輯思維的「章

3　陳滿銘：〈辭章意象論〉，臺灣師大《師大學報‧人文與社會類》50 卷 1 期（2005 年 4 月），頁 17-39。

法」、「文法」與形象思維的「修辭」、「詞彙」、「個別意象」。若按《文心雕龍‧章句》篇所分「篇法」、「章法」、「句法」與「字法」來看，則其中的「個別意象」、「詞彙」與「文法」，主要屬於「字句」範疇；而「章法」、「主題」（含義旨與材料）與「風格」，主要屬於「篇章」範疇。如此「內容」與「形式」可概分為「字句」與「篇章」兩大部分，用如下系統簡圖來表示它們的關係：

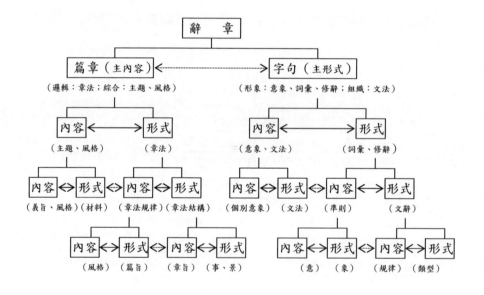

可見「主題（整體意象：義旨與材料）」是篇章的內容，而「章法」（含篇法）所呈現的是「篇章邏輯」，乃篇章「內容的形式」。對此，王希杰就指出：

　　文章是由內容和形式兩個方面所構成的。其內容是資訊和思想，其形式是語言文字和表達方式。兩個方面也都有內容和形式的區別──我閱讀了陳滿銘教授及其弟子的精彩著作之後所得到的印

象是，章法學的對象主要是文章的內容，……「材料」就是內
容，但是不研究「材料」本身，只研究材料的形式，就是材料同
材料之間的關係，所以是（文章的）「內容的形式」：文章內容
的「組織形式」。當然文章內容的「組織形式」需要響應的形式
來表現它。文章是內容和形式的統一體。[4]

他把「章法」視為文章「內容的組織形式」，雖然沒有強調是「篇章」，
但這種意涵相當明顯；而且涉及整個辭章，指出「文章是內容和形式的
統一體」，是十分有見地的。

（二）多二一（0）螺旋結構層面

在哲學或美學上，對所謂「對立的統一」、「多樣的統一」，即「二
而一」、「多而一」之概念，都非常重視，一向被目為事物最重要的變
化規律或審美原則，似乎已沒有進一步探討之空間。不過，「對立的統
一」，指的只是「一」與「二」；而「多樣的統一」指的則是「多」與
「一」。這樣分別著眼於局部，雖凸顯出焦點之所在，卻往往讓人忽略
了徹上徹下之「二」（陰陽）的居間作用，與其一體性之完整結構。

而這種「多二一（0）」的螺旋結構，卻足以彌補此種缺憾。它比
較完整地凸顯了古代聖賢探討宇宙萬物創生、含容過程的系統性規律。
大致說來，他們是先由「有象」（現象界）以探知「無象」（本體界），
逐漸形成「多、二、一（0）」的逆向結構；再由「無象」（本體界）以
解釋「有象」（現象界），逐漸形成「（0）一、二、多」的順向結構的。
就這樣一順一逆，往復探求、驗證，久而久之，終於形成了他們圓融的

4　王希杰：〈章法學門外閒談〉，《平頂山師專學報》18 卷 3 期（2003 年 6 月），頁 53-
54。

宇宙人生觀。而這種宇宙人生觀，各家雖各有所見，但若只求其同而不
其求異，則總括起來說，都可以從「（0）一、二、多」（順）與「多、
二、一（0）」（逆）的互動、循環而提升的螺旋關係[5]上加以統合。茲
以《周易》、《老子》為例，分別加以探討：

　　首先看《周易》，在《周易》的〈序卦傳〉裡，對這種「多」、「二」、
「一（0）」結構形成之過程，就曾約略地加以交代。其六十四卦，從其
排列次序看，就粗具這種特點。而各種物類、事類在「變化」中，循
「由天（天道）而人（人事）」來說，所呈現的是「（一）二、多」的
結構，這可說是〈序卦傳〉上篇的主要內容；而循「由人（人事）而天
（天道）」來說，則所呈現的是「多、二（一）」的結構了，這可說是〈序
卦傳〉下篇的主要內容，如此自然就「錯綜天人，以效變化」[6]。《周
易·繫辭上》云：

　　　　是故易有太極，是生兩儀，兩儀生四象，四象生八卦。

據此，其順向歷程顯然就可用「一、二、多」的結構來呈現，其中「一」

5　凡「二元對待」之兩方，都會產生互動、循環而提升的作用，而形成「多二一（0）」
　　的螺旋結構。而所謂「螺旋」，本用於教育課程之理論上，早在十七世紀，即由捷克
　　教育家誇美紐思所提出，見許建鉞編譯《簡明國際教育百科全書》（北京市：新華書
　　局北京發行所，1991 年 6 月一版一刷），頁 611。又，相對於人文，科技界亦發現生
　　命之「基因」和「DNA」等都呈現螺旋結構。參見約翰·格里賓著、方玉珍等譯《雙
　　螺旋探密——量子物理學與生命》（上海市：上海科技教育出版社，2001 年 7 月），
　　頁 271-318。
6　戴璉璋：「韓氏（康伯）在〈序卦傳〉下篇的注文中提到『先儒以〈乾〉至〈離〉為
　　上經，天道也。〈咸〉至〈未濟〉為下經，人事也。』他認為這種說法是錯誤的。因
　　為「夫《易》六畫成卦，三才必備，錯綜天人，以效變化。豈有天道、人事篇於上
　　下哉？」天道人事雖不能機械地按上下經來區分，但是《周易》的作者的主要用心
　　處，卻的確都在這裡，即在〈序卦傳〉，我們也可看出作者那種「錯綜天人，以效變
　　化」的企圖。」見《易傳之形成及其思想》（臺北市：文津出版社，1989 年 6 月臺灣
　　初版），頁 187。

指「太極」，「二」指「兩儀（陰陽）」，「多」指「四象生八卦（萬物）」（含人事）。如果對應於〈序卦傳〉由天而人、由人而天，亦即「既濟」而「未濟」之的循環來看，則此「一、二、多」，就可以緊密地和逆向歷程之「多、二、一」接軌，形成其螺旋結構。

這種螺旋結構，在《老子》一書中，不但可以找到，而且更完整，如：

> 道生一，一生二，二生三，三生萬物。萬物負陰而抱陽，沖氣以為和。（四十二章）

在此，老子的「一」該等同於《易傳》之「太極」、「二」該等同於《易傳》之「兩儀」（陰陽），因此所呈現的，和《周易》（含《易傳》）一樣，是「一、二、多」與「多、二、一」之原始結構。不過，值得一提的是：老子的「道」可以說是「無」，卻不等於實際之「無」（實零），而是「恍惚」的「無」（虛零），以指在「一」之前的「虛理」[7]。這種「虛理」，如勉強以「數」來表示，則可以是「（0）」。這樣，順、逆向的結構，就可調整為「（0）一、二、多」（順）與「多、二、一（0）」（逆），以補《周易》（含《易傳》）之不足，這就使得宇宙萬物創生、含容的順、逆向歷程，更趨於完整而周延了[8]。

此種螺旋結構由於屬「普遍性之存在」[9]，所以其適用面是極廣的。

7　唐君毅：《中國哲學原論・導論篇》（香港：人生出版社，1966 年 3 月出版），頁 350-351。

8　陳滿銘：〈論「多二一（0）」的螺旋結構——以《周易》與《老子》為考察重心〉，臺灣師大《師大學報・人文與社會類》48 卷 1 期（2003 年 7 月），頁 1-20。

9　王希杰：「陳教授的專長是詩詞學，非常具體。章法學則要抽象多了。這部著作（即《「多」、「二」、「（0）一」螺旋結構論——以哲學、文學、美學為研究範圍》），就更抽象了。……我以為本書很值得一讀，因為這個螺旋結構是普遍性的存在，值得

就以辭章來看，則其中「意象」（個別）、「詞彙」、「修辭」、「文（語）法」、「章法」是「多」，「形象思維」與「邏輯思維」為「二」，「主題」（含整體「意象」）、「文體」、「風格」為「一（0）」。又落到篇章上來說，則所有核心結構[10]以外的其他輔助結構，都屬於「多」；而核心結構所形成之「二元對待」，自成陰與陽而「相反相成」，以徹下徹上，形成結構之「調和性」（陰）與「對比性」（陽）的，是屬於「二」；至於其「主題（整體意象）」或由「統一」所形成之「風格」（含韻味、氣象、境界等），則屬於「一（0）」。它們的關係可用簡表呈現如下：

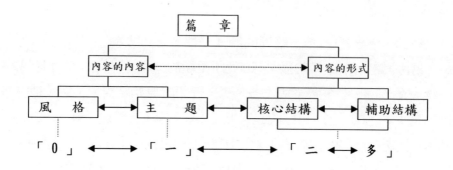

如此由「多」而「二」來呈現篇章的「內容的形式：章法結構」，可完全地凸顯其「一（0）」，將蘊藏於篇章「內容的內容：主題與風格」之邏輯關係顯現出來。

二　篇章內容、形式關係之舉隅說明

因篇幅所限，在此特舉古文、唐詩與宋詞各二篇為例，略作說明，以見一斑。

重視。」見王希杰：《王希杰博客‧書海採珠》（2008 年 1 月），頁 1。

10 陳滿銘：〈論章法「多、二、一（0）」的核心結構〉，臺灣師大《師大學報》48 卷 2 期（2003 年 12 月），頁 71-94。

（一）以古文為例

在此舉古文兩篇為例，以見其篇章「內容」與「形式」之關係。先看韓愈的〈送董邵南遊河北序〉：

> 燕趙古稱多感慨悲歌之士。董生舉進士，連不得志於有司，懷抱利器，鬱鬱適茲土，吾知其必有合也。董生勉乎哉！
>
> 夫以子之不遇時，苟慕義彊仁者，皆愛惜焉。矧燕趙之士，出乎其性者哉！然吾嘗聞風俗與化移易，吾惡知其今不異於古所云邪？聊以吾子之行卜之也。董生勉乎哉！
>
> 吾因子有所感矣。為我弔望諸君之墓，而觀於其市，復有昔時屠狗者乎？為我謝曰：「明天子在上，可以出而仕矣。」

此文為一贈序，寫以送董邵南往遊河北。由於當時河北藩鎮不奉朝命，送行之人「斷無言其當往之理，若明言其不當往，則又多此一送」[11]，所以作者就避開河北之「今」，而從其「古」下筆。首先自開篇起至「出乎其性者哉」句止，以「因、果、因」的順序，說古時之燕趙（即河北）多「慕義彊仁」的豪傑之士，從正面預卜董生此行必受到「愛惜」而「有合」，以見其當往；其次自「然吾嘗聞」句起至「董生勉乎哉」句止，說如今燕趙之風俗，或許已與古時有所不同，從反面勉董生聊以此行一卜其「合與不合」[12]，以進一步見其當往；以上兩段，直接扣住董生之當「遊河北」來寫，是「擊」的部分。最後以末段，筆

---

11 林雲銘：《古文析義合編》上冊卷四（臺北市：廣文書局，1965 年 10 月再版），頁216。

12 王文濡在首段下評注：「此段勉董生行，是正寫。」在次段下評注：「此段勉董生行，是反寫。」見《精校評注古文觀止》卷八（臺北市：臺灣中華書局，1972 年 11 月臺六版），頁 36-37。

鋒一轉，旁注於燕趙之士身上[13]，採「先泛後具」的結構來表達，要董生傳達「明天子在上」而勸他們來仕之意，含董生不當往的暗示作收[14]；這是「敲」的部分。由此角度分析，可畫成如下結構分析表：

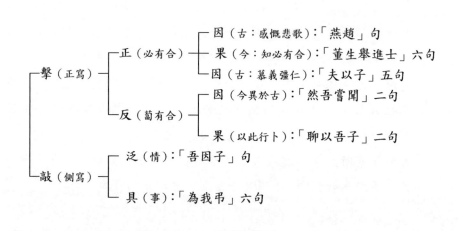

　　從「篇」來看，它是形成「先擊後敲」[15]之結構的。這個結構，足以涵蓋此文正面（擊）與側面（敲）的全部內容，可視為核心結構。其中「擊」的部分，先由一疊「因、果、因」（變化）與一疊「先因後果」

13　王文濡於「吾因數而有所感矣」下評注：「上一正一反，俱送董生，此下特論燕趙。」同前註，頁 37。

14　王文濡在篇末評注：「送董生，卻勸燕趙之士來仕，則董生之不當往，已在言外。」同前註，頁 37。

15　為「敲擊」結構之一種。「敲擊」一詞，一般用作同義的合義複詞，都指「打」的意思。但嚴格說來，「敲」與「擊」兩個字的意義，卻有些微的不同，《說文》說：「敲，橫擿也。」徐鍇《繫傳》：「橫擿，從旁橫擊也。」而《廣韻·錫韻》則說：「擊，打也。」可見「擊」是通指一般的「打」，而「敲」則專指從旁而來的「打」。也就是說，以用力之方向而言，前者可指正〔前後〕面，也可指側面，而後者卻僅可指側面。依據此異同，移用於章法，用「敲」專指側寫，用「擊」專指正寫，以區隔這種篇章條理與「正反」、「平側」（平提側注）、賓主等章法的界線，希望在分析辭章時，能因而更擴大其適應的廣度與貼切度。大體說來，「敲擊」，主要在用不同事物以表達同類情意時，藉「敲」加以引渡或旁推，來呼應「擊」的部分，與「正反」、「賓主」之彼此映襯或「平側」之有所偏重的，有所不同。見陳滿銘：〈論幾種特殊的章法〉，臺灣師大《國文學報》31 期（2002 年 6 月），頁 196-202。

（秩序）的調和性之輔助結構，以轉位之「變化」（陽剛）與移位之「秩序」（調和）來支撐這「先正後反」之對比性（陽剛）結構，而造成反復與往復之節奏（韻律）；再由此對比性（陽剛）結構來為「擊」的部分作支撐，使得這個部分，一面由「移位」、「轉位」造成明顯而有變化的節奏（韻律），一面由對比與調和形成「剛中寓柔」的強大力量，有力地帶出「敲」部分。而「敲」部分，則因離開了「送董邵南」的主題，故僅以「先泛後具」的一疊調和性結構來支撐，一面藉移位所造成的簡單節奏，與上個部分的「反復」與「往復」之節奏（韻律）銜接呼應，串聯為一篇韻律；一面藉此調和性結構，適切地表達「董生不當往」的「言外之意」。由此看來，這篇文章「先擊後敲」的核心結構本身，雖性屬調和，卻因隱含對比性極強之「正反」成分，而輔助結構之「多」，又帶有「剛中寓柔」的強大力量，所以上徹至「一（0）」，便足以表達本文頗曲折之主旨，而形成「剛柔互濟」[16]之風格。茲將其分層結構，結合篇章之「內容」、「形式」與「多二一（0）螺旋結構」，以簡圖表示如下：

---

16 指剛與柔之成分十分接近，這種成分可初步透過章法結構之陰陽變動試予量化，見陳滿銘：〈論東坡清俊詞中剛柔成分之量化〉，《畢節師範高等專科學校學報》22 卷 1 期（2004 年 9 月），頁 11-18。而這種量化，涉及章法風格，見陳滿銘：〈章法風格論──以「多、二、一（0）」結構作考察〉，《成大中文學報》12 期（2005 年 7 月），頁 147-164。

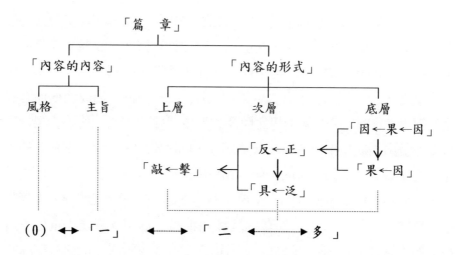

　　如對應於「多二一（0）」而言，則此文以「正反」、「因果」與「泛具」各一疊的「移位」性結構，與「轉位」性的「因、果、因」結構與節奏（韻律），形成了「多」；以「先擊後敲」的移位性核心結構與節奏（韻律），自為陰陽對比，是為關鍵性之「二」，藉以統括輔助性結構，徹下徹上，形成一篇規律；以「董生不該往」之一篇主旨與「開闔變化」的風格為「一（0）」。吳楚才說：「董生憤己不得志，將往河北求用於諸藩鎮，故公作此送之。始言董生之往必有合，中言恐未必合，終諷諸鎮之歸順，及董生不必往。文僅百十餘字，而有無限開闔，無限變化，無限含蓄。」[17]這種特色之形成，很明顯地可從其「多、二、一（0）」結構中找到重要線索。

　　然後看王安石的〈讀孟嘗君傳〉：

　　　世皆稱孟嘗君能得士，士以故歸之，而卒賴其力，以脫於虎豹之秦。嗟呼！孟嘗君特雞鳴狗盜之雄耳，豈足以言得士！不然，擅齊之

_____

17　《精校評注古文觀止》卷八，頁36-37。

強，得一士焉，宜可以南面而制秦，尚何取雞鳴狗盜之力哉！
雞鳴狗盜之出其門，此士之所以不至也。

　　這篇文章，一開頭就直接以「世皆稱」四句，先立一個案，採「先因後果」的條理，藉世人之口，對孟嘗君之「能得士」，作一讚美，並從中拈出「卒賴其力，以脫於虎豹之秦」，隱含「雞鳴狗盜」之意，以作為「質的」，以引出下文之「弓矢」。再以「嗟呼」句起至末，在此用「實、虛、實」的條理，針對「立」的部分，以「雞鳴狗盜」扣緊「卒賴其力，以脫於虎豹之秦」，予以攻破。所謂「質的張而弓矢至」，真是一箭而貫紅心，雖文不滿百字，卻有極強的說服力。對此，林西仲指出：「《史記》稱孟嘗君招致任俠姦人入薛，其所得本不是士，即第一等市義之馮驩，亦不過代鑿三窟，效雞鳴狗盜之力，何嘗有謀國制敵之慮！『龍門好客自喜』一語，早已斷煞，而世人不知，動稱『能得士』，故荊公作此以破其說。篇首喝起『世皆稱』三字，是與『龍門』贊語相表裡，非翻案也。百餘字中，有起、承、轉、合在內，警策奇筆，不可多得。」[18] 將此文特色交代得十分清楚。附結構分析表如下：

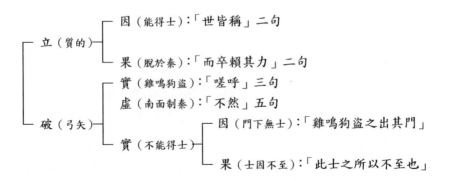

18　《古文析義合編》上冊，頁 326。

可見此文在「篇」的部分，以「先立後破」的移位性核心結構，形成對比。但一樣的在對比中卻含有調和的成分，因為就「章」而言，在「立」的部分，既以「先因後果」的移位結構形成了調和；在「破」的部分，又先以「實（正）、虛（反）、實（正）」的轉位結構形成對比，再以「先因後果」的移位結構形成調和。這樣以「對比」、「移位」為主、「調和」、「轉位」為輔，其節奏（韻律）、風格自然趨於強烈、陽剛。茲將其分層結構，結合篇章之「內容」、「形式」與「多二一（0）螺旋結構」，以簡圖表示如下：

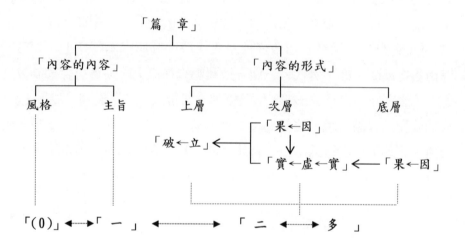

　　如此由底層而次層而上層，以兩疊「因果」、一疊「虛（反）實（正）」，來支撐一疊「立破」，其結構雖僅有四個，卻十分完整。如對應於「多二一（0）」而言，則此文以兩層移位性的「先因後果」與轉位性的「實、虛、實」結構與節奏（韻律），形成了「多」；以「先立後破」的核心（移位）結構與節奏（韻律），自為陰陽對比，形成了「二」，以徹下徹上；而以孟嘗君「未足以言得士」之主旨與所形成的

毗剛風格、韻律，所謂「筆力簡而健」[19]，則形成了「一（0）」。這篇短文之所以有極強之氣勢與說服力，與這種邏輯結構有著密切之關係。

（二）以唐詩為例

在此舉唐詩兩首為例，以見其篇章「內容」與「形式」之關係。如王維的〈輞川閑居贈裴秀才迪〉：

> 寒山轉蒼翠，秋水日潺湲。倚杖柴門外，臨風聽暮蟬。渡頭餘落日，墟里上孤煙。復值接輿醉，狂歌五柳前。

此詩乃作者與裴迪秀才相酬為樂之作。在一特定時空之下，作者藉自然景物與人物形象之刻畫，以寫自己閒適之情。它一面在首、頸兩聯，具體描繪了「輞川」附近的水陸秋景與暮色，勾勒出一幅有色彩、音響和動靜的和諧畫面；另一面又在頷、末兩聯，於一派悠閒之自然圖案中，很生動地嵌入了作者自己倚杖聽蟬，和裴迪狂歌而至的人事景象；使兩者相映成趣，而形成了物我一體的藝術境界。李浩說此詩「全詩具有時間的特指〔『落日』時分〕和空間位置的具體固定，通過『〔柴門〕外』、『〔渡〕頭』、『〔墟〕里』、『〔五柳〕前』等方位名詞，勾勒出景物的相互位置關係，景物具有空間開發性，既活潑無礙，又彼此依存，是構成整個畫面諧調的一個部分。讀這樣的詩，應該在一個時間的片刻裡從空間上去理解作品，把握詩人用最高的藝術手腕所凝定下來的富有包孕性的瞬間印象」[20]，這種體會十分深刻。附結構分析

---

19 郭預衡：《中國散文史》中（上海市：上海古籍出版社，2000 年 3 月一版一刷），頁485。

20 李浩：《唐詩的美學闡釋》（合肥市：安徽大學出版社，2000 年 4 月一版一刷），頁255。

表如下：

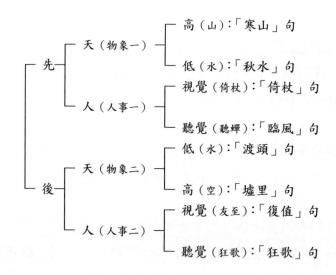

可見此詩主要以「今（後）昔（先）」、「天（物象）人（人事）」、「遠近」、「高低」與「知覺（視、聽）轉換」等章法，形成其移位結構，以「調和」全詩。其中除「今昔」之外，又將「天人」、「高低」、「知覺轉換」組成雙疊的形式，以增添其節奏流轉之美；尤其是天與人對照，將空間拓大，又擴展了氣象；這些都強化了作者閒逸之趣。茲將其分層結構，結合篇章之「內容」、「形式」與「多二一（0）螺旋結構」，

以簡圖表示如下：

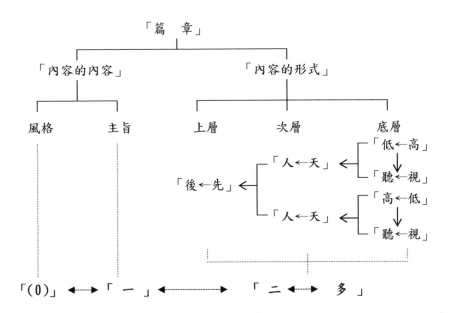

如此，對應於「多二一（0）」結構來看，此詩以「遠近」、「高低」（二疊）與「知覺（視、聽）轉換」（二疊）等章法所形成輔助性之移位結構與節奏（韻律），算是「多」；以二疊「天人」（含「今（後）昔（先）」）自為陰陽所形成核心之移位結構與節奏（韻律），算是關鍵性之「二」，藉以徹下徹上，形成一篇規律；以「閒適之趣」之主旨與所形成之飄逸風格，是為「一（0）」，使人產生美感。高步瀛說此詩「自然流轉，而氣象又極闊大」[21]，道出了本詩的特色。

又如杜甫的〈登樓〉：

　　花近高樓傷客心，萬方多難此登臨。錦江春色來天地，玉壘浮雲

---

21 高步瀛：《唐宋詩舉要》（臺北市：學海出版社，1973年2月初版），頁422。

變古今。北極朝廷終不改，西山寇盜莫相侵。可憐後主還祠廟，
日暮聊為〈梁甫吟〉。

這首詩是作者傷時念亂的作品，他一開始便把一因一果的兩句話倒
轉過來，敘先因「萬方多難」而「登樓」，次由「登樓」而見「花近
高樓」（樓外春色），末由見「花近高樓」而「傷客心」，開門見山地將
一篇之主旨「傷客心」拈出；這是「凡」的部分。接著先以三、四兩句，
用「先低後高」的結構，寫「登臨」所見之樓外春色；這是「目」之一；
再以五、六兩句，寫「萬方多難」；這是「目」之二。最後藉尾聯，承
「傷客心」，寫「登臨」所感，發出當國無人的慨歎，蘊義可說是極其
深婉的；這是「目」之三。這很顯然的，是在篇首便點明主旨（綱領），
然後依此分述的，所謂「綱舉目張」，條理都清晰異常。

對此內容，喻守真作了如下說明：「本詩首四句是敘登樓所見的景
色，正因「萬方多難」，故傷客心，春色依舊，浮雲多幻，是用來比喻
時事的擾攘。頸連上句是喜神京的光復，下句是懼外患的侵陵，一憂一
懼，曲曲寫出詩人愛國的心理。末聯是從樓頭望見後主祠廟，因而引起
感唱，以謂像後主的昏庸，人猶奉祀，可見朝廷正統，終不致被夷狄所
改變也。末句隱隱說出自己的懷抱，大有澄清天下的氣概。少陵一生心
事，在此詩中略露端倪。」[22] 所謂「隱隱說出自己的懷抱，大有澄清天
下的氣概」，這相對於一篇主旨「傷客心」之「顯」而言，顯然是就

---

22 喻守真：《唐詩三百首詳析》（臺北市：臺灣中華書局，1996 年），頁 233-234。

「潛」之一層來說的[23]。附結構表供參考：

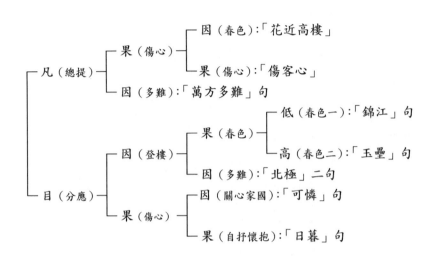

可見此詩主要以「凡目」、「因果」（五疊）與「高低」等章法，形成其移位結構，以「調和」全詩。其中「因果」又組成五疊的形式，以增添其節奏之美；尤其是「高低」與「因果」（登樓）將時空拓大，將作者「傷客心」（傷時念亂之情，並抒一己懷抱）之主旨深切地表達出來。茲將其分層結構，結合篇章之「內容」、「形式」與「多二一（０）螺旋結構」，

---

23 陳滿銘：〈論潛性與顯性之互動類型——以辭章義旨為例作觀察〉，《江陰職業技術學院學報》19 卷 2 期（2008 年 6 月），頁 25-29。

以簡圖表示如下：

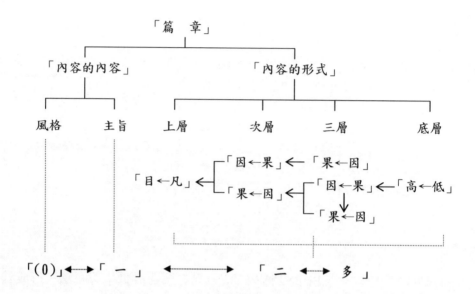

如此，對應於「多二一（0）」結構來看，則次層以下之結構（「因果」
五疊、「高低」一疊）為「多」，它們由下而上地藉層層結構之陰陽流
動與呼應，將「勢」形成層層節奏（韻律），以支撐上層的「先凡後目」
結構，而此結構即為關鍵性之「二」，它一面徹下以統合「多」，一面
又歸根於「一（0）」，以表出傷時念亂之情，並抒一己懷抱，呈現了「剛
柔並濟」的風格，使它產生美感。

（三）以宋詞為例

　　在此舉宋詞兩首為例，以見其篇章「內容」與「形式」之關係。如
蘇軾的〈醉落魄〉：

　　　蒼顏華髮，故山歸計何時決。舊交新貴音書絕。惟有佳人，猶作

殷勤別。　　離亭欲去歌聲咽，蕭蕭細雨涼吹頰。淚珠不用羅巾裛。彈在羅衫，圖得見時說。

　　這首詞題作「蘇州閶門留別」，當是熙寧七年（1074），由杭州赴密州時，途經蘇州而作。它一開篇即置重於虛時間，以「蒼顏」二句，把時間推向未來，發出不知何時才能歸鄉的感嘆，為下敘的別情蓄力。接著置重於實空間，採「主、賓、主」的順序，先以「舊交」四句，敘寫美人唱離歌殷勤送別的場景，以襯出別情，這是「主」；再以「蕭蕭」句，寫不斷吹頰的蕭蕭細雨，以景襯情，此為「賓」；末以「淚珠」句，寫美人淚滴羅衫的情狀，以加重別情，這又是「主」。然後又置重於虛時間，以結句應起，將時間推向未來，用「淚」作橋樑，設想未來見面時的情景，一面藉以安慰「美人」，一面藉以推深別情。如此以「虛（時）、實（空）、虛（時）」的結構呈現，很富於變化。依此可畫成結構分析表如下：

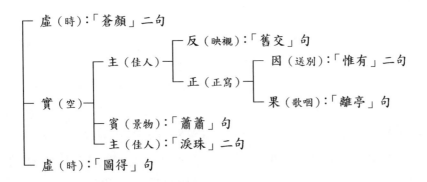

　　由上表可看出，作者此詞，經過「邏輯思維」的安排布置，先在底層以一疊「先因後果」（移位）的調和性結構，造成第一層節奏，以支撐一疊「先反後正」（移位）之對比性結構，造成第二層節奏。再由此

「正反」結構來支撐一疊「主、賓、主」（轉位）的變化結構，造成第三層節奏。然後又由此「賓主」結構來支撐一疊「虛、實、虛」（轉位）的核心結構，既造成第四層節奏，以連接為整體之韻律；又由這「虛實」的核心結構，徹下於「多」，以統合各層節奏、上徹於「一（0）」，一面從篇外逼出主旨（別情），一面則由於這「虛、實、虛」之結構，與次層之「主、賓、主」，將「順」與「逆」雙向合用，產生兩層「轉位」作用，而頭一個「主」更作成「正反」對比型態，使得節奏、韻律更趨於起伏有致，這對作品風格之所以「柔中寓剛」、情意之所以深沉來說，是有極大影響的。茲將其分層結構，結合篇章之「內容」、「形式」與「多二一（0）螺旋結構」，以簡圖表示如下：

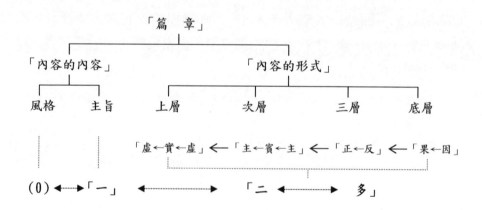

如此，對應於「多二一（0）」結構來看，則此詞以「賓主」、「正反」、「因果」等輔助性結構，形成「多」；以「虛實」自為陰陽、徹下徹上所形成之變化性結構，可視為關鍵性之「二」，藉以統括輔助性結構，形成一篇規律；而由此充分地將「身世之感和政治懷抱」藉由離情加以抒發之一篇主旨與「幽怨纏綿」之風格凸顯出來，是為「一（0）」。如此看待此詞，很能凸顯它的特色。湯易水、周義敢說：「蘇軾任杭州

通判之後詞作漸多，到了離杭州赴密州前後，更大量創作詞篇的，自此一發而不可收。他注意學習前人的經驗。沿用晚唐五代以來婉約詞的某些寫作技巧來寫歌妓，但不寫淺斟低唱，不涉艷冶風情，而是以幽怨纏綿的手法，表達身世之感和政治懷抱。」[24] 所謂「以幽怨纏綿的手法，表達身世之感和政治懷抱」，道出了本詞在「主題」與「風格」上之特色。而這種「多二一（〇）」之結構，就相當於一棵樹之合其樹幹與枝葉而成整個形體、姿態與韻味一樣，是一體的，是密不可分的。

又如辛棄疾的〈鷓鴣天〉：

一榻清風殿影涼，涓涓流水響迴廊。千章雲木鉤輈叫，十里溪風䆉稏香。　　衝急雨，趁斜陽，山園細路轉微茫。倦途卻被行人笑：只為林泉有底忙！

這是首記遊寫景的作品。上片四句，寫的是「鵝湖寺道」（題目）周遭的林泉勝景，首先是清風中的涼殿，其次是迴廊外的流水，再其次是千章的雲木，最後是十里的香稻，景物由近而遠地寫得十分清麗，這是就結句的「林泉」二字來寫的，為「目一」的部分。下片開頭三句，寫的是「衝急雨」、「趁斜陽」、「轉微茫」的匆忙情形，這是就結句的「忙」字來寫的，為「目二」的部分。結二句為「凡」的部分，以「倦途卻被行人笑」句承上啟下，藉人之口帶出「只為林泉有底忙」的一句話來，以總括上面兩個條分的意思作結。附結構分析表如下：

24 湯易水、周義感評析，見《唐宋詞鑑賞辭典》（上海市：上海辭書出版社，1999 年 1 月一版十五刷），頁 721。

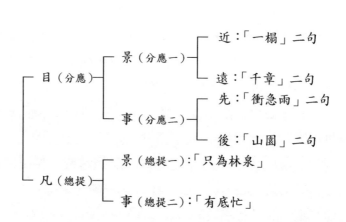

　　可見此詞主要以「凡目」、「景事」（兩疊）、「遠近」與「先後」等章法，形成其移位結構，以「調和」全詞。其中「景事」又在上下片組成雙疊的形式，以增添其節奏之美；尤其是全詞僅用以敘事、寫景，而將一篇主旨置於篇外，使人強烈領會作者「忘情於林泉清賞中的快樂心情」[25]。茲將其分層結構，結合篇章之「內容」、「形式」與「多二一（0）螺旋結構」，以簡圖表示如下：

25 朱德才、薛祥生、鄧紅梅等：《辛棄疾詞新釋輯評》（北京市：中國書局，2006 年 1 月一版一刷），頁 440。

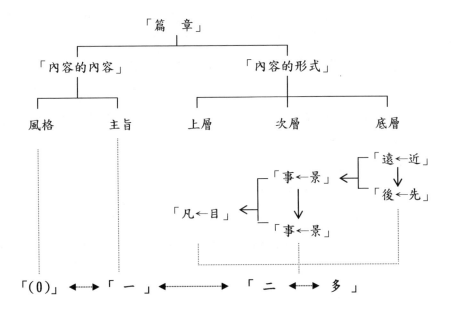

　　如此，對應於「多二、(0)」結構來看，此詞以「凡目」、「景事」(二疊)、「遠近」與「後」等章法所形成之移位結構與節奏(韻律)，算是「多←→二」；以「忘情於林泉清賞中的快樂心情」之主旨與所形成之閒逸風格，是為「一(0)」，使作品產生美感。

三　篇章內容、形式之綜合探討

　　對於篇章的「內容」與「形式」此一問題，在我國很早就注意到了，劉勰《文心雕龍‧情采》說：

> 情者文之經，辭者理之緯，經正而後緯成，理定而後辭暢，此立
> 文之本源也。[26]

---

26 黃叔琳注、李詳補注：《增訂文心雕龍校注》卷七(北京市：中華書局，2000 年 8 月一版一刷)，頁 415。

　　所謂「情者文之經,辭者理之緯」,凸顯了辭章的縱向(經)與橫向(緯)的問題,如就「篇章」而言,「其中『縱向』的結構,由『內容』,也就是情、理、景、事等組成;而橫向的結構,則由『形式』,也就是各種章法,如今昔、遠近、大小、本末、賓主、正反、虛實、凡目、因果、抑揚、平側……等組成。因此捨『縱向』而取『橫向』,或捨『橫向』而取『縱向』,是無法分析好文章的篇章結構的。」[27] 對此,鄭頤壽作了如下說明:

　　　　把「情」、「理」、「景」、「物」、「事」視為「縱向」,「章法」
　　　　視為「橫向」,這與劉勰的「情經辭緯」說是一脈相承的,即把
　　　　「章法」定位在「辭」──「(內容之)形式」上。[28]

　　這樣「縱向」(內容)與「橫向」(形式)並重,就是「情采並重」,王更生釋云:

　　　　歸根究柢,固可說是內容與形式的關係問題,但他能就此問題,
　　　　突破六朝形式主義的文風,落實到情采並重方面來,這不能不說
　　　　是正本清源之論。[29]

27　陳滿銘:〈談縱橫向疊合的篇章結構〉,《國文天地》16 卷 7 期(2000 年 12 月),頁
　　100-106。
28　鄭頤壽:〈臺灣辭章學研究述評及其與大陸的異同比較〉,《福建省社會主義學院學報》
　　總 43 期(2002 年 4 月),頁 29。
29　王更生:《文心雕龍選讀》(臺北市:巨流圖書公司,1994 年 10 月一版一刷),頁
　　240。

　　可見「情采並重」就是「內容和形式」之並重，這無疑地是「正本清源」之論。

　　凡此均可看出「篇章邏輯」與「內容義旨」，是橫向、縱向與「內容的形式」、「內容的內容」間的關係，是並重的，是一體的。

　　如從另外一個角度，就「意象系統」來看，「篇章邏輯」涉及「意象之組織」，凸顯的是意、象之間的邏輯關係；而「內容義旨」則涉及「意象之統合」，凸顯的是意、象本身的形、質[30]。其中「意象之組織」問題，雖一直有人注意，如盛子潮、朱水湧《詩歌形態美學》（1987）、陳振濂《空間詩學導論》（1989）、李元洛《詩美學》（1990）、陳植鍔《詩歌意象論》（1990）、陳慶輝《中國詩學》（1994）、趙山林《詩詞曲藝術論》（1998）、王長俊等的《詩歌意象學》（2000）等，卻都無法獲得圓滿解決。如陳慶輝在《中國詩學》中即說道：

　　　　應該說意象的組合方式是多種多樣的，上述所舉只怕是掛一漏萬；而且複合意象的構成，作為一種審美創造，是一個複雜的心理過程，用所謂並列、對比、敘述、述議等結構形式加以說明，似乎是粗糙的、膚淺的，其深層的因素和邏輯還有待我們去挖掘和探索。[31]

　　意象之組織，確乎是一種複雜的心理過程，其中動用了精密的層次邏輯之思維能力，原本就是不易掌握、捕捉的，而且在古典詩詞中，可以幫助確認意象組織的邏輯關係之連接詞常常被省略，因此更加重了探索、挖掘的困難度。而王長俊等的《詩歌意象學》也認為：

---

30 陳滿銘：〈層次邏輯與意象（思維）系統——以「多二一（0）」螺旋結構作對綜合考察〉，臺灣師大《中國學術年刊》30期春季號（2008年3月），頁255-276。
31 陳慶輝：《中國詩學》（臺北市：文史哲出版社，1994年12月初版），頁74。

中國古典詩歌的意象雖然可以直接拼接，意象之間似乎沒有關聯，其實在深層上卻互相勾連著，只是那些起連接作用的紐帶隱蔽著，並不顯露出來，這就是前人所謂的「斷峰雲連」、「辭斷意屬」。[32]

他所謂的「斷峰雲連」、「辭斷意屬」，指的就是意象組織的問題。由此看來，意象與意象間之隱蔽「紐帶」或「深層的因素和邏輯」，一直未被好好地「挖掘」、「探索」而「顯露」出來過，是公認的事實[33]。而這個難題，似乎可由「內容的形式」（篇章邏輯）、「內容的內容」（內容義旨）之互動予以解決；這顯然就涉及了「章法學」。王希杰說：

章法學不是關於文章內容本身的學問，而是內容材料的關係的學問。文章表現形式是多種多樣的，千變萬化的，但是其內在邏輯結構，卻是很有限的，不過是有限的幾種關係模式。而且這種內在的關係是潛在的。[34]

他所謂的「這種內在的關係是潛在的」，不就是指意、象（內容材料）間的「隱蔽紐帶」或「深層的因素和邏輯」嗎？可見探究「篇章邏輯」是可以挖掘出「內容義旨」之深層關係的。而用「篇章邏輯」來挖掘「內

32　王長俊主編：《詩歌意象學》（合肥市：安徽文藝出版社，2000 年 8 月一版一刷），頁 215。

33　過去論「意象組合」，往往著重其形象性而忽略其邏輯性，因此有「籠統」或陷於「局部」之缺憾。參見陳滿銘：〈論意象之組合方式——以趙山林《詩詞曲藝術論》所論為考察範圍〉，《東吳中文學報》14 期（2007 年 11 月），頁 89-128。又參見陳滿銘：〈論意象組合與章法結構〉，臺灣師大《國文學報》43 期（2008 年 6 月），頁 233-262。

34　王希杰：〈陳滿銘教授和章法學〉，《畢節學院學報》總 96 期（2008 年 2 月），頁 3。

容義旨」之深層關係，正是「章法與內容關係論」的重點所在，黎運漢
將此與「章法四大規律論」視為「章法理論大廈的兩根堅實支柱」[35]，
就是看出「章法」，也就是「篇章邏輯」的這種重大功用。

　　由於辭章「內容」必須靠「形式」來呈現，而「形式」又得依賴「內
容」來支撐，因此就一篇辭章來說，「內容」與「形式」是交互依存，
不能分割的。經由上文就「篇章」層面，以多二一（0）螺旋結構切入，
進行「一以貫之」的探討，辨明「篇章邏輯」關涉的是「內容的形式」
（「多 ←→ 二」），以凸顯意、象之間的邏輯關係；而「主題」與「風格」
關涉的是「內容的內容」（「一（0）」），以呈現意、象本身的形、質與
美感；兩者交互依存，不可偏廢。《文心雕龍・情采》說：「情者文之
經，辭者理之緯，經正而後緯成，理定而後辭暢，此立文之本源也。」
強調的就是這個道理。由此可見「篇章」的「內容」與「形式」兩者，
關係密切，是彼此交融，形成一體的。

第二節　從篇章主旨的安置看

　　辭章主旨或綱領的安置，就其部位而言，不外篇首、篇腹、篇末與
篇外等四種。其中置於篇之首、末與外者，極為常見，也為人所看重；
而置於篇腹的，則比較少見，只有少數文論家注意到了它，如李穆堂在
《秋山論文》中說：「文章精神全在結束，有提於前者，有束於中者，
有收於後者」[36]。又如宋文蔚在《評注文法津梁》中說：「主意既定，

---

35 黎運漢：「陳教授的章法四大規律論和章法與內容關係論，揭示了章法學的研究對
　　象，理清了它的範圍，闡明了其分析原則和方法與實用意義，形成了章法理論大廈
　　的兩根堅實支柱，它們有深度、有廣度、有理論開拓性和實踐指導性的品格，為漢
　　語辭章章法學構建起一個較為科學的理論體系奠定了堅實的基礎。」見〈陳滿銘對辭
　　章章法學的貢獻〉，《陳滿銘與辭章章法學》（臺北市：文津出版社，2007 年 12 月初
　　版一刷），頁 56。
36 王葆心：《古文辭通義》卷十一引（臺北市：臺灣中華書局，1984 年 4 月臺二版），

或於篇首預先揭明，或在中間醒出，或留於篇終結穴，皆無不可」[37]。所謂「束於中」、「在中間醒出」，指的便是這種安置法。卻很可惜地，不被大家所重視。本節特著眼於此，以凡目、虛實、賓主和因果法所形成的結構類型，舉蘇、辛詞為例，作一呈現，以見一斑。

一　以凡目結構呈現者

所謂「凡」，是「總括」（總提）之意；所謂「目」，則指的是「條分」（分應）。以「凡目」法所形成的篇章結構，主要有「先凡後目」、「先目後凡」、「凡、目、凡」與「目、凡、目」等四種類[38]。而一般說來，其中「目、凡、目」一類的「凡」，便居於篇腹，是一篇主旨或綱領「醒出」之處。如：

> 春已老，春服幾時成。曲水浪低蕉葉穩，舞雩風軟紵羅輕。酣詠樂昇平。　　微雨過。何處不催耕。百舌無言桃李盡，柘林深處鵓鴣鳴。春色屬蕪菁。（蘇軾〈望江南〉）

此詞當作於宋神宗熙寧九年（1076）的上巳日（三月三日）之前。其主旨為「樂昇平」，出現在篇腹，為「凡」。而篇首的「春已老」二句，盼春服早成（典出《論語‧先進》）；「曲水浪低」二句，敘流觴曲水（事見《後漢書‧禮儀志（中）》）。這四句，全透過設想，虛寫人事，以凸顯「樂昇平」，為「目一」的部分。至於「微雨過」五句，則

頁2。

[37] 宋文蔚：《評注文法津梁》（臺北市：復文圖書出版社，1993年2月修定二版），頁48。

[38] 陳滿銘：〈凡目法在蘇辛詞裡的運用〉上下，《國文天地》11卷11、12期（1996年4、5月），頁36-44、56-65。

實寫眼前景。其中「微雨過」句，用以寫視覺；「何處」三句，用以寫
聽覺；而「春色」句，又用以寫視覺。作者就這樣訴諸視、聽覺，展現
大自然的無限生機，以襯托「樂昇平」的一篇主旨，為「目二」的部分。
就全篇而言，所形成的正是「目、凡、目」的結構。其結構分析表為：

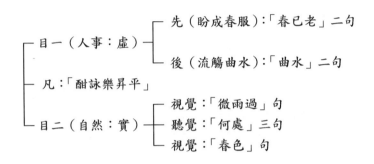

又如：

　　回風落景。散亂東牆疏竹影。滿座清微。入袖寒泉不濕
衣。　　夢回酒醒。百尺飛瀾鳴碧井。雪灑冰麾。散落佳人白玉
肌。（蘇軾〈減字木蘭花〉）

這首詞作於宋哲宗元祐七年（1092）五月，題作「五月二十四日，
會於無咎之隨齋。主人汲泉置大盆中，漬白芙蓉，坐客翛然，無復有病
暑意。」據此可知本詞之內容與作意。開篇二句，形成「先因後果」的
關係，寫斜陽下風搖竹影的清景，為主人汲泉漬花的雅事，先安排好適
當的環境，是「目一」的部分。第三句「滿座清微」，為「凡」，而所
謂「清微」（清和），就是本詞之綱領，也是中心意旨。不過，值得一
提的是：這一句的位置，雖看似偏前，但就結構單元來說，則屬篇腹，
這是分析文章時所應注意的。而第四句至末，用以實寫主人（晁補之）

汲泉漬花的經過。其中「入袖」句，點出泉水：「夢回」二句，寫從井裡汲上來的泉水之形態、聲響；「雪灑」二句，寫泉水灑在荷花上清涼如冰雪的情景。這五句所寫的，乃此詞之主要內容，將「清微」作具體之描述，乃採「先點後染」[39] 的結構加以呈現的，為「目二」的部分。其結構分析表為：

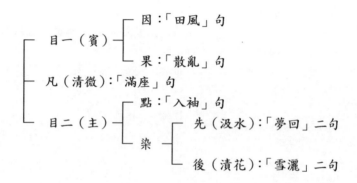

再如：

松岡避暑，茆簷避雨，閒去閒來幾度。醉扶怪石看飛泉，又卻
是、前回醒處。　　東家娶婦，西家歸女，燈火門前笑語。釀成
千頃稻花香，夜夜費、一天風露。（辛棄疾〈鵲橋仙〉）

---

39 「點染」為新發現的一種章法。本用於繪畫，指基本技巧。而移用以專稱辭章作法
的，則始於清劉熙載。但由於他的所謂的「點染」，指的，乃是「情」（點）與「景」
（染），和「虛實」此一章法大家族中的「情景」法，恰巧相重疊，所以就特地借用
此「點染」一詞，來稱呼類似畫法的一種章法：其中「點」，指時、空的一個落足點，
僅僅用作敘事、寫景、抒情或說理的引子、橋樑或收尾；而「染」，則指真正用來敘
事、寫景、抒情或說理的主體。也就是說，「點」只是一個切入或固定點，而「染」
則是各種內容本身。這種章法相當常見，也可以形成「先點後染」、「先染後點」、
「點、染、點」、「染、點、染」等結構，而產生秩序、變化、聯貫（呼應）之作用。
見〈論幾種特殊的章法〉，頁 181-187。

　　此詞作於宋孝宗淳熙十六年（1189），題無「己酉山行書所見」，而旨在寫閒情。它首先以開端二句，寫閒事之一，即避暑於松岡，避雨於茆簷，為「目一」的部分。其次以「閒去」句，拈出一篇綱領，來統攝全詞，為「凡」的部分。又其次以「醉扶」二句，寫閒事之二，即醉看飛泉，為「目二」之一。再其次以「東家」二句，寫閒景之一，即婦女在喜慶時的笑語畫面；末了以「釀成」二句，寫閒景之二，即風露下稻花千頃的景象；以上四句，為「目二」之二。作者如此以居中之「閒去閒來」，收上貫下，將閒情透過所行所見，表達得極為生動[40]。其結構分析表為：

```
┌─ 目一（閒事一）:「松岡」二句
├─ 凡（閒情）:「閒去」句
│            ┌─ 一（閒事二）:「醉扶」二句
└─ 目二 ─────┤                        ┌─ 一:「東家」二句
             └─ 二（閒景）───────────┤
                                      └─ 二:「釀成」二句
```

　　末如：

　　甚矣吾衰矣。恨平生、交遊零落，只今餘幾！白髮空垂三千丈。一笑人間萬事。問何物、能令公喜？我見青山多嫵媚，料青山、見我應如是。情與貌，略相似。　　　一尊搔首東窗裡。想淵明、〈停雲詩〉就，此時風味。江左沈酣求名者，豈識濁醪妙理。回首叫，雲飛風起。不恨古人吾不見，恨古人、不見吾狂耳。知我

---

40 常國武：「這首詞寫農村日常生活之所見。通篇用白描手法，而以『閒去閒來幾度』貫串全詞。」見《辛稼軒詞集導讀》（成都市：巴蜀書社，1988 年 9 月一版一刷），頁 229。

者，二三子。（辛棄疾〈賀新郎〉）

　　這闋詞作於宋寧宗慶元年間（1198 前後），題作「邑中園亭，僕皆為賦此詞。一日，獨坐停雲，水聲山色，競來相娛，意溪山欲援例者，遂作數語，庶幾彷彿淵明思親友之意云。」可見此詞主要是寫來「思親友」的。而作者由「思親友」而「悵」而醉而「狂」，正與當年陶淵明作〈停雲詩〉時的況味相似，所以辛棄疾特在此詞之腹部，用「一尊」三句來表明這個意思。而所謂的「風味」，為一篇之綱領，用以貫穿全詞。其中自篇首起至「略相似」句止，具寫「悵」之風味；而「江左」句起至篇末，則具寫「狂」之風味。在寫「悵」的部分裡，先針對「思親友」之意，以「甚矣」句起至「一笑」句止，寫零落失意[41]，這是「因」；再以「問何物」句起至「略相似」句止，寫寄情山水，這是「果」。在寫「狂」的部分裡，先以「江左」二句寫醉酒，再以「回首叫」句寫高歌，這是「果」，然後以「不恨」句起至篇末，正面拈出「狂」字，並歎知音少作收，這是「因」。這樣的「目、凡、目」結構，其結構分析表為：

---

41 劉斯奮：「這首詞以懷念親朋起興，抒發了作者於政治上失意之餘，寄情山水，獨立蒼茫的心情。」見《辛棄疾詞選》（臺北市：源流文化公司，1982 年 10 月初版），頁 109。

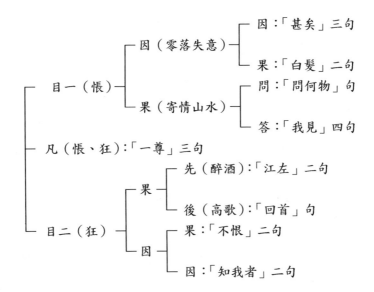

二　以虛實結構呈現者

　　虛實法的涵蓋面極廣，種類特多，除了涉及情與景、敘與論、泛與具（情與事、理與景）、設想（願望、夢幻）與真實外，還關係到時間、空間等[42]。在這裡只就其中的情景與泛具（情、事）法為例來探討。就此法而言，主旨或綱領置於篇腹的，都形成「實、虛、實」的結構。如：

　　　　一葉舟輕。雙槳鴻驚。水天清、影湛波平。魚翻藻鑑，鷺點煙
　　　　汀。過沙溪急，霜溪冷，月溪明。　　重重似畫，曲曲如屏。算
　　　　當年、虛老嚴陵。君臣一夢，今古空名。但遠山長。雲山亂，曉
　　　　山青。（蘇軾〈行香子〉）

---

[42] 陳滿銘：〈談運用詞章材料的幾種基本手段〉，臺灣師大《中等教育》36卷5期（1985年10月），頁5-23。另見仇小屏：《文章章法論》（臺北市：萬卷樓圖書公司，1998年11月初版），頁222-278。

　　此詞作於宋神宗熙寧六年（1073），題作「遇七里瀨」。它首以開篇五句，寫輕舟欲下七里瀨時所見水天清景，藉驚鴻、翻魚與汀鷺，將一碧水天點綴得極其生動；次以「過沙溪急」三句，分三層寫輕舟正過七里瀨時所見溪邊變景，用「急」、「冷」和「明」等字，暗暗透露出隨著景致變化的不同心境來；末以「重重」二句，承上寫輕舟已過七里瀨時所見岸上靜景，很有次序地將所見靜、動之景串連成一體；以上是頭一個「實」的部分。接著以「算當年」三句，即景抒情，用嚴子陵與漢光武的故事（見《後漢書・逸民傳・嚴光》），表出對「君臣一夢」的無限感慨，這是一篇主旨所在，為「虛」的部分。最後以結尾三句，以景結情[43]，依然分三層，寫輕舟穿過嚴陵瀨時所見雲山變景，很技巧地襯托出作者當時由沈重而紊亂而明朗的心情，這是後一個「實」的部分。作者這樣以「實、虛、實」的結構來寫，寫得真是情景交錯，有著無盡的韻味。其結構分析表為：

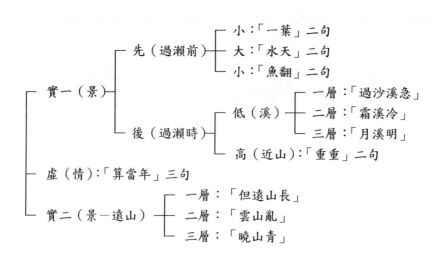

_____

43 龍沐勛於「但遠山長」三句旁注：「融情於景。」見《東坡樂府箋講疏》卷一（臺北市：廣文書局，1972 年 9 月初版），頁 3。

又如：

> 雪裡餐氈例姓蘇。使君載酒為回車。天寒酒色轉頭無。　　薦士已
> 聞飛鶚表，報恩應不用蛇珠。醉中還許攬桓鬚。（蘇軾〈浣溪沙〉）

　　這首詞為一組詞之第三首，作於宋神宗元豐四年（1081）。在組詞
前有題序云：「十二月二日，雨後微雪。太守徐君猷攜酒見過，坐上作
〈浣溪沙〉三首。」它首先以「雪裡」三句，敘太守徐君猷見過與主客
醉酒的事，為頭一個「實」。其次以「薦士」二句，形成因果關係，點
明一篇綱領，表達自己對太守有恩於己（因）與無以為報（果）的心意。
最後以「醉中」句，用謝安持桓尹鬚的故事（見《晉書・桓尹傳》），
以表出自己對太守徐君猷的敬佩與感謝之意，為後一個「實」。其結構
分析表為：

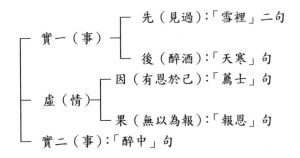

再如：

> 遶床飢鼠，蝙蝠翻燈舞。屋上松風吹急雨，破紙窗間自語。
> 　　平生塞北江南，歸來華髮蒼顏。布被秋宵夢覺。眼前萬里江
> 山。（辛棄疾〈清平樂〉）

　　此詞當作於作者隱居帶湖年間（1186年前後），題作「獨宿博士王氏菴」。它的上片，先以「遶」二句，訴諸視覺，寫室內所見；再以「屋上」二句，訴諸聽覺，寫室外所聞；呈現一片淒涼陰慘的景象，以象徵國事之日非，為頭一個「實」的部分。到了下片，則先以「平生」二句，寫身世之感，雖非純抒情，但抒情的成分是極重的，這可說是一篇之主意所在，為「虛」的部分；再以結二句，寫夢覺後所見河山大景，暗示中原河山依然淪陷的事實，為後一個「實」的部分。這樣用「實、虛、實」的結構來寫，使得作品情景交融，很成功地造成了深沈悲涼的意境[44]。其結構分析表為：

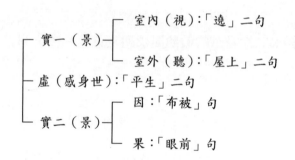

　　末如：

故將軍飲罷夜歸來，長亭解雕鞍。恨灞陵醉尉，匆匆未識，桃李無言。射虎山橫一騎，裂石響驚弦。落魄封侯事，歲晚田園。
　　誰向桑麻杜曲，要短衣匹馬，移住南山。看風流慷慨，談笑過殘年。漢開邊、功名萬里，甚當年、健者也曾閑。紗窗外、斜風細雨，一陣輕寒。（辛棄疾〈八聲甘州〉）

---

44 常國武：「此詞篇幅雖短，但文字蒼勁古直，意境深沉悲涼，上片寫景，夏片抒情，在謹嚴的結構中，兩者相得益彰。」見《辛稼軒詞集導讀》，頁182。

　　這首詞當也作於作者隱居帶湖年間（1185 前後），題作「夜讀〈李廣傳〉，不能寐，因念晁楚老、楊民瞻約同居山間，戲用李廣事，賦以寄之。」它自篇首起至「譚笑」句止，用以敘事。在此，先以「先目後凡」的結構，分宿亭下與射箭入石二層，在上片敘李廣事；然後在下片，以「誰向」五句，用杜甫〈曲江〉三章「自斷此生休問天，杜曲幸有桑麻田。故將移住南山邊，短衣匹馬隨李廣，看射猛虎終殘年」的詩意，一樣扣住李廣，敘「晁楚老、楊民瞻約同居山間」事；以上是頭一個「實」的部分。而「漢開邊」二句，依然針對上敘李廣事來抒感，為健者李廣之「閑」而抱不平[45]，這是全詞主旨之所在，為「虛」的部分。至於結二句，則以景結情，暗用蘇軾〈和劉道原詠史〉詩「獨掩陳編弔興廢，窗前山雨夜浪浪」句意作結，為後一個「實」的部分。其結構分析表為：

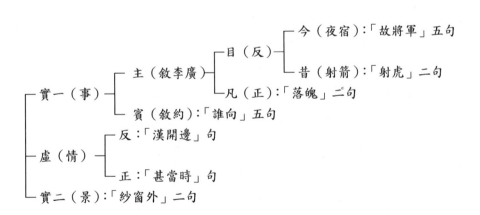

---

45 劉斯奮：「西漢時，武帝銳意開邊，屢屢發兵北擊匈奴。可是，即便是在那樣有利於英雄豪傑施展抱負的年代裡，也仍然存在著李廣這樣鬱鬱不得志的人物。這一事實，使辛棄疾內心受到強烈的衝擊。眼望著窗外的斜風細雨，他終於感到茫然若失了。」見《辛棄疾詞選》，頁 70。

三　以賓主結構呈現者

「主」，指重心，是主要的；「賓」，指陪襯，是間接的。由這種賓主法所形成的結構，主要有「先賓後主」、「先主後賓」、「賓、主、賓」和「主、賓、主」等四種。而可能在主旨或綱領安置於篇腹，則是其中的「賓、主、賓」這一類型。如：

> 鳳凰山下雨初晴。水風清。晚霞明。一朵芙蕖，開過尚盈盈。何處飛來雙白鷺，如有意，慕娉婷。　　忽聞江上弄哀箏。苦含情。遣誰聽。煙斂雲收，依約是湘靈。欲待曲終尋問取，人不見，數峰青。（蘇軾〈江城子〉）

此詞作於宋神宗熙寧七年（1074）前，題作「湖上與張先同賦，時聞彈箏」。它的上片八句，主要用以寫湖景，為「賓」，而這個「賓」本身又採「賓、主、賓」的結構來寫，頭一個「賓」，為開端三句，寫湖上雨初晴的景象；而「主」為「一朵」二句，寫一朵盛開的芙蕖；至於後一個「賓」，為「何處」二句，寫一雙飛來的白鷺。這樣依序寫來，很技巧地將湖景，由遠而近地描繪得極為清麗。到了下片，則先以「忽聞」五句，正面寫「聞彈箏」，從中帶出喻作「湘靈」[46]之麗人，和她曲中所含的一片哀苦之情：而這哀苦之情，正是此詞所要表達的主要旨意，所以是「主」的部分。接著以結三句，用錢起〈省試湘靈鼓瑟〉「曲終人不見，江上數峰青」的詩句，回應開端的「鳳凰山」作結，這是後

---

46 劉斯奮：「湘靈，即屈原〈九歌〉中的『湘君』、『湘夫人』──湘水女神，我國神話：她們是帝舜的妻子娥皇、女英死於湘江之後的靈魂。這裡借指……彩舟中之麗人。『神』之下降，因有煙雲繚繞，看不清楚；這裡說煙斂雲收，即『漸近』──可以看見之意。」見《辛棄疾詞選》，頁13。

一個「賓」的部分。作者如此以清景為賓來反襯居於主位的哀情，使得哀情更為悠長不盡，有著無比的感染力[47]。其結構分析表為：

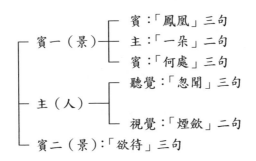

又如：

　　雙龍對起。白甲蒼髯煙雨裡。疏影微香。下有幽人畫夢長。
　　　　湖風清軟。雙鵲飛來爭噪晚。翠颭紅輕。時下凌霄百尺英。
　　（蘇軾〈減字木蘭花〉）

　　這首詞作於宋哲宗元祐四年（1089）前後，題作「錢塘西湖，有詩僧清順。所居藏春塢，門前有二古松，各有凌霄花絡其上。順常畫臥其下。時余為郡。一日，屏騎從過之，松風騷然。順指落花求韻。余為賦此。」它首先以開端三句，寫「二古松」之幽景，為前一個「賓」。其次以「下有」之句，寫正在松下畫眠之幽人，即「寺僧清順」，為「主」；最後以「湖風」四句，寫被雙鵲蹴下凌霄花的幽景，為後一個「賓」。很顯然地，作者在此，特以古松與落花之幽（賓），來襯托詩僧之幽

---

47 龍沐勛注下片：「極煙水微茫、空靈縹緲之致。」見《東坡樂府箋講疏》卷一，頁14。

（主）。其結構分析表為：

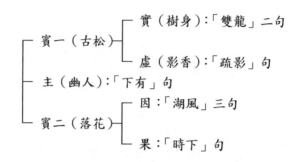

再如：

江頭父老，說新來朝野，都道今年太平也。見朱顏綠鬢，玉帶金
魚，相公是，舊日中朝司馬。　　遙知宣勸處：東閣華燈，別賜
〈仙韶〉接元夜。問天上，幾多春，只似人間，但長見、精神如
畫。好都取山河獻君王；看父子貂蟬，玉京迎駕。（辛棄疾〈洞
仙歌〉）

此詞作於宋孝宗淳熙元年（1174），題作「壽葉丞相」。它在上片，
先以「江頭」三句，實寫今年太平之喜；再以「見朱顏」四句，指葉丞
相貴為名宰之事，以頌贊葉丞相，為賀壽先鋪好路，這是前一個「賓」
的部分。而在下片，則先以「遙知」七句，敘天子為葉丞相生辰賜樂，
從而賀其長壽，這是「主」的部分；然後以「好都取」三句，虛寫葉丞
相未來收復中原的功業，以加強賀壽的意思，這是後一個「賓」的部
分。如此以天下太平、收復中原與葉丞相如今與未來的顯貴，作為陪襯
（賓），來賀葉丞相長壽（主），使得祝壽之本旨更為醒豁。

其結構分析表為：

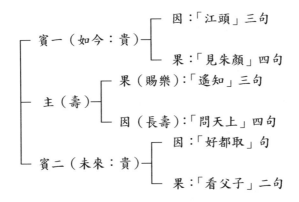

末如：

　　戹酒向人時，和氣先傾倒。最要然然可可，萬事稱好。滑稽坐上，更對鴟夷笑。寒與熱，總隨人，甘國老。　　少年使酒，出口人嫌拗。此箇和合道理，近日方曉：學人言語，未會十分巧。看他們，得人憐，秦吉了。（辛棄疾〈千年調〉）

　　這首詞作於宋孝宗淳熙十三年（1186）前後，題作「蔗菴小閣，名曰戹言，作此詞以嘲之。」它首先以開端九句，依序用「戹」、「滑稽」、「鴟夷」等酒器與「甘國老」之藥材，從反面來寫隨聲應和、阿諛奉承的小人，為前一個「賓」。其次以「少年」六句，主要由正面寫作者自少剛拙自信、不合時宜的做人態度，為「主」的部分。然後以「看他們」三句，又倒回反面，寫由於善學人言而為人喜愛的「秦吉了」（八哥），為後一個「賓」。如此以賓形主，把諷刺的意思表達得極為淋漓盡致。

其結構分析表[48]為：

```
        ┌─ 賓一（反）─┬─ 一（厄）：「厄酒」四句
        │            ├─ 二（滑稽、鴟夷）：「滑稽」二句
        │            └─ 三（甘國老）：「總隨人」二句
        ├─ 主（正：作者）┬─ 昔：「少年」二句
        │               └─ 今：「此簡」四句
        └─ 賓二（反：秦吉了）：「看他們」三句
```

四　以因果結構呈現者

　　因果法在辭章裡，運用得非常普遍。它可形成「先因後果」、「先果後因」、「因、果、因」與「果、因、果」等結構類型[49]。其中「果、因、果」的一種，就「篇」而言，在篇腹之「因」，就可能出現一篇主旨或綱領。如：

　　翠娥羞黛怯人看。掩霜紈。淚偷彈。且盡一尊，收淚聽〈陽關〉。漫道帝城天樣遠，天易見，見君難。　　畫堂新創近孤山。曲闌干。為誰安，飛絮落花，春色屬明年。欲棹小舟尋舊事，無處問，水連天。（蘇軾〈江城子〉）

　　此詞作於宋神宗熙寧七年（1074），題作「孤山竹閣送述古」，據

---

[48] 夏薇薇：《賓主章法析論》（臺北市：文津出版社，2002年11月一版一刷），頁342-343

[49] 陳滿銘：〈談篇章結構〉上下，《國文天地》15卷5、6期（1999年10、11月），頁65-71、57-66。

知是一送別之作，而這種送別之情，也就是一篇主旨，作者特安排於篇腹，用「漫道」三句來表出。有了這個「見君難」之「因」，那麼安置於前、後的「果」，就有一根無形的繩子加以維繫了。先就前一個「果」而言，它針對席上的美人[50]，以「翠娥」三句，寫她偷偷彈淚；以「且盡」二句，寫她喝離酒、唱離歌；這都是因「見君難」而傷別的結果。再就後一個「果」來說，它首先扣緊陳襄（述古）所新建的「孤山竹閣」，以「畫堂」三句來交代；然後回到美人身上，以「飛絮」五句，虛寫明年在竹閣闌干之前，呈現一片春色時，想要「尋舊事」而無處追尋的情景，這當然也是因「見君難」而傷別的結果[51]。可見這首詞就是採「果、因、果」的結構所寫的作品。其結構分析表為：

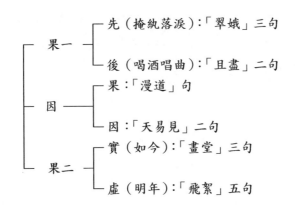

50 即官妓。龍沐勛以為此乃「代妓作」，見《東坡樂府箋講疏》，頁 21。

51 曾棗莊、吳洪澤：「熙寧七年七月送陳襄罷杭赴南都作。全詞模擬歌伎的語氣，抒發對陳襄的依依惜別之情。上闋寫歌伎在宴席上流淚送別，唱〈陽關曲〉，下闋前三句點孤山竹閣，後五句設想明年再也不會有今年同遊之樂（「舊事」），進一步抒發今日離別之苦。」見《蘇辛詞選》（臺北市：三民書局，2000 年 11 月初版一刷），頁11。

又如：

> 分攜如昨。人生到處萍飄泊。偶然相聚還離索。多病多愁，須信
> 從來錯。尊前一笑休辭卻。天涯同是傷淪落。故山猶負平生約。
> 西望峨嵋，長羨歸飛鶴。（蘇軾〈醉落魄〉）

　　這首詞也作於宋神宗熙寧七年（1074），題作「席上呈楊元素」。
楊元素，即楊繪，時任杭守，和東坡不但是舊識，而且也一樣是失意
者。這一次，東坡正要離京口赴密州，和楊元素不得不匆匆作別[52]，很
自然地引生了濃烈的淪落之心。因此，蘇軾在此篇之腹，就有「天涯同
是傷淪落」之句，這可說是作者傷別離、動歸思的根本原因。而這首詞
自篇首起至「須信」句止，主要就是針對「傷別離」來寫；至於「故山」
三句，則完全針對「動歸思」來寫。所以全篇便形成「果、因、果」之
結構。其結構分析表為：

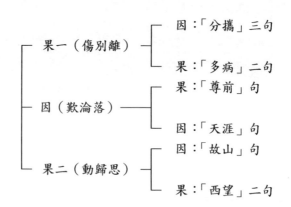

---

52 陳邇冬：「作者熙寧四年（西元 1071 年）赴杭州任時曾在京都與楊繪分別，如今再次
　離開，情景相似，故云如昨。」見《蘇軾詞選》（北京市：人民文學出版社，1986 年
　7 月一版八刷），頁 23-24。

再如：

> 楚天千里清秋，水隨天去秋無際。遙岑遠目，獻愁供恨，玉簪螺
> 髻。落日樓頭，斷鴻聲裡，江南遊子。把吳鉤看了，欄干拍遍，
> 無人會，登臨意。　　　休說鱸魚堪膾，儘西風，季鷹歸未？求田
> 問舍，怕應羞見，劉郎才氣。可惜流年，憂愁風雨，樹猶如此！
> 倩何人、喚取紅巾翠袖，搵英雄淚？（辛棄疾〈水龍吟〉）

此詞當作於宋孝宗淳熙元年（1174），題作「登建康賞心亭」，旨
在寫「無人會登臨意」（請纓無路）的愁緒。它首先以「楚天」五句，
寫登亭所見景物，依序是天、水、山，而將愁恨寓於其中；接著以「落
日」五句，用落日與斷鴻為媒介，把流落江南的自己（遊子）帶出來，
以交代題目，並進而寫自己久看吳、遍拍闌干的無奈；這可說是請纓無
路的結果；為前一個「果」的部分。其次以「無人會」二句，正面寫「請
纓無路」的痛苦，這是一篇主旨所在，為「因」中「主」的部分。又其
次以「休說」九句，藉張翰、許汜與桓溫的故事，依次寫自己有家歸不
得，求田不成與時不我予的困窘。從旁將請纓無路的痛苦推深一層，為
「因」中「實」的部分。最後以「倩何人」三句，由實轉虛，表達請纓
的強烈願望，以收拾全詞，這是後一個「果」的部分。透過這種結構，
作者便將自己胸中的積鬱傾洩而出了[53]。其結構分析表為：

---

53 梁啟超：「詞中『落日樓頭，斷鴻聲裡，江南遊子。把吳看了，欄干拍遍，無人會，
　　登臨意』及『倩何人、喚取紅巾翠袖，搵英雄淚』等語，確是滿腹經綸在羈旅落拓
　　或下僚沉滯中勃鬱一吐情狀。」見《辛稼軒先生年譜》，《增訂本稼軒詞編年箋注》
　　附（臺北市：華正書局，1978 年 12 月版），頁 8。

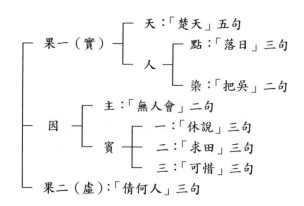

末如：

> 我飲不須勸，正怕酒尊空。別離亦復何恨，此別恨匆匆。頭上貂
> 蟬貴客，苑外麒麟高塚，人世竟誰雄。一笑出門去，千里落花
> 風。　　孫劉輩，能使我，不為公。余髮種種如是，此事付渠
> 儂。但覺平生湖海，除了醉吟風月，此外百無功。毫髮皆帝力，
> 更乞鑑胡東。（辛棄疾〈水調歌頭〉）

　　這闋詞作於宋孝宗淳熙五年（1178），前有題序云：「淳熙丁酉，
自江陵移師隆興，到官之三月被召，司馬監、趙卿、王漕餞別。司馬賦
〈水調歌頭〉，席間次韻。時王公明樞密薨，坐客終夕為興門戶之歎，
故前章及之。」從這裡可看出辛棄疾此作，除了抒發別離之恨（賓）外，
最主要的還是在抒發身世之痛（主）[54]，而這種痛、這種恨，作者特別

---

54 常國武：「這首詞由別離起興，反映了作者不滿於朝中權貴的黨同伐異，也不願對他
　們阿諛逢迎，而寧可棄官歸隱的思想感情。作者寫作此詞的第二年，曾奏進〈論盜
　賊札子〉，中有『但臣生平剛拙自信，年來不為眾人所容，顧恐言未脫口而禍不旋
　踵』等語，可見詞中『孫劉輩，能使我，不為公』云云，必有種種難以具言的背景
　和隱痛。急流勇退思想的萌發，同時宦海風波的險惡，也有很大的關係。」見《辛稼

安排在篇腹加以「醒出」。這個部分，自「別離」句起至「不為公」句止：其中「別離」二句，寫別離之恨；「頭上」三句，寫門戶之歡，而以「一笑」二句，用虛景加以渲染，以上都屬於「賓」。而「孫劉輩」三句，說到自己不見信於主而受到排斥，這可說是「主」，而一篇之主意便在這裡。如弄清這個「因」，則置於篇首和篇末的「果」，就全部可以一目了然。以前一個「果」而言，為開篇二句，寫醉酒，這正是感身世（含傷別離）的結果。以後一個「果」來看，它先以「余髮」二句，說自己已衰老；再以「但覺」三句，寫自己醉風月；然後以「毫髮」二句，說自己乞歸隱；這些又何嘗不是感身世（懷才不遇）的結果呢？可見這闋詞用的是「果、因、果」的結構。其結構分析表為：

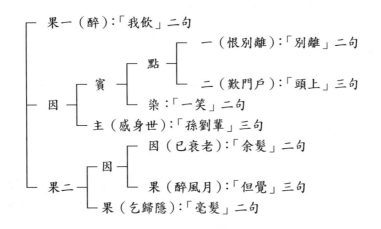

　　綜上所述，可知辭章之主旨或綱領要安置於篇腹，能用不同的章法來形成多樣結構類型，以達成任務。由於它們有居於中（高）而前後顧盼的特色，所以會造成突出（就主旨或綱領言）與對稱（就前後言）的美感，可說是相當特殊的。當然他如本末、遠近、正反、敘論、平側（平提側注）……等章法所形成的某些結構類型，也有此可能，這是需要另文作更進一步的探討的

第三節　從篇章的縱橫互動看

　　辭章的篇章結構，含縱、橫兩向。其中縱向的結構，由內容，也就是情、理、景、事等組成；而橫向的結構，則由形式，也就是各種章法，如今昔、遠近、大小、本末、賓主、正反、虛實、凡目、因果、抑揚、平側……等組成。因此捨縱向而取橫向，或捨橫向而取縱向，是無法分析好辭章的篇章結構的。唯有疊合縱、橫向而為一，用「表」為輔，加以呈現，才能真實地凸顯一篇辭章在內容與形式結構上的特色。茲舉數例說明如次：

　　其一為王維的〈渭川田家〉詩：

　　　　斜光照墟落，窮巷牛羊歸。野老念牧童，倚杖候荊扉。雉雊麥苗秀，蠶眠桑葉稀。田夫荷鋤立，相見語依依。即此羨閒逸，悵然歌式微。

　　這首詩藉「渭川田家」黃昏時的閒逸之景，以興欣羨之情，從而表出自己急欲歸隱田園的心願，是採「先因後果」的結構寫成的。「因」的部分，自篇首至「即此」句止。在此，先以「斜光」八句，實寫引起作者欣羨之情的一些景物；再以「即此」句，虛寫面對「田家」閒逸景

物時所湧生的欣羨之情，形成「先景（實）後情（虛）」的結構。就在
實寫「田家」閒逸景物的八句裡，首先就「近」，也就是村巷，以「斜光」
二句，寫自然閒逸之景；以「野老」二句，寫人事閒逸之景。然後就
「遠」，也就是田野，以「雉雊」二句，寫自然閒逸之景；以「田夫」
二句，寫人事閒逸之景。由於王維這時在政治上失去了張九齡的依傍而
進退兩難，所以經由這些融合自然與人事的閒逸之景，而引生他欣羨之
情，便很自然地由「因」而「果」，帶出末句，用《詩經・邶風・式微》
「式微，式微，胡不歸」的詩意，透過「天趣自然」，以表達自己「踵
武靖節」[55] 的意思。附結構分析表：

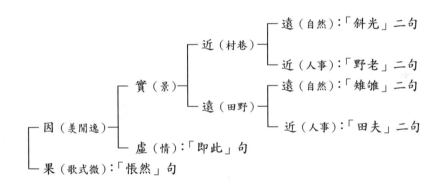

　　由上表可看出：首層的「因」與「羨閒逸」、「果」與「歌〈式微〉」，
二層的「實」與「羨閒逸之景」、「虛」與「羨閒逸之情」，三層的「近」
與「村巷」、「遠」與「田野」……，是縱橫疊合在一起的。
　　其二為沈佺期的〈雜詩・三首之一〉：

　　　聞道黃龍戍，頻年不解兵。可憐閨裡月，長在漢家營。少婦今春
　　　意；良人昨夜情。誰能將旗鼓，一為取龍城？

55　《唐宋詩舉要》，頁 12。

　　此詩旨在寫閨怨，從而反映出作者對戰事結束的無限渴望，採「先平提後側收」的結構寫成。在「平提」的部分裡，先以「先因後果」的順序，平提兩個重點，即「久不解兵」（因）和「望月相思」（果）。其中首聯為「因」，頷、頸兩聯為「果」；而「果」的部分，則以頷聯寫望月、頸聯寫相思。值得注意的是，在此無論是寫望月（即景）或是相思（抒情），都兼顧了思婦之「實」與征夫之「虛」，也就是說，寫思婦在「閨裡」望月相思，是「實」；而寫征夫在「漢家營」（黃龍）望月相思，是「虛」。如此虛實相映，更增添了作品的感染力量。接著以尾聯，採側收的方式，針對著起聯之「不解兵」，從反面表達出「解兵」的強烈願望。這種願望如能實現，那麼思婦與征夫就不必再望月相思了。附結構分析表：

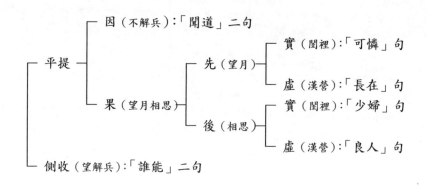

　　從上表可知，首層的「平提」與「不解兵、望月相思」、「側收」與「望解兵」，二層的「因」與「不解兵」、「果」與「望月相思」，三層的「先」與「望月」、「後」與「相思」……，是縱橫疊合在一起的。
　　其三為蘇軾的〈南鄉子〉詞：

　　　東武望餘杭，雲海天涯兩渺茫。何日功成名遂了，還鄉，醉笑陪

公三萬場。　　不用訴離觴，痛飲從來別有腸。今夜送歸鐙火冷，河塘，墮淚羊公卻姓楊。

此詞題作「和楊元素，時移守密州。」作於宋神宗熙寧七年（1074），朱祖謀注：「甲寅九月，楊繪再餞別於湖上作」，可知此詞作於杭州西湖，是採「虛、實、虛」的結構寫成的。它首先在上片，透過設想，將空間移至「密州」、時間推向未來，虛寫別後之相思與重會，為頭一個「虛」。接著以下片「不用」二句，藉眼前之醉酒來寫離腸，把一篇之中心意旨交代清楚，為「實」（分時分地）的部分。末了以結三句，將時間移後，虛寫「送歸」時鐙火之冷與主人之淚，以推深送別之情，為後一個「虛」，這種結構相當罕見。附結構分析表：

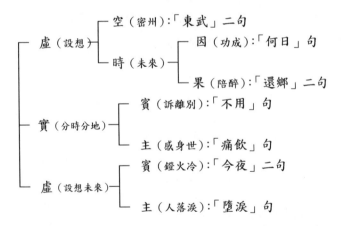

由上表可看出，首層的「虛」與「設想」、「實」與「分時分地」、「虛」與「設想未來」，二層「空」與「密州」、「時」與「未來」、「賓」與「訴離別、鐙火冷」、「主」與「感身世、人落淚」，三層的「因」與「功成」、「果」與「陪醉」，是縱橫疊合在一起的。

其四為辛棄疾的〈鷓鴣天〉詞：

　　聚散匆匆不偶然，二年歷遍楚山川。但將痛飲酬風月，莫放離歌
　　入管絃。　　縈綠帶，點青錢。東湖春水碧連天。明朝放我東歸
　　去，後夜相思月滿船。

　　這首詞題作「離豫章，別司馬漢章大監。」作於作者離開豫章（江
西省南昌市）前夕，採「先實後虛」的結構寫成。「實」的部分，自篇
首起至「東湖」句止，先以「聚散」二句敘別，為「因」；再以「但將」
二句敘醉，為「果」；以上是敘事的部分。然後以「縈綠帶」句寫東湖
四周之水，以「點青錢」句寫湖中之荷，以「東湖」句，將上二句作個
總括，寫全東湖之水，以上是寫景的部分。而「虛」的部分，為結二
句，則將時間推向「明朝」，寫別後的相思，而身世之感，也一併帶了
出來，足見藝術匠心。附結構分析表：

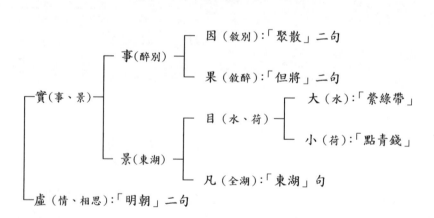

　　從上表可知，首層的「實」與「事、景」、「虛」與「情」，二層的
「事」與「醉別」、「景」與「東湖」，三層的「因」與「敘別」、「果」
與「敘醉」、「目」與「水、荷」、「凡」與「全湖」……，是縱橫向疊

合在一起的。

其五為左丘明的《左傳・曹劌論戰》：

> 十年春，齊師伐我，公將戰。曹劌請見，其鄉人曰：「肉食者謀
> 之，又何間焉？」劌曰：「肉食者鄙，未能遠謀。」遂入見。
> 問何以戰？公曰：「衣食所安，弗敢專也，必以分人。」對曰：
> 「小惠未徧，民弗從也。」公曰：「犧牲玉帛，弗敢加也，必以
> 信。」對曰：「小信未孚，神弗福也。」公曰：「小大之獄，雖不
> 能察，必以情。」對曰：「忠之屬也，可以一戰。戰則請從。」
> 公與之乘，戰於長勺。公將鼓之，劌曰：「未可。」齊人三鼓，
> 劌曰：「可矣。」齊師敗績。公將馳之，劌曰：「未可。」下視其
> 轍，登軾而望之。劌曰：「可矣。」遂逐齊師。
> 既克，公問其故，對曰：「夫戰，勇氣也。一鼓作氣，再而衰，
> 三而竭。彼竭我盈，故克之。夫大國難測也，懼有伏焉；吾視其
> 轍亂，望其旗靡，故逐之。」

此文是採「先順後補」的結構寫成的。「順」的部分，含三段，即
第一、二、三段。第一段敘齊師伐魯，曹劌入見莊公之情事，藉鄉人之
問領出曹劌之答，拈出「遠謀」二字，作為全文之綱領[56]，這是「凡」
的部分。第二段藉曹劌之一「問」三「對」，與莊公之三「曰」，由「小
惠未」遞至「小信未孚」，進而逼出「忠之屬也」，敘明魯國抗齊之憑
藉，以見曹劌能「遠謀」於未戰之先，這是「目一」的部分。第三段敘
曹劌指揮魯軍作戰之經過，分兩「未可」與「可矣」，來寫曹劌能「遠
謀」：先以齊人三鼓而後鼓（養士氣），來寫他能遠謀於方戰之時；再

---

56 王文濡注：「遠謀二字，是一篇關眼。」見《精校評注古文觀止》卷一，頁21。

以視轍登軾而後馳（察敵情），來寫他能遠謀於既勝之後；這是「目二」的部分。而「補」的部分，為末段，用「既克」二句，引出曹劌之答，寫曹劌所以「遠謀」於方戰時和既勝後的理由。縱觀此文，很明顯地，作者是以「遠謀」二字來貫穿全篇的。他拿「十年春，齊師伐我」、「（公）戰於長勺」、「齊師敗績」的史實作為本文的大背景，而中間則安排了曹劌和鄉人、莊公的問答，以曹劌為主，鄉人、莊公為賓，以寫魯國之所以大敗齊師，即在於曹劌能「遠謀」，真可謂「一意盤旋」，了無渣滓。附結構分析表：

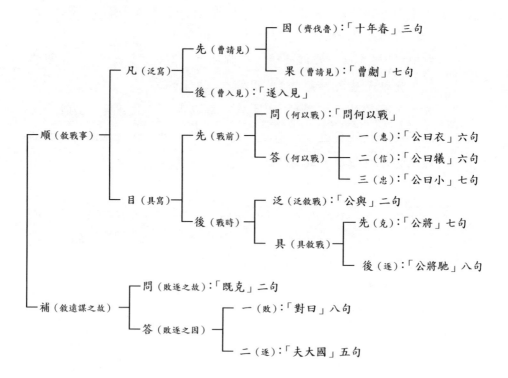

由上表可看出，首層的「順」與「敘齊與齊戰之事」、「補」與「敘戰時遠謀之故」，二層的「凡」與「泛提遠謀」、「目」與「具寫遠謀」、「問」與「敗、逐之故」、「答」與「敗、逐之因」，三層的「先」與「曹請見、

戰前」、「後」與「曹入見、戰時」……，是縱橫向疊合在一起的。

其六為《史記‧秦楚之際月表序》：

> 太史公讀秦、楚之際，曰：初作難，發於陳涉；虐戾滅秦，自項氏；撥亂誅暴，平定海內，卒踐帝祚，成於漢家。五年之間，號令三嬗。自生民以來，未始有受命若斯之亟也。
>
> 昔虞、夏之興，積善累功數十年，德洽百姓，攝行政事，考之於天，然後在位。湯、武之王，乃由契、后稷，修仁行義，十餘世，不期而會孟津八百諸侯，猶以為未可；其後乃放弒。秦起襄公，章於文、繆；獻、孝之後，稍以蠶食六國，百有餘載，至始皇乃能并冠帶之倫。以德若彼，用力如此，蓋一統若斯之難也！秦既稱帝，患兵革不休，以有諸侯也。於是無尺土之封，墮壞名城，銷鋒鏑，鉏豪桀，維萬世之安。然王跡之興，起於閭巷，合從討伐，軼於三代。鄉秦之禁，適足以資賢者，為驅除難耳。故憤發其所為天下雄，安在無土不王？此乃傳之所謂大聖乎？豈非天哉！豈非天哉！非大聖孰能當此受命而帝者乎？

這篇文章採「先點後染」的結構寫成，「點」指「太史公讀秦、楚之際曰」九字，是本文的引子；「染」指「初作難」起至篇末的主體，為本文的具體內容。而這主體的部分，則是採「先敘後論（贊）」的結構寫成的。「敘」的部分，包括一、二兩段，用一正一反的對照寫法，記漢高祖受命之快速與先王一統之艱難。其中「正」的部分，用層遞的手法（三疊），簡述秦楚之際號令三嬗的過程與結果；「反」的部分，也用層遞的手法（三疊），簡述虞夏、湯武與秦國統一天下的過程與結果。這樣以「反」映「正」，可以充分看出漢高祖受命之可貴，以帶出「論」（贊）的部分。而「論」（贊）的部分，則為末段，用「先因後果」

的結構寫成。「因」的部分，自「秦既」句起至「為驅除」句止，先以「秦既」八句，從反面寫秦之過，再以「然王」六句，從正面寫如此正是以為漢之資。「果」的部分，自「故憤發」句起至末，分四層來讚美高帝，認為秦為漢驅難，雖屬天意，但如非大聖，也不能獨得天眷，這樣快速地受命為帝，以回應一、二段作結。吳楚才評云：「前三段一正，後三段一反，而歸功於漢，以四層詠嘆，無限尾蛇，如黃河之水，百折百廻，究未嘗著一實筆，使讀者自得之，最為深妙。」[57] 指出了本文謀篇運筆之特色。附結構分析表：

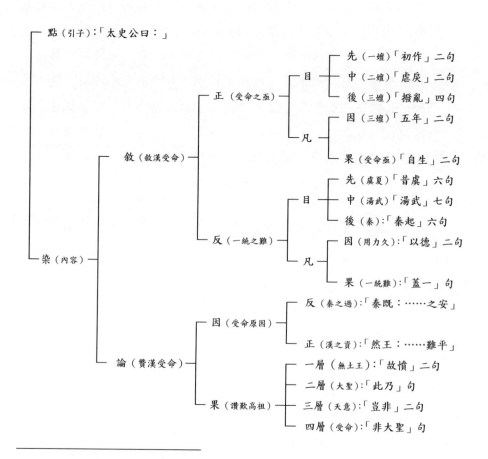

57　《精注評校古文觀止》卷五，頁 4。

　　由上表可知，首層的「點」與「引子」、「染」與「內文」，二層的「敘」與「敘漢高祖受命」、「論」與「贊漢高受命」，三層的「正」與「漢高受命之亟」、「反」與「先王一統之難」、「因」與「受命原因」、「果」與「讚歎高帝」……，是縱橫向疊合在一起的。

　　綜上所述，足以看出一篇文章的篇章結構，如能疊合縱橫向來分析，是最為周全的。但要用「表」來呈現時，由於某些章法涉及內容，如先後、因果、正反、抑揚、泛具、本末、問答……等，便是如此，所以很多時候，可捨「縱」而取「橫」；又由於某些內容，如人事（人）、自然（天）、山（高）、水（低）、景（實）、情（虛）、理（虛）、事（實）……等，與形式有所關聯，因此在某些時候，捨「橫」而取「縱」，也是可以的。這樣視文章的個別情形，酌予簡化，則所呈現在「表」上的，必定更能使人一目而了然。

第四節　從篇章的分合呼應看

　　一般而言，篇章邏輯可以直接梳理思想論著的義理結構。以自古以來，孟子的養氣說，和他的性善論一樣，一直受到眾多學者的重視，也很自然地對它加以論述的，便相應地多而精[58]，似乎沒有留下任何空間可談了。不過，若試著從不同的角度去探析，則或許能呈現一些不同的結果，有助於人對孟子養氣說的了解。因此本節即由其篇章邏輯結構中「篇」結構與「章」結構的分合呼應切入，將《孟子・養氣》章的義理作一分析，以探其究竟。

---

[58] 各家注疏，如趙岐注、孫奭疏的《孟子注疏》、朱熹《孟子集註》、趙順孫《孟子纂疏》及焦循《孟子正義》等，皆作了梳理；而近、今人，如徐復觀、戴君仁、錢穆、胡簪雲、何敬群、周群振、毛子水、王文欽、楊一峰、程兆熊、王道、左海倫、蔡仁厚、萬先法、曾昭旭、余培林等，也作了精要的闡釋。

一　「篇」結構

　　《孟子》的〈養氣〉章，若以「篇」來看其義理，則其「篇」結構
的主要系統可用下表來呈現：

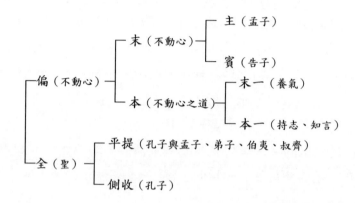

由上表可看出《孟子》的〈養氣〉章的整體義理邏輯，是用「先偏後
全」[59]的篇結構（上層）組合而成的。其中的「偏」，又由「先末後本」[60]
的順序（次層）來安排：「末」自「公孫丑問曰」起至「告子先我不動心」
止，用「先主後賓」的順序（底層），先提出本章的主題「不動心」，
以生發下面的議論；「本」自「曰：不動心有道乎」起至「必從吾言矣」

59　這所謂的「偏」，是指局部或特例；而「全」，是指整體或通則。作者在創作詩文之
　　際，往往會用「局部」與「整體」、「特例」與「通則」的相應條理來組合情意材料。
　　它雖和本末、大小等法，有一點類似，但「本末」比較著眼於事、理的終始，而「大
　　小」則比較著眼於空間的寬窄與知覺的強弱，和「偏全」比較著眼於事、理、時、
　　空的部分與全部、特殊與一般的，有所不同。參見陳滿銘：〈論幾種特殊的章法〉，
　　頁176-181。

60　本末法的結構類型之一，參見陳滿銘：《章法學新裁》（臺北市：萬卷樓圖書公司，
　　2001年1月初版），頁326-334；另參見仇小屛：《篇章結構類型論》（上）（臺北市：
　　萬卷樓圖書公司，2000年2月初版），頁181-198。

止，用「先末一後本一」的順序（底層），具論「不動心」之道，亦即養氣（勇）、持志（仁）、知言（智），乃本章之主體所在。而「全」，則自「宰我、子貢善為說辭」起至「未有盛於孔子也」止，用「先平提後側收」的順序（次層），交代了「不動心」（養氣 ← 持志 ← 知言）的最終成效，就在於成為一個聖人，也藉此來讚美孔子「仁且智（含勇）」的聖人境界。這樣由「養氣」（持志 ← 知言）而「不動心」，又由「不動心」而「仁且智（含勇）」（聖），其本末終始是極其清楚的。

二　「章」結構

《孟子》這章文字，既然採「先偏後全」的篇結構組成，底下便分「偏」和「全」兩個部分對其章結構加以探析：

（一）「偏」的部分

1　就「末」來看：這個部分的文字是這樣子的

　　公孫丑問曰：「夫子加齊之卿相，得行道焉，雖由此霸王，不異矣。如此，則動心否乎？」

　　孟子曰：「否。我四十不動心。」

　　曰：「若是，則夫子過孟賁遠矣。」

　　曰：「是不難。告子先我不動心。」

這段文字，通常被視為全文的引子，可用下列章結構系統表來呈現：

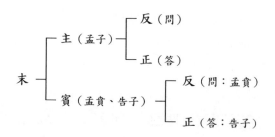

　　這短短的一段，由公孫丑之二「問」與孟子之二「答」，採「先主後賓」[61]的順序（上層）來安排。它首先就「主」（孟子），採「先反後正」的順序（底層），由公孫丑之第一「問」引生孟子之第一「答」，提明「不動心」的一章主題；接著也以「先反後正」的順序（底層），由公孫丑之第二「問」帶出孟子之第二「答」，指出自己（孟子）要遠過孟賁不難，卻後於告子之「不動心」，藉此將「特例」變成「通則」，從孟子、告子身上推擴到一般情況，以備作進一步之論述。

2　就「本」來看：這個部分主要論「不動心」之道，可依據其「先末（一）後本（一）」的章結構，分成兩半

(1)就「末（一）」來看：這段文字是這樣子的：

　　　曰：「不動心有道乎？」
　　　曰：「有。北宮黝之養勇也，不膚撓，不目逃，思以一豪挫於人，若撻之於市朝；不受於褐寬博，亦不受於萬乘之君；視刺萬乘之君，若刺褐夫；無嚴諸侯，惡聲至，必反之。孟施舍之所養勇也，曰：『視不勝猶勝也，量敵而後進，慮勝而後會，是畏三

61　賓主法的結構類型之一，參見《章法學新裁》，頁 89-99；另參見《篇章結構類型論》（下），頁 374-404。

軍者也。舍豈能為必勝哉？能無懼而已矣。』孟施舍似曾子，北宮黝似子夏。夫二子之勇，未知其孰賢，然而孟施舍守約也。昔者曾子謂子襄曰：『子好勇乎？吾嘗聞大勇於夫子矣：自反而不縮，雖褐寬博，吾不惴焉？自反而縮，雖千萬人，吾往矣。』孟施舍之氣，又不如曾子之守約也。」

　　此論「不動心」之首要在於「養氣（勇）」，可用如下章結構系統表來呈現：

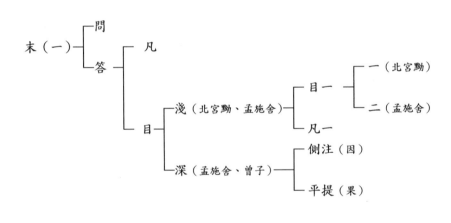

　　這段文字，由公孫丑與孟子之「先問後答」的順序（上層）所組成，其中孟子之「答」，是採「先凡後目」的順序（次層）回答。孟子在此，首先以一「有」字，一面上承公孫丑之「問」作一回應，一面又下啟後面的議論，作一總冒，為「凡」的部分。接著是「目」的部分，以「先淺後深」（次層）的順序作一統括，先藉「先目（一）後凡（一）」的順序（三層）以包孕「並列（一、二）」（底層）結構，分別論述北宮黝與孟施舍的「養勇」（目一），並加以比較，認為孟施舍較能「守約」

（凡一）；這是就「淺」來說的。然後以「先側注後平提」[62]的順序（三層），論述曾子有關「養勇」的說法，並和孟施舍加以比較，認為孟施舍在「守約」上又遜曾子一籌，因為孟施舍的「養勇」，只是操持一股無所畏懼盛氣，而曾子卻以義理之曲直為斷；這是就「深」[63]來說的部分。如此一層深一層地來論述[64]，將「養勇」須「守約」的意思，表達得十分明白。

（2）就「本（一）」來看：此段文字是這樣子的：

　　曰：「敢問夫子之不動心，與告子之不動心，可得聞與？」
　　「告子曰：『不得於言，勿求於心；不得於心，勿求於氣。』不得於心，勿求於氣，可；不得於言，勿求於心，不可。夫志，氣之帥也；氣，體之充也。夫志至焉，氣次焉。故曰：持其志，無暴其氣。」
　　「既曰：『志至焉，氣次焉。』又曰：『持其志，無暴其氣。』何也？」
　　曰：「志壹則動氣，氣壹則動志也。今夫蹶者趨者，是氣也，而反動其心。」
　　「敢問夫子惡乎長？」
　　曰：「我知言，我善養吾浩然之氣。」
　　「敢問何謂浩然之氣？」

曰：「難言也。其為氣也，至大至剛，以直養而無害，則塞於天地之間。其為氣也，配義與道，無是，餒也。是集義所生者，非義襲而取之也。行有不慊於心，則餒矣。我故曰：告子未嘗知義，以其外之也。必有事焉而勿正；心勿忘，勿助長也。無若宋人然；宋人有閔其苗之不長而揠之者，芒芒然歸，謂其人曰：『今日病矣，予助苗長矣！』其子趨而往視之，苗則槁矣。天下之不助苗長者寡矣。以為無益而舍之者，不耘苗者也；助之長者，揠苗者也；非徒無益，而又害之。」

「何謂知言？」

曰：「詖辭知其所蔽，淫辭知其所陷，邪辭知其所離，遁辭知其所窮。生於其心，害於其政；發於其政，害於其事。聖人復起，必從吾言矣。」

這一大段文字相當複雜，可用如下章結構系統表來呈現：

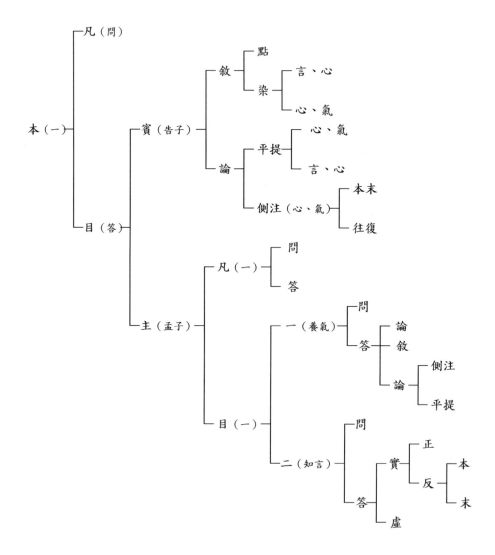

這是用「先凡後目」的順序（上層）加以組合的。它首先回應到一開端的「不動心」，來談告子與孟子的不同，以統攝底下的議論；這是「凡」

的部分。其次用「先賓（告子）後主（孟子）」的順序（次層），針對公孫丑之「問」加以回答；其中的「賓」，自「告子曰」起至「而反動其心」止，主要藉告子之說法，在論持志與養氣的關係，是採「先敘後論」的順序（三層）加以處理的。它先引告子「言」與「心」、「心」與「氣」之說，用「先點後染」（四層）包孕「並列（言、心、氣）」（五層）的結構加以呈現，為「敘」，再就此生發議論，採「先平提後側注」[65]的順序（四層）來呈現，為「論」。其中自「不得於心」起至「不可」止，論述「心與氣」、「言」與「心」，為「平提」；自「夫志，氣之帥也」起至「而反動其心」止，側於「心與氣」上，就其本末、往復的關係加以論述，為「側注」。經過這番論述，「養勇（氣）」必先「持志」的意思，闡釋得很清晰，而「持志」與「守約」二而一的關係，也不言而喻。

至於其中的「主」，自「敢問夫子惡乎長」起至「必從吾言矣」止，主要藉孟子自身之見解，在論「知言」與「養氣」的關係，是用「先凡（一）後目（一）」的順序（三層）來組合的。其中公孫丑「惡乎長」之「問」與孟子「我知言」之「答」，提出「知言」與「養氣」的兩個論題，以統括下文，形成「先問後答」的順序（四層），為「凡（一）」；而公孫丑「敢問何謂浩然之氣」之「問」與孟子「難言也」之「答」，為「目（一）」之「一」；至於公孫丑「何謂知言」之「問」與孟子「詖辭知其所蔽」之「答」，則為「目（一）」之「二」。

就「目（一）」之「一」來看，透過「並列」結構之「一」（四層），以引出孟子之「答」（五層），是用「論、敘、論」[66]（六層）來形成順

---

65 平側法的結構類型之一，與「先側注後平提」正相反。參見《章法學新裁》，頁 348-349；另參見《篇章結構類型論》（下），頁 503-529。

66 敘論法的結構類型之一，由一順一逆形成，參見《章法學新裁》，頁 407-444；另參見《篇章結構類型論》（上），頁 267-288。

序的。它的頭一個「論」，自「難言也」起至「勿助長」止，從正面來論「浩然之氣」，指出它「至大至剛」、「配義與道」，而由此以至於「不動心」，是與告子義外的「不動心」，是有所不同的。中間的「敘」，自「無若宋人然」起至「苗則槁矣」止，引述宋人揠苗助長的故事，從而帶出下文的議論。而後一個「論」，則自「天下之助苗長者寡矣」起至「而又害之」止，用「先測注後平提」順序（七層），針對宋人的故事，呼應上文的「勿忘」、「勿助長」，從反面來論「浩然之氣」，使人由此掌握「養氣（勇）」的體與用。

　　就「目（一）」之「二」來看，孟子之「答」（五層），是以「先實後虛」[67]的順序（六層）形成其結構的。其中的「實」，自「言皮辭知其所蔽」起至「害於其事」，又採「先正後反」的順序（七層）來安排。所謂「正」，指「詖辭」四句，是就能「知言」者來說的；所謂「反」，指「生於其心」四句，是用「先本後末」的順序（底層），來說不能「知言」者之害的。而「虛」，則指「聖人」二句，在此，孟子假設後世有聖人復起，就必定會肯定他的言論，以增強說服力。

（二）「全」的部分

　　這個部分，以「聖」（仁且智）[68]統合上文所論的「不動心」與「不動心」之道（養氣、持志、知言）。其文字是這樣子的：

67　虛實法的結構類型之一，參見《章法學新裁》，頁 99-110；另參見《篇章結構類型論》（下），頁 320-340。

68　這種至聖的境界，從《孟子·公孫丑上》的一段話裡，可獲得進一步的了解，這段話是：「昔者，子貢問於孔子曰：『夫子聖矣乎？』孔子曰：『聖，則吾不能。我學不厭，而教不倦也。』子貢曰：『學不厭，智也；教不倦，仁也。仁且智，夫子既聖矣！』」這段話明白地指出了孔子是「仁且智」的聖人，這是「仁」與「智」融合的最高境界。參見陳滿銘：〈孔子的仁智觀〉，《國文天地》12 卷 4 期（1996 年 9 月），頁 8-15。

「宰我、子貢善為說辭，冉牛、閔子、顏淵善言德行。孔子兼之曰：『我於辭命，則不能也。』然則夫子既聖矣乎？」

曰：「惡，是何言也！昔者子貢問於孔子曰：『夫子聖矣乎？』孔曰：『聖則吾不能，我學不厭而教不倦也。』子貢曰：『學不厭，智也；教不倦，仁也。仁且智，夫子既聖矣。』夫聖，孔子不居。是何言也！」

「昔者竊聞之：子夏、子游、子張，皆有聖人之一體；冉牛、閔子、顏淵，則具體而微。敢問所安？」

曰：伯夷、伊尹何如？」

曰：「不同道。非其君不事，非其民不使；治則進，亂則退，伯夷也。何事非君，何使非民；治亦進，亂亦進，伊尹也。可以仕則仕，可以止則止；可以久則久，可以速則速，孔子也。皆古聖人也，吾未能有行焉。乃所願，則學孔子也。」

「伯夷、伊尹於孔子，若是班乎？」

曰：「否。自有生民以來，未有孔子也。」

曰：「然則有同與？」

曰：「有。得百里之地而君之，皆能朝諸侯，有天下；行一不義，一不辜，而得天下，皆不為也。是則同。」

曰：「敢問其所以異？」

曰：「宰我、子貢、有若，智足以知聖人，汙不至阿其所好。宰我曰『以予觀於夫子，賢於堯舜遠矣。』子貢曰：『見其禮而知其政，聞其樂而知其德，由百世之後，等百世之王，莫之能違也。自生民以來，未有夫子也。』有若曰：『豈惟民哉？麒麟之於走獸，鳳凰之於飛鳥，泰山之於丘垤，河海之於行潦，類也。聖人之於民，亦類也。出乎其類，拔乎其萃，自生民以來，未有盛於孔子也。』」

這一大段文字，通常都未被排在孟子養氣論之內，如用篇結構系統來看，則是不週全的。它可用如下章結構系統表來呈現：

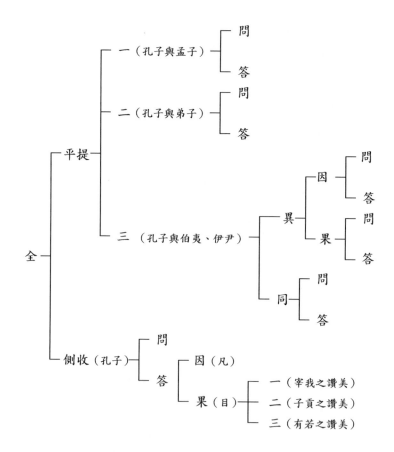

這用「先平提後側收」[69]的順序（上層）加以組成。其中「平提」的部

---

69 辭章中有一種「平提側注」的篇章修飾方法，宋文蔚在《評注文法津梁》裡解釋這
　種方法說：篇中有兩項或三項者，如義均平列，則於總提後平分各項，用意詮發；
　若義有輕重，或偏重一項，則開首用筆平提，以下或用串說，或用側注，均無不
　可。又有擇其最重要之一項，用特筆提起，再分各串項者，尤見用法變化。這是說：
　將所要論說或敘述的幾個重點，以平等地位提明的，叫「平提」；而照應題面，對其
　中的一點或兩點加以關注的，叫「側注」。這種篇章修飾的方法，如單就「側注」的

分，自「宰我、子貢善為說辭」起至「是則同」止，採「並列（一、二、三）」（次層）包孕「先異後同」（三層）、「先因後果」（四層）兩層，逐層帶出五問五答（三層、四層、底層），分論孔子與孟子、孔子與弟子和孔子與伯夷、伊尹之間的同異，而重點置於孔子「仁且智（含勇）的聖德，以回應「偏」部分的「不動心」（「養氣（勇）」、「持志（仁）」、「知言（智）」。而「側收」的部分，則自「敢問其所以異」起至「未有盛於孔子也」止，表面上看來，只是側就孔子與伯夷、伊尹之「異」來說，而意思卻概括了孔子與孟子、弟子之「異」。它以「先問後答」（次層）包孕「先因後果」（三層）的與「並列（一、二、三）」（四層）兩層結構，分別舉宰我、子貢、有若之言，來讚美孔子之聖，而由此交代「不動心」（養氣、持志、知言）的終極境界，把〈養氣〉這一章收結得極為圓滿。

三　從篇章分合結構看孟子的養氣思想

篇章的內容與形式，是分割不開的，因為內容須靠形式來呈現，而形式也要內容來支撐，兩者的結構可說是疊合無間的[70]。尤其是從「章法」切入，由於它是「客觀的存在」[71]，與自然規律相對應，最能凸顯

部分而言，則稱為「側接」或「接筆」；如所提重點只限於兩組，則又叫做「兩義相權」。它無論是形成「先平提後側注」、「先側注後平提」、「平提、側注、平提」或「側注、平提、側注」等結構，在辭章裡，都隨處可見，沒什麼稀奇。但將所要論說或敘述的幾個重點，以同等的地位加以提明，而特別側於其中一點或兩點來收結，卻有回繳整體之功用的，則很少受到人的注意。見陳滿銘：〈談「平提側收」的篇章結構〉《第二屆中國修辭學學術研討會論文集》（高雄市：高雄師範大學國文系，2000年6月），頁193-213。

70 篇章結構，是指篇章中組織其內容與形式的一種型態，而內容與形式，是相疊合的。參見〈談篇章結構〉（上）、（下），頁65-77、57-66。又，〈談縱橫向疊合的篇章結構〉，頁100-106。

71 王希杰指出：「『章法』一詞是多義的。『章法』，是文章之法，但是，有兩種『章法』：一種是客觀存在的『章法』，它顯然是與文章同時出現的。有文章就有章法，不同的

思想情意的條理。所以由篇章結構來梳理其思想情意，是最好不過的。
以下就以三種篇章結構來探討孟子的養氣思想。

（一）從本末結構看

　　試由全篇來看《孟子・養氣》章的思想內容，若不考慮其互動、循
環而提升的關係，則所形成的是「先本後末」的結構。其中「偏」（起點）
是「本」，論的是邁入聖域的基礎：「不動心」，而「全」（終點）則為
「末」，論的是「不動心」的最後歸趨：「聖」。孟子所謂的「不動心」，
即孔子所說的「不惑」[72]；所謂的「聖」（仁且智），即孔子所說的「從
心所欲不踰矩」[73]。《論語・為政》說：

　　文章有不同的章法，但是沒有完全沒有章法的文章，不過是章法的好和壞罷了。另
一種『章法』是研究者的認識和主張，是知識和理論，是文章的研究者的辛勤勞動
的成果，它當然是文章出現之後的事情。後一種『章法』，即對章法的研究也是早就
有了的，中國古人對章法的論述很多。但是『章法學』的誕生是比較晚的事情。章
法學作為一門學問，不是有關部門章法的個別的知識，而是章法知識的總和，是一
種概念的系統。章法學是一門實用性很強的學問，也有極高的學術價值。它同文章
學、修辭學、語用學、文藝學、美學、邏輯學等都具有密切關係。章法學已經初步
形成了一門科學。陳滿銘教授初步建立了科學的章法學體系。……陳滿銘教授創建
了章法學的四大律，……這是陳教授及其弟子的章法學大廈的四根支柱。這是陳滿
銘教授對章法學的貢獻。中國傳統的章法研究已經是很豐富的了，文論、詩話、詞
話、曲話、藝概中就有許多關於章法的言論。劉勰的《文心雕龍》中對章法的研究
已經是很像樣的了，有一些非常精彩的觀點。但是像陳教授這樣一來以四大規律來
建立章法學理論大廈，這還是第一次。如果說唐鉞、王易、陳望道等人轉變了中國
修辭學，建立了學科的中國現代修辭學，我們也可以說，陳滿銘及其弟子轉變了中
國章法學的研究大方向，建立了科學的章法學，把漢語章法學的研究轉向科學的道
路。」見〈章法學門外閑談〉，頁 92-101。

72 朱熹：「四十強仕，君子道明德立之時。孔子四十而不惑，亦不動之謂。」見《四書
　　集注》（臺北市：學海出版社，1984 年 9 月初版），頁 232。

73 朱熹：「隨其心之所欲，而自不過於法度，安而行之、不勉而中也。」同前註，頁
　　61。所謂「安而行之」，指「仁」；所謂「不勉而中」，指「智」；而「仁且智」即為
　　「聖」。

　　子曰：「吾十有五而志於學；三十而立；四十而不惑；五十而知
　　天命；六十而耳順；七十而從心所欲，不踰矩。」

說的便是這個道理。

　　再由「本末」來看它章節的內容，所形成的是「先末後本」的結構。
它先在「末」的部分，先提「不動心」；再由「本」的部分，說明「不
動心」之道就在於「養氣」（勇）、「持志」（仁）、「知言」（智）。這樣
由「不動心」而談「養氣」（勇），由「養氣」而談「持志」（仁），由「持
志」（仁）而談「知言」（智），用的正是「由末而本」的闡釋手法。如
此說來，在這章節裡，「知言」（智）為本，「不動心」為末，而「持志」
（仁）、「養氣」（勇），則是其過程了。《朱子語類》第五十二卷說：

　　孟子論浩然之氣一段，緊要全在「知言」上、所以《大學》許多
　　工夫，全在格物、致知。[74]

又說：

　　或問「知言養氣」一章。曰：「此一章專以知言為主。若不知言，
　　則自以為義，而未必是義；自以為直，而未必是直；是非且莫辨

---

[74] 《朱子語類》四（臺北市：文津出版社，1986 年 12 月出版），頁 1241。對這一點，
戴君仁加以申釋說：「朱子文集裡〈與郭沖晦書〉，有一段話，可當作這章書的提要。
他說：『孟子之學，蓋以窮理集義為始，不動心為效。蓋唯窮理為能知言，唯集義為
能養其浩然之氣。理明而無所疑，氣充而無所懼，故能當大任而不動心。』拿先儒的
學說來比，知言相當於格物致知，養氣相當於誠意正心。拿後儒的學說來比，程伊
川所謂『涵養須用敬』，相當於養氣；『進學則在致知』，相當知言。二者都是如車兩
輪，如鳥兩翼，不可缺一。」《戴靜山先生全集》（臺北市：戴靜山先生遺著編審委
員會，1980 年 9 月初版），頁 1846。

矣。」[75]

又說：

> 問：「浩然之氣，集義是用功夫處否？」曰：「須是先知言。知言，則義精而理明，所以能養浩然之氣。知言正是格物、致知。苟不知言，則不能辨天下許多淫、邪、詖、遁。將以為仁不知其非仁；將以為義，不知其非義，則將何以集義而生此浩然之氣。」[76]

這是極有見地的。《論語‧子罕》說：

> 子曰：「知者不惑，仁者不憂，勇者不懼。」

朱熹注說：

> 明足以燭理，故不惑；理足以勝私，故不憂；氣足以配道義，故不懼；此學之序也。[77]

可見知（智）、仁、勇是有先後之序的。而萬先法也說：

> 吾謂知言，大智也。集義，大仁也。浩然之氣，大勇也。智以知仁，勇以行仁，此儒家三達德之教，固已盡備于本章之旨矣。[78]

---

75 《朱子語類》四，頁 1270。
76 同前註，頁 1261。
77 《四書集注》，頁 115。
78 〈孟子知言養氣章釋〉，頁 13。

由此看來，「不動心」之道是形成本末結構的。

（二）從往復結構看

　　所謂「往復」，是往而復來、循環不已的意思。如仁與智，就人為教上來說，是由智而仁（自明誠）；就天然性分上來說，是由仁而智（自誠明）。兩者是互動而循環不已，以至於合仁與智為一的。所以《中庸》第二十一章（依朱子《章句》）說：

　　　　自誠明，謂之性；自明誠，謂之教；誠則明矣，明則誠矣。

這所謂的「明（智）則誠（仁）」、「誠（仁）則明（智）」，說的不就是「性」（天然）與「教」（人為）互動而循環不已的結果嗎？其實，這種往復的作用，子也曾就「志」與「氣」加以說明過，他說：

　　　　志壹則動氣，氣壹則動志。

朱熹注說：

　　　　言志之所向專一，則氣固從之；然氣之所在專一，則志亦反為之動。[79]

---

[79] 《四書集注》，頁234。對這種作用，陳大齊從心理與生理加以解釋說：「我們平常總以為樂了纔笑，悲了纔哭，亦即只知道心理上的變化之會引發生理上的變化。但亦有心理學家，作相反的主張，謂笑了纔樂，哭了纔悲，以生理上的變化心理上變化的起因。事實告訴我們：表情確能影響感情，令其有所昇降，愈笑則愈樂，愈哭則愈悲，忍住不笑不哭，其樂與悲亦逐漸退而卒至消失。孟子已見及此，亦承認生理上的變化足以引發心理上的變化，所以緊接下去說道：『氣壹則動志也』，並且舉『今夫蹶者趨者，是氣也，而反動其心』為例證。心理上的變化與生理上的變化，可

《朱子語類》卷五十二也說：

> 持志養氣二者，工夫不可偏廢。以「氣一則動志，志一則動氣」
> 觀之，則見交相為養之理矣。[80]

而徐復觀更說：

> 此二語乃說明志與氣可以互相影響，氣並非是完全被動的地位，
> 二者須交互培養。[81]

所謂「反」、「交相為養」，所謂「互相影響」、「交互培養」，便指出了
這往復的作用。由此將往復的作用，擴而大之，則「知言」（智）與「持
志」（仁）、「持志」（仁）與「養氣」（勇），也應是如此，如上圖，它
們是兩兩交互作用，而形成往復結構的[82]。

（三）從偏全結構看

偏全是以本末、往復為基礎的一種結構。這所謂的「偏」，指的是
「部」，為起點、過程；所謂的「全」，指的是「整體」，為終點。拿仁
與智作為例子，就「全」的觀點來說，說的是大仁與大智；就「偏」的
觀點來說，說的是小仁與小智。而大仁與大智，是須經由小智與小仁、

　　以互相影響，可以互為因果。」見《淺見集》（臺北市：臺灣中華書局，1968 年 4 月
　　初版），頁 227-228。

80　《朱子語類》四，頁 1239。

81　徐復觀：〈孟子知言養氣章試釋〉，《中國思想史論集》（臺北市：學生書局，1975 年
　　5 月四版），頁 143。

82　陳滿銘：〈從修學的過程看智仁勇的關係〉（上）、（下），《孔孟月刊》17 卷 12 期、
　　18 卷 1 期（1979 年 8、9 月），頁 33-35、30-34。

小仁而小智，交相作用，逐漸循環、擴充，才能達到的[83]。用這種觀點來看〈養氣〉章，「偏」是指「不動心」和「不動心」之道（知言、持志、養氣）。它們是經由不斷的互動、循環（偏），以至於邁入聖城（全）的。《中庸》第三十章說：

> 仲尼祖述堯舜，憲章文武（成己：仁）；上律天時，下襲水土（成物：智）；辟如天地之無不持載，無不覆幬，辟如四時之錯行，如日月之代明；萬物並育而不相害，道並行而不相悖，小德川流，大德敦化，此天地之所以為大也（配天、配地）。

對這段話，王夫之在其《讀四書大全說》裡，曾總括起來闡釋說：

> 小德、大德，合知、仁、勇於一誠，而以一誠行乎三達德者也。[84]

而唐君毅也以為：

> 所謂「萬物並育而不相害，道並行而不相悖。小德川流，大德敦化，此天地之所以為大也。」一切宗教的上帝，只創造自然之萬物。而中國聖人之道，則以贊天地化育之心，兼持載人文世界，人格世界之一切人生。故曰：「大哉聖人之道，洋洋乎發育萬物，峻極于天。悠悠大哉，禮儀三百，威儀三千，待其人而後行。」因中國聖人之精神，不僅是超越的涵蓋宇宙人生人格與文

---

83 〈孔子的仁智觀〉，頁 8-15。
84 王船山：《讀四書大全說》（臺北市：河洛圖書出版社，1974 年 5 月臺影印初版），頁 331。

化，而且是以贊天地化育之心，對此一切加以持載。故不僅有高
明一面，且有博厚一面。「高明配天，博厚配地。」「崇效天，
卑法地。」高明配天，崇效天者，仁智之無所不覆也。博厚配
地，卑法地者，禮義自守而尊人，無所不載也。[85]

足見孔子的偉大，是靠「好學」不已，經由「智」、「仁」、「勇」三者，
在「天」與「人」的互動、循環而提升的螺旋作用[86]下，終於合「智」、
「仁」、「勇」而為「聖」（一誠），而達於配天配地（與天地參）的境界。
孟子曾說：「乃所願，則學孔子也。」又說：「自有生民以來，未有孔
子也。」不是由於這個緣故嗎？

　　可見《孟子・養氣》這一章的篇章，雖相當複雜，卻依然有條理可
循。如試著疊合篇章的分合切入[87]，則就「篇」而言，發現它形成偏全
結構；就「章」而言，發現它形成了本末、凡目、因果、問答、平側、
正反、淺深、點染、敘論、平列及往復等大小層級不同的結構。而其中
又以「本末」、「往復」、「偏全」三者，對孟子這一章的思想脈絡來說，
最關緊要，是可藉以理清「知言」、「持志」、「養氣」、「不動心」與「聖」
的關係的。

---

85 《人文精神之重建》（香港：新亞研究所，1955 年 3 月初版），頁 228。
86 凡相對相成的兩者，如仁與智、明明德與親民、天（自誠明）與人（自明誠）等，
都會產生互動、循環而提升的作用，而形成螺旋結構。參見陳滿銘：〈談儒家思想體
系中的螺旋結構〉，臺灣師大《國文學報》29 期（2000 年 6 月），頁 1-36。而所謂「螺
旋」，本用於教育課程之理論上，早在十七世紀，即由捷克教育家夸美紐思所提出，
乃「根據不同年齡階段（或年級），遵循由淺入深，由簡單到複雜，由具體而抽象的
順序，用循環、往復螺旋式提高的方法排列德育內容。螺旋式亦稱圓周式」，見《簡
明國際教育百科全書》（北京市：新華書局北京發行所，1991 年 6 月一版一刷），頁
611。又，相對於人文，科技界亦發現生命之「基因」和「DNA」等都呈現螺旋結構。
參見約翰・格里賓著，方玉珍等譯：《雙螺旋探密──量子物理學與生命》（上海市：
上海科技教育出版社，2001 年 7 月），頁 271-318。
87 〈談縱橫向疊合的篇章結構〉，頁 100-106。

第六章
章法與篇章風格

摘要

篇章是建立在二元（陰柔、陽剛）互動之基礎上，以呈現其「章法」邏輯與「多、二、一（0）」結構的；而其風格之形成，便與這種由二元（陰柔、陽剛）互動所組織而成之「多、二、一（0）」結構與其所包孕「章法」中的「移位」、「轉位」、「調和」、「對比」，息息相關。本文即以唐詩、宋詞各兩首為語料，用這種由二元（陰柔、陽剛）互動所組織成之「多、二、一（0）」的篇章結構與其「章法」中的「移位」（順、逆）、「轉位」（拗）、「調和」、「對比」為依據，對整體結構之陽剛與陰柔消長的情形，進行探討，試予量化，並將這種模式探索之結果對應於傳統直觀表現之結晶作進一步的觀察。結果發現：審辨篇章風格時，除必須參考直觀表現之成果外，又嘗試拓展「有理可說」的模式探索空間，將有助於審辨品質之提高，是大有可為的。

關鍵詞：章法、篇章風格、剛柔成分、量化、直觀表現、模式探索、「多、二、一（0）」結構

　　一般說來，風格是多方面的，而文學風格更是如此，有文體、作家、流派、時代、地域、民族和作品等風格之異[1]。即以一篇作品而言，又有內容與形式（藝術）風格的不同，即以內容來說，就關涉到主題（主旨、意象），而形式（藝術），則與文（語）法、修辭和章法等有關。而一篇作品之風格，就是結合內容與形式（藝術）所產生整個有機體所顯示的審美風貌[2]，這是合作者之形象思維與邏輯思維為一而形成，可以統攝主題、文（語）法、修辭和章法等種種個別風格，呈現整體風格之美。其中篇章之風格，由於它涉及篇章之意象內涵（內容材料）及其邏輯組織（章法結構），乃關係到綜合思維，是合形象思維與邏輯思維而為一的。

　　這種篇章風格，自古以來大都經由「直觀」加以捕捉，往往涉及主觀表現，因此難免因人而異；而如今辭章之「模式」研究則日新月異，已可試著用此成果進行探索，以補「直觀」之不足。由於風格，從其源頭看，涉及了剛柔，因此本文特聚焦於篇章風格剛柔成分的力度與進紬，凸顯「章法」之「模式」研究的初步成果，並由此引證一些「直觀」累積之結晶，舉詩、詞各兩首為例作說明，然後作綜合探討，以見「章法」與「篇章風格」得密切關係，供辭章家與辭章學家參考。

第一節　相關理論

　　篇章風格涉及植基於「章法」之篇章「多、二、一（0）」結構的

1　黎運漢：《漢語風格學》（廣州市：廣東教育出版社，2000 年 2 月一版一刷），頁 3。又見周振甫：《文學風格例話》（上海市：上海教育出版社，1989 年 7 月一版一刷），頁 1-290。

2　顧祖釗：「風格的成因並不是作品中的個別因素，而是從作品中的內容與形式的有機整體的統一性中所顯示的一種總體的審美風貌。」見《文學原理新釋》（北京市：人民文學出版社，2001 年 5 月一版二刷），頁 184。

形成與其風格中剛柔成分之量化，茲依次探討其相關理論：

一　篇章「多、二、一（0）」結構之形成

在哲學或美學上，對所謂「對立的統一」、「多樣的統一」，即「二而一」、「多而一」之概念，都非常重視，一向被目為事物最重要的變化規律或審美原則，似乎已沒有進一步探討之空間。不過，「對立的統一」，指的只是「一」與「二」；而「多樣的統一」指的則是「多」與「一」。這樣分別著眼於局部，雖凸顯出焦點之所在，卻往往讓人忽略了徹上徹下之「二」（陰陽）的居間作用，與其一體性之完整結構。

這種「多」、「二」、「一（0）」的螺旋結構，凸顯的乃是古代聖賢探討宇宙萬物創生、含容過程的系統性規律。大致說來，他們是先由「有象」（現象界）以探知「無象」（本體界），逐漸形成「多、二、一（0）」的逆向結構；再由「無象」（本體界）以解釋「有象」（現象界），逐漸形成「（0）一、二、多」的順向結構的。就這樣一順一逆，往復探求、驗證，久而久之，終於形成了他們圓融的宇宙人生觀。而這種宇宙人生觀，各家雖各有所見，但若只求其同而不其求異，則總括起來說，都可以從「（0）一、二、多」（順）與「多、二、一（0）」（逆）的互動、循環而提升的螺旋關係上加以統合。茲以《周易》、《老子》為例，分別加以探討：

首先看《周易》，在《周易》的〈序卦傳〉裡，對這種「多」、「二」、「一（0）」結構形成之過程，就曾約略地加以交代。其六十四卦，從其排列次序看，就粗具這種特點。而各種物類、事類在「變化」中，循「由天（天道）而人（人事）」來說，所呈現的是「（一）二、多」的結構，這可說是〈序卦傳〉上篇的主要內容；而循「由人（人事）而天（天道）」來說，則所呈現的是「多、二（一）」的結構了，這可說是〈序

卦傳〉下篇的主要內容，如此自然就「錯綜天人，以效變化」[3]。《周易・繫辭上》云：

> 是故易有太極，是生兩儀，兩儀生四象，四象生八卦。

據此，其順向歷程顯然就可用「一、二、多」的結構來呈現，其中「一」指「太極」，「二」指「兩儀（陰陽）」，「多」指「四象生八卦（萬物）」（含人事）。如果對應於〈序卦傳〉由天而人、由人而天，亦即「既濟」而「未濟」之的循環來看，則此「一、二、多」，就可以緊密地和逆向歷程之「多、二、一」接軌，形成其螺旋結構。

　　這種螺旋結構，在《老子》一書中，不但可以找到，而且更完整，如：

> 道生一，一生二，二生三，三生萬物。萬物負陰而抱陽，沖氣以為和。（四十二章）

　　在此，老子的「一」該等同於《易傳》之「太極」、「二」該等同於《易傳》之「兩儀」（陰陽），因此所呈現的，和《周易》（含《易傳》）一樣，是「一、二、多」與「多、二、一」之原始結構。不過，值得一提的是：老子的「道」可以說是「無」，卻不等於實際之「無」（實零），

---

[3] 戴璉璋：「韓氏（康伯）在〈序卦傳〉下篇的注文中提到『先儒以〈乾〉至〈離〉為上經，天道也。〈咸〉至〈未濟〉為下經，人事也。』他認為這種說法是錯誤的。因為「夫《易》六畫成卦，三才必備，錯綜天人，以效變化。豈有天道、人事篇於上下哉？」天道人事雖不能機械地按上下經來區分，但是《周易》的作者的主要用心處，卻的確都在這裡，即在〈序卦傳〉，我們也可看出作者那種「錯綜天人，以效變化」的企圖。」見《易傳之形成及其思想》（臺北市：文津出版社，1989 年 6 月臺灣初版），頁 187。

而是「恍惚」的「無」(虛零)，以指在「一」之前的「虛理」[4]。這種「虛理」，如勉強以「數」來表示，則可以是「(0)」。這樣，順、逆向的結構，就可調整為「(0)一、二、多」(順)與「多、二、一(0)」(逆)，以補《周易》(含《易傳》)之不足，這就使得宇宙萬物創生、含容的順、逆向歷程，更趨於完整而周延了[5]。

　　此種螺旋結構由於屬「普遍性之存在」[6]，所以其適用面是極廣的。就以篇章來看，其四大規律—秩序、變化、聯貫、統一，就完全切合於「多、二、一(0)」的邏輯結構的。其中「秩序與變化」，相當於「多」(多樣)，即「多樣的二元對待」；「聯貫」，以其根本而言，相當於「二」(陽剛、陰柔)；而「統一」則相當於「一(0)」。如此由「多樣」(多樣的二元對待)而「二」(剛柔互濟)而「統一」，凸顯了篇章的四大規律所形成的，不是平列的關係，而是「多、二、一(0)」的邏輯結構。由於一篇辭章之節奏與韻律，是由其章法單元或結構單元之「移位」或「轉位」所形成的，因此篇章的四大律與這種「多、二、一(0)」的邏輯結構，也完全適用於其篇章之節奏與韻律之上[7]，也就是說，它們是一而二、二而一的關係。

　　如果將這種「多、二、一(0)」落到篇章結構[8]或風格(含節韻律、

4　唐君毅：《中國哲學原論・導論篇》(香港：人生出版社，1966 年 3 月出版)，頁 350-351。

5　陳滿銘：〈論「多」、「二」、「一(0)」的螺旋結構——以《周易》與《老子》為考察重心〉，臺灣師大《師大學報・人文與社會類》48 卷 1 期 (2003 年 7 月)，頁 1-20。

6　王希杰：「陳教授的專長是詩詞學，非常具體。章法學則要抽象多了。這部著作(即〈「多」、「二」、「(0)」一螺旋結構論——以哲學、文學、美學為研究範圍〉)，就更抽象了。……我以為本書很值得一讀，因為這個螺旋結構是普遍性的存在，值得重視。」見王希杰：《吳希杰博客・書海採珠》(2008 年 1 月)，頁 1。

7　陳滿銘：〈論章法「多、二、一(0)」結構的節奏與韻律〉，臺灣師大《國文學報》33 期 (2003 年 6 月)，頁 81-124。

8　已確定的章法有四十多種，見陳滿銘：《章法學綜論》(臺北市：萬卷樓圖書公司，2003 年 6 月初版)，頁 17-51。

境界等）上來說，則所有核心結構[9]以外的其他結構，都屬於「多」；
而其核心結構所形成之「二元對待」，自成陰與陽而「相反相成」，以
徹下徹上，形成結構之「調和性」（陰）與「對比性」（陽）的[10]，是屬
於「二」；至於辭章之「主旨」或由「統一」所形成之一篇風格（包括
韻律、氣象、境界等），則屬於「一（0）」。值得一提的是，以（0）來
指辭章之一篇風格（包括韻律、境界等）的抽象力量，是極其合理的。

二　篇章風格中剛柔成分之量化

　　作為一般術語，風格是指「作風、風貌、格調，是各種特點的綜合
表現」，而這種表現是多方面的，有建築風格，雕塑風格、音樂風格、
服裝設計風格、藝術風格，文學風格等[11]。即以其中的文學風格而言，
又有文體、作家、流派、時代、地域、民族和作品等風格之異[12]。如再
就其中之一篇作品來說，則又有內容與形式（藝術）風格的不同，而形
式（藝術），更有文法、修辭和章法（含篇法）等風格之別。

　　從文學風格來看，在我國，自曹丕〈典論論文〉與劉勰《文心雕龍》
開始，對風格概念，就探討、發展得很好，這可由傳統有關的許多論著
中得知，而所探討的，大體而言，不外是作家風格、作品風格或辭章風
格。而對其中之作品風格，大都僅就整體來作綜合探討，卻較少分為內
容與形式加以析論，也十分自然地，從文法、修辭和章法等角度來推求
其風格的，便更少見，甚至完全看不到。其中章法風格，就是如此；這

9　陳滿銘：〈論章法「多、二、一（0）」的核心結構〉，臺灣師大《師大學報・人文與
　　社會類》48 卷 2 期（2003 年 12 月），頁 71-94。
10　《章法學綜論》，頁 341-352。又見仇小屏：〈論辭章法的對比與調和之美〉，《辭
　　章學論文集》上冊（福州市：海潮攝影藝術出版社，2002 年 12 月一版一刷），頁 78-
　　97。
11　《漢語風格學》，頁 3。
12　《文學風格例話》，頁 1-290。

是由於一直未注意到篇章或章法是建立在「陰陽二元對待」的基礎之上
的緣故。

　　直接由「陰陽二元對待」所形成之母性風格，是「剛」與「柔」。
而我國涉及此「剛」與「柔」的特性來談風格，而又強調用它們來概括
各種風格的，首推清姚鼐的〈復魯絜非書〉：

> 鼐聞天地之道，陰陽剛柔而已。文者，天地之精英，而陰陽剛柔
> 之發也。……其得於陽與剛之美者，則其文如霆，如電，如長風
> 之出谷，如崇山峻崖，如決大川，如奔騏驥；其光也，如杲日，
> 如火，如金鏐鐵；其於人也，如憑高視遠，如君而朝萬眾，如鼓
> 萬勇士而戰之。其得於陰與柔之美者，則其文如升初日，如清風，
> 如雲，如霞，如煙，如幽林曲澗，如淪，如漾，如珠玉之輝，如
> 鴻鵠之鳴而入寥廓；其於人也，漻乎其如嘆，邈乎其如有思，暖
> 乎其如喜，愀乎其如悲。觀其文，諷其音，則為文者之性情形狀
> 舉以殊焉。且夫陰陽剛柔，其本二端，造萬物者糅而氣有多寡、
> 進絀，則品次億萬，以至於不可窮，萬物生焉。故曰：一陰一陽
> 之為道。夫文之多變，亦若是已。

而周振甫在《文學風格例話》中對它作了如下闡釋：

> 在這裡，姚鼐把各種不同風格的稱謂作了高度的概括，概括為陽
> 剛、陰柔兩大類。像雄渾、勁健、豪放、壯麗等都歸入陽剛類，
> 含蓄、委曲、淡雅、高遠、飄逸等都可歸入陰柔類。……陽剛陰
> 柔可以混雜，在混雜中，陰陽之氣可以有的多有的少，有的消有

的長，這就造成風格的各種變化。[13]

可見風格之多樣，是由「剛」與「柔」的「多寡進紲」（多少、消長）
而形成的，因此多樣的風格，可以概括為陽剛、陰柔兩大類，以其
「剛」與「柔」之「多寡進紲」（多少、消長）而形成各種不同的風格。

　　如上所述，章法與章法結構，既然是建立在「陰陽二元對待」，亦
即「剛」與「柔」互動的基礎之上的，當然與「剛柔」風格就有直接之
關係。而由章法與章法結構來解釋「剛柔」風格之形成，也自然最為利
便。因此要談章法風格之形成，就必須從章法本身與章法結構之陰陽、
剛柔來探討。

　　先就章法本身之陰陽、剛柔來看，由於所有章法，無論是調和性或
對比性的，都以「一陰一陽」對待而形成，所以每一章法本身即自成陰
陽、剛柔。大抵而論，屬於本、先、靜、低、內、小、近……的，為
「陰」為「柔」，屬於末、後、動、高、外、大、遠……的，為「陽」
為「剛」[14]。這樣以「陰陽」或「剛柔」來看章（篇）法，則所有以「陰
陽二元」為基礎而形成的章（篇）法，都可辨別它們的陰陽或剛柔。譬
如：

　　本末法：以「本」為陰為柔、「末」為陽為剛。
　　虛實法：以「虛」為陰為柔、「實」為陽為剛。
　　賓主法：以「主」為陰為柔、「賓」為陽為剛。

---

13 同前註，頁 13。
14 陳望衡：「《周易》中的剛柔也不只是具有性的意義，它也用來象徵或概括天地、日
　月、晝夜、君臣、父子這些相對立的事物。而且，剛柔也與許多成組相對立的事物
　性質相連屬，如動靜、進退、貴賤、高低……剛為動、為進、為貴、為高；柔為
　靜、為退、為賤、為低。」見《中國古典美學史》（長沙市：湖南教育出版社，1998
　年 8 月一版一刷），頁 184。

正反法：以「正」為陰為柔、「反」為陽為剛。

因果法：以「因」為陰為柔、「果」為陽為剛。

凡目法：以「凡」為陰為柔、「目」為陽為剛。

以此類推，每種章法都各有其陰陽或剛柔，這樣，對風格之形成，便打好了最佳基礎。

　　以此為基礎，再配合章法本身之調和性（陰柔）或對比性（陽剛），就可約略推得它們的陰陽或剛柔來。大致說來，在四十多種章法中，除了貴與賤、親與疏、正與反、抑與揚、立與破、眾與寡、詳與略、張與弛……等，比較容易形成「對比」外，其他的，如遠與近、大與小、高與低、淺與深、賓與主、虛與實、平與側、凡與目、縱與收、因與果……等，都極易形成「調和」的關係。

　　再從章法結構之陰陽、剛柔來看，這就涉及了章法單元與結構單元的「移位」與「轉位」的問題[15]。先就章法單元來說，所謂的「移位」，是指章法二元本身所形成的順向或逆向運動，如「正 → 反」（順）、「反 → 正」（逆）或「凡 → 目」（順）、「目 → 凡」（逆）等便是；而所謂的「轉位」，是指章法二元本身所形成的往復（合順、逆為一）運動，如「破 → 立 → 破」、「主 → 賓 → 主」、「實 → 虛 → 實」、「果 → 因 → 果」等便是。後就結構單元來說，所謂的「移位」，是指章法結構所形成的順向或逆向運動，如「先立後破 → 先本後末」、「先點後染 → 先近後遠」、「先昔後今 → 先抑後揚」等便是；所謂的「轉位」，是指章法結構所形成的往復（合順、逆為一）運動，如「正 → 反」與「反 → 正」、「大 → 小」與「小 → 大」、「平 → 側」與「側 → 平」等便是。而這種「移位」與「轉位」，雖然二者同是指「力」（勢）的變化，但

15　〈論辭章章法的移位、轉位及其美感〉，《辭章學論文集》上冊，頁117-122。

是在程度上是有所不同的，亦即變化強度較弱者為順向之「移位」，較強者為逆向之「移位」，而變化強度最激烈者為「轉位」之「拗」[16]，也因為這樣，「移位」（順與逆）與「轉位」（拗）所形成的章法風格與所帶出的美感，也是有差別的。而推動這些運動的，是陽剛與陰柔之二元力量，如就全篇之「多、二、一（0）」來看，則都是由其核心結構發揮徹下徹上之作用，逐層予以統合的。

　　這樣看來，章法結構之陽剛或陰柔的強度（「勢」[17]），當受到下列幾個因素的影響：

（一）章法本身的陰柔、陽剛屬性，如「近」為陰柔、「遠」為陽剛，「正」為陰柔、「反」為陽為剛，「凡」為陰柔、「目」為陽剛。

（二）章法結構的調和、對比屬性，如淺與深、賓與主、凡與目等形成調和，而正與反、抑與揚、立與破等則形成對比。

（三）章法結構之變化，如「移位」之「順」、「逆」與「轉位」之「拗」。其中「順」屬原型，「逆」與「拗」屬變型。

（四）章法結構之層級，如上層、次層、三層……底層等。

（五）章法「多、二、一（0）」的核心結構。

　　以上幾個因素，對於陰陽、剛柔之「勢」（力量）之「消長」影響極大，而這所謂的「勢」，可用涂光社在《因動成勢》中的說法來說明：

---

16 以「轉位」為「拗」，見陳滿銘：〈章法風格論——以「多、二、一（0）」結構作考察〉，《溫州師範學院學報》27 卷 1 期（2006 年 2 月），頁 49-54。

17 涂光社：「他們（按：指藝術家）或隱或顯地把宇宙萬物，尤其是把一切藝術表現物件都理解為不斷運動變化的存在，乃至是與自己心靈相通的有生命有個性的活物。他們總是企求體察和反映出物態中存在的這種靈動之『勢』。」見《因動成勢》（南昌市：百花洲文藝出版社，2001 年 10 月一版一刷），頁 256。

「勢」有「順」有「逆」。「順」指其運動方式和取向與審美主
體的心理傾向或思維習慣協調一致，能使欣賞者有意氣宏深盛
壯、淋漓暢快的感受；「逆」則是其運動方式和取向與審美主體
的心理傾向或思維習慣相抵觸、相違背，於是波瀾陡起，衝突、
騷動和搏擊成為心態的主導方面。[18]

　　準此以觀，「順勢」較渾成暢快，「逆勢」較激盪騷動；「拗勢」則
自然地，比起順、逆來，更為渾成暢快、激盪騷動。而這些「勢」的本
身，雖然也有其陰陽（以弱、小者為陰、強、大者為陽），卻不能藉以
確定章法結構之「陰」、「陽」，是完全要看結構內之運動而定的，如結
構是向「陰」而動，則加強的是陰柔之「勢」；如「結構」是向「陽」
而動，則加強的是陽剛之「勢」了。

　　如果這種推測正確，則可根據以上所述幾種因素所形成的「勢」之
大小強弱，約略地推算出一篇辭章剛柔成分之比例來。大抵而言，據上
述因素加以推定：

（一）每一結構所形成之陰陽流動，以起始者取「勢」之數為
　　　「1」（倍）、終末者取「勢」之數為「2」（倍）。
（二）將「調和」者取「勢」數為「1」（倍）、「對比」者取「勢」
　　　之數為「2」（倍）。
（三）將「順」之「移位」取「勢」之數為「1」（倍）、「逆」
　　　之「移位」取「勢」之數為「2」（倍）、「轉位」之「拗」
　　　取「勢」之數為「3」（倍）；而「拗」向「陽」者取「勢」
　　　之數為「1」（倍）、「拗」向「陰」者取「勢」之數為「2」

---

18 同前註，頁 265。

（倍）。[19]

（四）將處「底層」者取「勢」之數為「1」（倍）、「上一層」
　　　者取「勢」之數為「2」（倍）、「上兩層」者取「勢」
　　　之數為「3」（倍）……以此類推。

（五）以核心結構一層所形成「勢」之數為最高，過此則「勢」
　　　之數（倍）逐層遞降。

雖然這些「勢」之數（倍），由於一面是出自推測，一面又為了便於計
算，因此其精確度是不足的，卻也已約略可藉以推測出一篇辭章剛柔成
分之比例來[20]。以下就根據以上五點敘述，且將陰陽之「勢」數基準予
以表格化[21]，如表一：

表一　陰陽「勢」數基準表

項目（章法） 陰陽勢數	陰	陽
（1）起始	1	
（1）終末		2
（2）調和	1	
（2）對比		2
（3）順移位	1	
（3）逆移位		2
（4）陽拗×轉位「勢」		2×3=6
（4）陰拗×轉位「勢」	1×3=3	
（5）總和	9	9
百分比	50%	50%

19　「拗」向「陰」或「陽」部分，乃參酌仇小屏與謝奇懿之意見加以增訂。
20　以上見陳滿銘：〈章法風格論──以「多、二、一（0）」結構作考察〉，頁49-54。
21　以下表格，由臺灣師大華語文教學研究所碩士蕭蕙茹所繪製。

　　由上表可知陰陽「勢」數基準為百分之五十（50%）。也可進一步根據以上數據會製成圖，以觀察陰陽勢數比例變化，如下圖圖一所示：

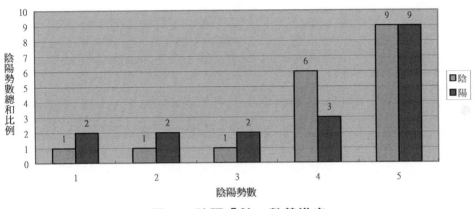

圖一　陰陽「勢」數基準表

　　而且大概而言，可由這種剛柔成分比例之高低，分為如下三等：

　　　　（一）首先為純剛或純柔：其「勢」之數為「 66.66％ → 71.43％ 」。
　　　　（二）其次為偏剛或偏柔：其「勢」之數為「 54.78％ → 66.65％ 」。
　　　　（三）又其次為剛柔互濟：其「勢」之數為「 45.23％ → 54.77％ 」。

　　其中「71.43％」是由轉位結構的陰陽之比例「5/7」推得，這可說是陰陽之比例之上限；而「66.66％」是由移位結構的陰陽之比例「2/3」推得，這可說是陰陽之比例之中限；至於「45.23％」與「54.77％」是以「50」為準，用上限與中限之差數「4.77」上下增損推得。茲分別表示如下：

　　　　（一）從轉位結構的陰陽比例，來看陰陽比例之上限，如下表表二所示：

表二　轉位結構之陰陽比例

陰陽勢數 項目（章法）	陰	陽
順移位	1	
逆移位		2
陽拗×轉位「勢」	2×3=6	
陰拗×轉位「勢」		1×3=3
總和	7	5

由上表得知，陰陽比例之上限為 5/7，約 71.43％。

（二）從移位結構的陰陽比例，來看陰陽比例之中限，如下表圖三所示：

表三　移位結構之陰陽比例

陰陽勢數 項目（章法）	陰	陽
順移位×陰拗「勢」	1×3	
逆移位×陽拗「勢」		2×1
總和	3	2

由上表得知，陰陽比例之中限為 2/3，約 66.66％。

由表二、表三推出陰陽之上限和中限之差為 71.43 - 66.66=4.77，又從表一看出陰陽勢數基準為 50，由此可推估陰陽之比例上限、中限、與下限，此亦為辭章剛柔的成分。如果取整數並稍作調整，則可以是：

（一）純剛、純柔者，其「勢」之數為「 66％ → 72％ 」。
（二）偏剛、偏柔者，其「勢」之數為「 56％ → 65％ 」。

（三）剛、柔互濟者，其「勢」之數為「45% → 55%」。[22]

據此可用下圖圖二來呈現：

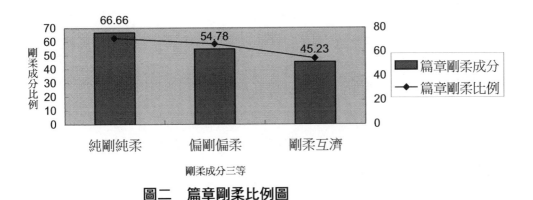

圖二　篇章剛柔比例圖

如此初步為姚鼐「夫陰陽剛柔，其本二端，造萬物者糅而氣有多寡、進絀則品次億方，以至於不可窮，萬物生焉」的說法，作較具體的印證。

第二節　實例舉隅

茲舉唐詩與宋詞各兩首為例，透過章法結構，對其篇章風格中剛柔成分試予量化，並略作說明，以見一斑：

一　以唐詩為例

在此，首先看王維的〈送梓州李使君〉詩：

22 陳滿銘：〈章法風格中剛柔成分的量化〉，《國文天地》19 卷 6 期（2003 年 11 月），
　　頁 86-93。

萬壑樹參天，千山響杜鵑。山中一夜雨，樹杪百重泉。漢女輸橦布，巴人訟芋田。文翁翻教授，不敢倚先賢。

　　此乃「一首投贈詩，是寫當地（梓州）的風景土俗，並寓歌頌之意」[23]。它採「先實後虛」的結構寫成：「實」的部分，含前三聯，先以開端四句，寫「梓州」遠近之風景，再以「漢女」二句，寫「梓州」特別之土俗。其中「萬壑」二句，一訴諸視覺，一訴諸聽覺，來寫遠景；「山中」二句，藉「先久後暫」的結構，以寫近景：「漢女」二句，用「先正後反」的條理，來寫土俗。而「虛」的部分，則為末二句，以「寓歌頌之意」作結。這樣一路寫來，可說「切地、切事、切人」，十分得法。對此，喻守真詳析云：

　　　　此詩首四句是懸想梓州山林之奇勝，是切地。同時頷聯重複「山樹」二字，即是謹承起首「千山萬壑」而來。律詩中用重複字，此可為法。頸聯特寫「巴人漢女」，是敘蜀中風俗，是切事。有此一聯就移不到別處去。結尾尋出文翁治蜀化民成俗，是切人，以文翁擬李使君，官同事同，是很好的影戲，是切人。這兩句意謂梓州地雖僻陋，然在衣食既足之時，亦可施以教化，不能以人民之難治，就改變文翁教授之政策，想來梓州人民亦不敢倚仗先賢而不遵使君的命令。[24]

23 喻守真：《唐詩三百首詳析》（臺北市：臺灣中華書局，1996 年 4 月臺二三版五刷），頁 147。
24 同前註，頁 148。

解析得很深入，有助於對此詩的了解。附結構分析表如下：

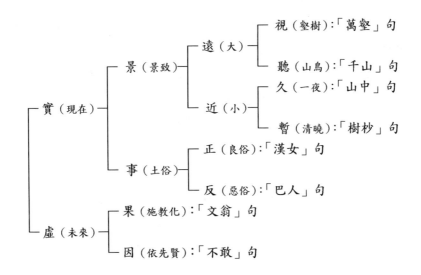

如單以剛柔成分之量化來呈現，則如下表：

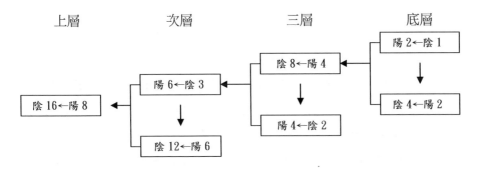

此詩之結構由四層重疊而組成：它最上層之「先實後虛」（逆、移位）乃其核心結構[25]，其「勢」之數為「陰16、陽8」；次層有「先景

25　〈論章法「多、二、一（0）」的核心結構〉，頁71-94。

後事」（順）、「先果後因」（逆）等兩個「移位」結構，其「勢」之數為「陰 15、陽 12」；三層有「先遠後近」（逆）、「先正後反」（順、對比）等兩個「移位」結構，其「勢」之數為「陰 10、陽 8」；底層有「先視覺後聽覺」（順）、「先久後暫」（逆）等兩個「移位」結構，其「勢」之數為「陰 5、陽 4」。總結起來看，此篇所形成之「勢」，其數為「陰 46、陽 32」，如換算成百分比（四捨五入），則為「陰 59、陽 41」。這是非常接近「剛柔互濟」的「偏柔」風格。

　　如此，對應於「多、二、一（0）」結構來看，則次層以下之結構（「景事」、「因果」、「遠近」、「正反」、「視聽」、「久暫」等各一疊）為「多」，它們由下而上地藉層層結構之陰陽流動與呼應，將「勢」形成層層節奏（韻律），以支撐上層的「先實後虛」之結構，而此核心結構即為關鍵性之「二」，它一面徹下以統合「多」，一面又歸根於「一（0）」，以「寫當地（梓州）的風景土俗，並寓歌頌之意」，而呈現「柔中帶剛」的風格。關於這點，周振甫分析云：

> 　　對王維這首詩的前四句，紀昀評為「高調摩雲」，許印芳評為「筆力雄大」，可歸入剛健的風格。值得注意的是，許印芳提出王維這類詩，兼有清遠、雄渾兩種風格，就意味講是清遠的，像寫既有萬壑的參天大樹，又有千山的杜鵑啼叫。經過一夜雨，看到山上的百重泉水。這裡正寫出山中雄偉的自然景象，沒有一點塵囂，透露出清遠的意味來。但從自然的景物看，又是氣勢雄渾的。假使不能賞識這種清遠的意味，就不能讚賞這種自然景物，寫不出雄渾的風格來。這個意見是值得探討的。[26]

26　《文學風格例話》，頁 49。

內容情意，亦即「意味」，就辭章而言，是決定一切的根源力量，也就是「意象」之「意」；而「景象」則為「意象」之「象」[27]。既然本詩就「意味講是清遠的」、景象講是「雄渾」的，那麼這首詩就當以「清遠」（陰柔）為主、「雄渾」（陽剛）為輔，也就是說此詩的風格是「清遠中有雄渾」的。假如這種看法沒錯，則由模式探索所推出來的剛柔流動之「勢」，正好可解釋這種現象。大致說來，這首詩雖說偏於「陰柔」，即「柔中帶剛」，卻可算接近於「剛柔互濟」；而「剛柔互濟」，在中國美學中是受到極高之推崇的[28]。

其次看杜甫的〈登樓〉詩：

> 花近高樓傷客心，萬方多難此登臨。錦江春色來天地，玉壘浮雲變古今。北極朝廷終不改，西山寇盜莫相侵。可憐後主還祠廟，日暮聊為〈梁甫吟〉。

這首詩是作者傷時念亂的作品，他一開始便把一因一果的兩句話倒轉過來，敘先因「萬方多難」而「登樓」，次由「登樓」而見「花近高樓」（樓外春色），末由見「花近高樓」而「傷客心」，開門見山地將一篇之主旨「傷客心」拈出；這是「凡」的部分。接著先以三、四兩句，用「先低後高」的結構，寫「登臨」所見之樓外春色；這是「目」之一；再以五、六兩句，寫「萬方多難」；這是「目」之二。最後藉尾聯，承「傷客心」，寫「登臨」所感，發出當國無人的慨歎，蘊義可說是極其深婉的；這是「目」之三。這很顯然的，是在篇首便點明主旨（綱領），然後依此分述的，所謂「綱舉目張」，條理都清晰異常。對此內容，喻

27　陳滿銘：〈意象「多」、「二」、「一（0）」螺旋結構論──以哲學、文學、美學作對應考察〉，《濟南大學學報‧社會科學版》17 卷 3 期（2007 年 5 月），頁 47-53。

28　《中國古典美學史》，頁 186-187。

守真作了如下說明：

> 本詩首四句是敘登樓所見的景色，正因「萬方多難」，故傷客心，
> 春色依舊，浮雲多幻，是用來比喻時事的擾攘。頸連上句是喜神
> 京的光復，下句是懼外患的侵陵，一憂一懼，曲曲寫出詩人愛國
> 的心理。末聯是從樓頭望見後主祠廟，因而引起感喟，以謂像後
> 主的昏庸，人猶奉祀，可見朝廷正統，終不致被夷狄所改變也。
> 末句隱隱說出自己的懷抱，大有澄清天下的氣概。少陵一生心
> 事，在此詩中略露端倪。[29]

他把這首詩的涵義，闡釋得極其清楚。附結構分析表：

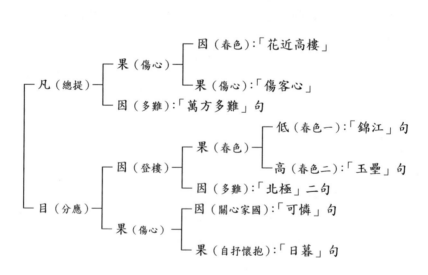

29　《唐詩三百首詳析》，頁 233-234。

如單以陰陽結構來呈現，則如下表：

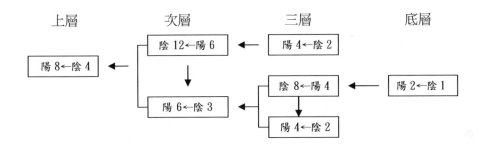

此詩含四層結構：其底層有「先低後高」（順）的「移位」結構，其「勢」之數為「陰 1、陽 2」；三層有二疊「先因後果」（順）與一疊「先果後因」（逆）等「移位」結構，其「勢」之數為「陰 12、陽 12」；次層有「先果後因」（逆）、「先因後果」（順）等「移位」結構，其「勢」之數為「陰 15、陽 12」；上層以「先凡後目」（順、移位）為其核心結構，其「勢」之數為「陰 4、陽 8」。總結起來看，此詩所形成之「勢」，其數為「陰 32、陽 34」，如換算成百分比（四捨五入），則為「陰 48、陽 52」。顯然比起上一首來，更符合理想中的「剛柔互濟」風格，只不過，杜甫此作是些微偏剛的，與王維詩之稍稍偏柔者有所不同。

如此，對應於「多、二、一（0）」結構來看，則次層以下之結構（「因果」五疊、「高低」一疊）為「多」，它們由下而上地藉層層結構之陰陽流動與呼應，將「勢」形成層層節奏（韻律），以支撐上層的「先凡後目」結構，而此結構即為關鍵性之「二」，它一面徹下以統合「多」，一面又歸根於「一（0）」，以表出傷時念亂之情，並抒一己懷抱，呈現了「剛中帶柔」的風格。對此，周振甫以為：

這首詞（詩），從登樓所見，有錦江春色、玉壘山浮雲。從「傷

客心」裡聯繫到「萬方多難」，「寇盜」相侵，想到諸葛亮，用思深沈，所以說「雄闊高渾」，高即指用思深沈，而雄渾即屬於剛健的風格。這首詩，不光「錦江」一聯是剛健的，全詩的風格也是剛健的。[30]

對應於本詩「陰 48、陽 52」的「勢」之數來看，所謂「雄渾即屬於剛健的風格」，指的正是本詩的主要格調，而所謂「深沈」，則屬於陰柔的風格，指的該是本詩的輔助格調。而經模式探索，卻知道兩者非常接近，乃屬於「剛柔互濟」之作，這樣來看待這首詩，應是十分合理的。

二　以宋詞為例

在此，也舉兩首為例，略作說明，以見一斑。首先看蘇軾的〈卜算子〉詞：

> 缺月挂疏桐，漏斷人初靜。時見幽人獨往來，縹緲孤鴻影。　　驚起卻回頭，有恨無人省。揀盡寒枝不肯棲，寂寞沙洲冷。

這首詞題作「黃州定惠院寓居作」，為元豐五年十二月所作，是採「先底（賓）後圖（主）」的形式寫成的。

「底」（賓）的部分，為開篇二句，用「先天（自然）後人（人事）」的結構寫成。它先就視覺，寫月缺桐疏之景，此為「天（自然）」；再就聽覺，寫漏斷人靜之景，此為「人（人事）」。而這種景是極其寂寞的，正好襯托出作者此刻身無所寄的心境，而且也為「孤鴻」出現，安排好一個適當的環境。「圖」（主）的部分，為「時見」六句，用「先

---

30 《文學風格例話》，頁 54。

點後染」之結構，寫「孤鴻」之寂寞。其中「時見」二句為「點」、「驚起」四句為「染」。而所謂「幽人」，原為隱士，而在此卻指「孤鴻影」，因為高飛在空中的孤鴻，被「缺月」投影在沙洲之上，模糊成一團，在那裡來回移動，人遠遠地看去，很容易誤認為是個隱士，看久了，到最後才確定那是孤鴻之影。所以「時見」之主人翁，不是別人，而是作者自己。既然「幽人」是「孤鴻」之影，便以「影」為媒介，令作者把注意力由「影」投注到高飛於夜空的「孤鴻」身上。其中「驚起」二句，用「先具（事）後泛（情）」之結構，寫「孤鴻」有驚弓之恨，交代了牠所以高飛於空中的理由，這和作者不久前從「烏臺詩案」中撿回一條命，顯然是有關的，繆鉞以為此詞是：

> 東坡經歷烏臺詩案之後，貶居黃州，發抒其個人幽憤寂苦之情。[31]

這是很有見地的。而結尾二句，則以「先因後果」的結構，進一步寫「有恨」之「孤鴻」，尋尋覓覓，都不肯棲於寒枝，以致「寂寞」地在沙洲之上來往高飛。澄波解釋說：

> 牠不願棲息於高寒之枝，而甘願自守在冷漠的沙洲，遺憾的是當牠受驚回首之時，又有誰能理解牠心中隱含的淒恨和苦痛？這是蘇軾當時在官宦生涯中的實際遭遇。寒枝隱喻朝廷高位，沙洲猶如卑荒的黃州，作者以比興的手法出之，形象生動。[32]

---

31 繆鉞評析，見《唐宋詞鑑賞辭典》（上海市：上海辭書出版社，1999 年 1 月一版十五刷），頁 668。

32 澄波評析，見陳邦炎主編：《詞林觀止》上（上海市：上海古籍出版社，1994 年 4 月一版一刷），頁 286。

解釋得很明白。可見作者乃托鴻以寫自己，這樣透過幽獨之鴻來抒發自身幽獨之恨，風格會趨於「清俊」[33]，是很自然的事。附結構分析表供參考：

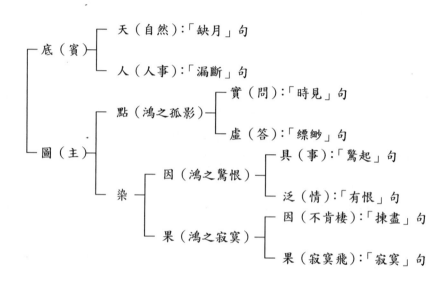

而將其剛柔成分加以量化，可呈現如下圖：

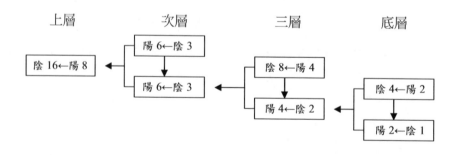

33 陳滿銘：〈論東坡清俊詞中剛柔成分之量化〉，《畢節師範高等專科學校學報》22 卷 1
期（2004 年 9 月），頁 11-18。

由上圖可知，此詞含四層結構：底層先以「先具後泛」形成逆向的移位
結構，其「勢」之數為「陰 4、陽 2」，再以「先因後果」形成順向的
移位結構，其「勢」之數為「陰 1、陽 2」；三層先以「先實後虛」形
成逆向的移位結構，其「勢」之數為「陰 8、陽 4」，再以「先因後果」
形成順向的移位結構，其「勢」之數為「陰 2、陽 4」；次層以「先天
後人」、「先點後染」再形成順向的移位結構，其「勢」之數為「陰 6、
陽 12」；上層以「先賓後主」又形成逆向的移位結構，其「勢」之數為
「陰 16、陽 8」。這樣累積成篇，其「勢」之數的總和為「陰 37、陽
32」，如換算成百分比（四捨五入），則為「陰 54、陽 46」[34]。

　　如此，對應於「多、二、一（0）」結構來看，則次層以下之結構
（「天人」、「點染」、「虛實」、「泛具」各一疊與二疊「因果」）為「多」，
它們由下而上地藉層層結構之陰陽流動與呼應，將「勢」形成層層節奏
（韻律），以支撐上層的「先賓後主」結構，而此核心結構即為關鍵性
之「二」，它一面徹下以統合「多」，一面又歸根於「一（0）」，以「發
抒其個人幽憤寂苦之情」，呈現了「清峻」的風格。而這風格，從「陰
54、陽 46」的量化結果看來，此詞中之剛柔成分相當接近，是屬於「剛
柔互濟」的作品。繆鉞說：

> 晚近人論詞多以「豪放」為貴，而推蘇軾為豪放之宗。這實在是
> 一種偏見。宋詞仍是以「婉約」為主流，而蘇軾詞的特長是「超
> 曠」，「豪放」二字不足以盡之。這首〈卜算子〉詞以及〈水調
> 歌頭〉（明月幾時有）……〈定風波〉（莫聽穿林打葉聲）等佳什，
> 都是「超曠」之作，同時也不失詞的傳統的深美閎約的特點。[35]

---

34 〈論東坡清俊詞中剛柔成分之量化〉，頁 11-18。
35 繆鉞評析，見《唐宋詞鑑賞辭典》，頁 668。

這種以「直觀」為主的看法，與「模式」為依據的結果，是可參照在一起看的，所謂「超曠」（柔）而不失「深美（柔）閎約（剛）」，即「柔中帶剛」的意思，而此「剛」之成分，顯然與繆鉞所謂「發抒其個人幽憤寂苦之情」，是有密切關係的。據「模式」探索之結果，這種「幽憤寂苦之情」所產生的「剛」成分與「超曠」之思所形成的「柔」成分十分接近，因此視為「剛柔互濟」的作品，是比較合理的。

其次看姜夔的〈暗香〉詞：

> 舊時月色。算幾番照我，梅邊吹笛。喚起玉人，不管清寒與攀摘。何遜而今漸老，都忘卻、春風詞筆。但怪得、竹外疏花，香冷入瑤席。　　江國、正寂寂。歎寄與路遙，夜雪初積。翠尊易泣，紅萼無言耿相憶。長記曾攜手處，千樹壓、西湖寒碧。又片片、吹盡也，幾時見得。

這闋詞題作「辛亥之冬，余載雪詣石湖。止既月，授簡索句，且徵新聲，作此兩曲。石湖把玩不已，使工妓隸習之，音節諧婉，乃名之曰〈暗香〉、〈疏影〉」。乃一首詠紅梅之作，作於光宗紹熙二年（1191），採「先實後虛」的結構寫成。「實」的部分，自開篇起至「吹盡也」止。其中先以起首五句，用「先反（昔盛）後正（今衰）」之結構，就梅花之盛，寫當年梅邊吹笛、喚人攀摘的雅事；這寫的是「反」（昔盛）。再以「何遜」四句，採「先全後偏」之結構，就梅花之衰，寫如今人老花盡、無笛無詩的境況；接著以「江國」六句，承「何遜」四句，仍就梅花之衰，反用陸凱詩意，寫路遙雪深、無從寄梅的惆悵；以上寫的是「正」（今衰）。然後以「長記」二句，用「先『反』（昔盛）後『正』（今衰）」之結構，先承篇首五句，透過回憶，藉當年攜遊西湖孤山所見梅紅與水碧相映成趣的景致，以抒發無限懷舊之情；再以「又片片、吹盡

也」句，就眼前，寫梅花落盡、舊歡難再的悲哀，回應「何遜」十句來寫。而「虛」部分即結尾一句，將時間伸向未來，發出「不知何時才能見得著」的感歎作結。作者就這樣以一實一虛、一盛一衰、一昔一今，作成強烈的對比來寫，將自己滿懷的今昔之感、懷舊之情，表達得極為婉轉回環，有著無盡的韻味。有人以為此詞托喻君國，事與徽、欽二帝北狩有關[36]，因無佐證，不予採納[37]。潘善祺以為此詞：

> 雖為憶友，然贈梅、觀梅、落梅，始終貫穿全詞，環繞本題。

並說：

> 此詞由昔而今，又由今而昔，憶盛歎衰，樂聚哀散。回環往復，
> 如蛟龍盤舞，曲盡情意，確是大家手筆。[38]

幾句話就指出了本詞的特色與成就。附結構分析表：

---

36 宋翔鳳：「詞家之有姜石帚，猶詩家之有杜少陵，繼往開來，文中關鍵。……《暗香》、《疏影》，恨偏安也。蓋意愈切，則詞愈微，屈、宋之心，誰能見之。」見《樂府餘論》，《詞話叢編》3（臺北市：新文豐出版公司，1988 年 2 月臺一版），頁2503。陳廷焯：「南渡以後，國勢日非。白石目擊心傷，多於詞中寄慨。不獨〈暗香〉、〈疏影〉二章，發二帝之幽憤，傷在位之無人也。特感慨全在虛處，無迹可尋，人自不察耳。」見《白雨齋詞話》卷二，《詞話叢編》4，頁 3797。

37 常國武：「此詞不過是借梅花的盛衰，抒發作者自己由年輕時的歡愉轉入老大的悲涼，以及自己與故人由當年共同賞梅到而今兩地乖隔、舊遊難再的恨惘而已，與亡國之恨毫無瓜葛。」見《新選宋詞三百首》（北京市：人民文學出版社，2000 年 1 月一版一刷），頁 403。

38 《詞林觀止‧上》，頁 590。

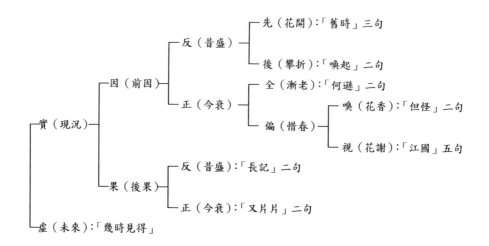

如單以陰陽結構來呈現，則如下表：

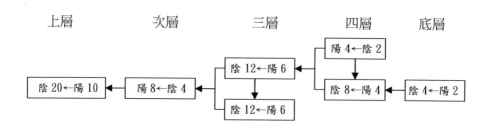

此詞含五層結構：它最上一層之「先實後虛」（逆、移位）為其核心結構，其「勢」之數為「陰20、陽10」；次層為「先因後果」（順）的「移位」結構，其「勢」之數為「陰4、陽8」；三層有「先反後正」（逆、對比）兩疊的「移位」結構，其「勢」之數為「陰24、陽12」；四層有「先先後後」（順）、「先全後偏」（逆）等「移位」結構，其「勢」之數為「陰10、陽8」；底層為「先嗅覺後視覺」（逆）的「移位」結構，其「勢」之數為「陰4、陽2」；將此五層加在一起，其「勢」之數總

共為「陰 62、陽 40」；如換算成百分比（四捨五入），則為「陰 61、陽 39」。可見這闋詞所形成的是「柔中寓剛」之偏柔風格，與純陰相當接近。

如此，對應於「多、二、一（0）」結構來看，則次層以下之結構（「因果」一疊、「正反」二疊與「先後」、「偏全」、「嗅聽」各一疊）為「多」，它們由下而上地藉層層結構之陰陽流動與呼應，將「勢」形成層層節奏（韻律），以支撐上層的「先實後虛」結構，而此核心結構即為關鍵性之「二」，它一面徹下以統合「多」，一面又歸根於「一（0）」，藉詠梅來寫今昔之感、懷舊之情，呈現了「柔中帶剛」的風格。周振甫說此詞：

> 借梅花來懷念伊人，表達了無限深情。句句不離梅花，但又在表達對伊人深切懷念的深情，所以是清空之作，這種感情清雅而富有詩意，所以又是騷雅的。[39]

這種「清空」、「騷雅」之說，源於張炎之《詞源》[40]，「清空」，主要是指風格；而「騷雅」，主要是說「另有寄託」，而劉揚忠指出：

> 白石詞同詞史上柔婉豔麗與雄放豪壯兩大類型皆有不同，他一洗華靡而屏除粗豪，別創一種清疏飄逸、幽潔瘦勁之體，用以抒發自己作為濁世之清客、出塵之高士的幽懷雅韻與身世家國之感。[41]

---

39 《文學風格例話》，頁 76。
40 張炎：「詞要清空，不要質實。清空則古雅峭拔，質實則凝澀晦昧。……白石詞如〈疏影〉、〈暗香〉、〈揚州慢〉……等曲，不惟清空，又且騷雅，讀之使人神觀飛越。」見《詞源》卷下，《詞話叢編》1，頁 259。
41 劉揚忠：《唐宋詞流派史》（福州市：福建人民出版社，1999 年 3 月一版一刷），頁 489。

他所說的「清疏飄逸、幽潔瘦勁」，當等同於「清空」，是指介於婉約
與豪放之間的一種風格。姜白石的這種風格，與其說是屬「剛柔互
濟」，不如說是「柔中寓剛」的。如以這首〈暗香〉剛柔成分之量化結
果來看，這種「柔中寓剛」（「陰60、陽40」）的偏柔風格，就表現得
相當明顯。

第三節　綜合探討

綜合以上詩、詞四首將其剛柔成分加以量化的結果，可分三層作綜
合檢討，以見章法與篇章結構互動的重要功用：

首先從剛柔成分「消長進絀」之幅度來看，它們可概括成下表：

詩、詞篇名	剛柔比例	剛柔類型
王維〈送梓州李使君〉	剛 41%，柔 59%	偏柔
杜甫〈登樓〉	剛 52%，柔 48%	剛柔互濟
蘇軾〈卜算子〉	剛 46%，柔 54%	剛柔互濟
姜夔〈暗香〉	剛 39%，柔 61%	偏柔

從上表可看出：上舉四首作品，它們經由章法結構所形成風格的剛
柔成分，以陽剛而言，介於 39% 與 52% 之間；而以陰柔而言，則相應
地介於 48% 與 61% 之間。若以上定「（一）純剛、純柔者，其「勢」
之數為『66%→ 72% 』；（二）偏剛、偏柔者，其「勢」之數為『56%
→ 65% 』；（三）剛、柔互濟者，其「勢」之數為『45%→ 55% 』」之
準則加以對照，則這四首詩、詞，除杜甫之〈登樓〉詩與蘇軾之〈卜算
子〉詞，屬「剛柔互濟」外，其他兩首均為「偏柔」之作。而其中姜夔
之〈暗香〉詞雖「柔中寓剛」，卻「柔」之「勢」顯然強很多，與「純陰」
之作非常接近，這種現象相當明顯。這樣看來，繆鉞所謂「宋詞仍是以

『婉約』為主流，而蘇軾詞的特長是『超曠』，『豪放』二字不足以盡之」[42]，是很有見地的。

其次就影響剛柔成分最大之內容主旨來看，上舉四首詩、詞的一篇內容主旨列出如下表：

詩、詞篇名	內容主旨
王維〈送梓州李使君〉	寫梓州的風景土俗，並寓歌頌之意、送別之情
杜甫〈登樓〉	寫登樓時自己對家國的關切與深沈的懷抱
蘇軾〈卜算子〉	寫高潔的孤鴻來抒發自身寂苦之情
姜夔〈暗香〉	寫對梅的愛惜來表達清雅之懷、思念之情

如就這種內容主旨看它們與剛柔成分之關係，首篇寫風景土俗偏於陽剛、歌頌之意與送別之情卻偏於陰柔，而成為「偏陰」之作；次篇關切家國偏於陽剛、懷抱深沈卻偏於陰柔，而成為「剛柔互濟」之作；三篇寫孤鴻之高潔偏於陰柔、自身之寂苦卻偏於陽剛，而成為「剛柔互濟」之作；末篇寫因惜梅所引起的清雅之懷、思念之情偏於陰柔，卻無明顯的內容義旨偏於陽剛，而成為接近「純陰」的「偏陰」之作。這樣看來，影響篇章風格的因素雖多，但單從其內容主旨來推測，就已可獲知大概了。直觀捕捉之所以有好成果，或許與此大有關連，因為內容義旨之捕捉，對直觀而言，是比較直接的。

42　《唐宋詞鑑賞辭典》，頁 668。以蘇軾之詞而言，一直以來確實都被歸入「豪放」一派，似乎他的主要詞篇，應該全屬陽剛之作才對。但是，最足以代表他生命情調的清峻詞，其中的剛柔成分卻「柔」多於「剛」。這該是因為蘇軾之清峻詞，大都以「幽獨」為其骨髓。而「幽獨」本身，又以「幽」為因為柔、「獨」為果為剛。因為品格幽潔的人，常人既無法了解他，而他又不肯與流俗妥協，以至於終生都孤獨自守。這樣形之於文辭，往往就形成清（陰）峻（剛）的風格。由於東坡一生，「幽獨」的情懷特別強烈，所以清峻風格在他的詞裡，也表現得最為出色。而〈卜算子〉即為其中著名之一首。見陳滿銘：〈論東坡清俊詞的章法風格〉，臺南《宋代文學研究叢刊》9 期（2004 年 7 月），頁 311-344。

　　最後從直觀表現累積與模式探討成果之比較來看，其概略情形如下表：

詩、詞篇名	直觀表現累積	模式探索成果
王維〈送梓州李使君〉	「清遠」、「雄渾」	「清遠」（柔 59%）中有「雄渾」（剛 41%）：偏柔
杜甫〈登樓〉	「剛健」含「深沈」	「剛健」（剛 52%）中有「深沈」（陰 48%）：剛柔互濟
蘇軾〈卜算子〉	「超曠」、「深美閎約」	「超曠」、「深美」（柔 54%）中有「閎約」（剛 46%）：剛柔互濟
姜夔〈暗香〉	「清疏飄逸」、「幽潔瘦」	「清疏、飄逸、幽潔」（柔勁」61%）中有「瘦勁（剛 39%）：偏柔

　　在我國，自曹丕〈典論論文〉與劉勰《文心雕龍》開始，對風格概念，就加以探討，而特別涉及「剛」與「柔」的特性來談風格的，則較晚，如南朝梁鍾嶸的《詩品》、唐司空圖的《二十四詩品》、宋嚴羽的《滄浪詩話》等，它們所談的風格，就有與「剛」、「柔」相接近或類似的，卻還沒直接提到「剛」與「柔」；就是明末清初的黃宗羲在〈縮齋文集序〉裡，固然以陰陽之氣論文，與「剛柔」有關，也一樣未直接提到「剛柔」[43]；真正明白地提到「剛」與「柔」，而又強調用它們來概括各種風格的，首推清姚鼐的〈復魯絜非書〉，因此周振甫即指出：「姚

43　于民、孫通海：「以陽剛陰柔論文之美，早已有之，但大都不甚直接、明確、系統。到了明末至清代中期，這個問題就有了明顯的發展和反映。其代表作家是清初的黃宗羲與清代中期的姚鼐。黃宗羲的觀點……是崇陽而貶陰，以陽為陰制、陽氣突發為迅雷而論至文。」見《中國古典美學舉要》（合肥市：安徽教育出版社，2000 年 9 月一版一刷），頁 962。

鼎把各種不同風格的稱謂，作了高度的概括，概括為陽剛、陰柔兩大類。像雄渾、勁健、豪放、壯麗等都歸入陽剛類，含蓄、委曲、淡雅、高遠、飄逸等都可歸入陰柔類」[44]。這就把前人以「直觀表現」為主的傳統成果作了一個總結，由此可大致看出它的重要性來。當然「直觀表現」與「模式探索」兩者，是不能截然劃分的，也就是說：「直觀」中往往有「模式」、「模式」中往往有「直觀」，這種天、人互動之作用是無法避免的。不過由於「模式探索」，一直以來，還沒達到將其中「剛柔成分」加以「量化」之地步，所以在這一方面便沒有太大的突破。為此，這次大膽地作初步之突破，透過章法結構，呈現「模式探索」之現階段嘗試，而又為凸顯此一「突破」，特將前此之成果，直接概括為「直觀表現」，與此次大膽之「模式探索」進行比較。比較結果可看出：「直觀表現」雖對作品風格之「稱謂」有了成果，卻無法確知其剛柔之「勢」的強弱、多寡；「模式探索」雖推知其風格剛柔之「勢」的強弱、多寡，卻無法由此直接推得作品風格之「稱謂」。這樣看來，「模式探索」既使有「有理可說」的好處，卻必須置基於「直觀表現」之上，才能對作品之篇章風格作更佳的審辨。

　　綜上所述，可知篇章風格之形成，乃奠基於陰陽二元（陰柔、陽剛）的章法結構，經由其「移位」（順、逆）、「轉位」（拗）與「調和」、「對比」之作用，以形成「多、二、一（0）」之篇章結構的。本文即以此為依據，對整體結構之陽剛與陰柔消長的情形，進行探討，先試予量化，再將這種模式探索之結果對應於傳統直觀表現之結晶作進一步的觀察。結果發現：在篇章風格之審辨上，既要重視後天章法「模式探索」的研究成果，也不可忽略發自先天「直觀表現」的經驗累積。雖然受限於時間與篇幅，只舉詩、詞各二首為例加以說明而已，卻所謂「以個別

---

44 《文學風格例話》，頁 13。

表現一般，以單純表現豐富，以有限表現無限」[45]，尚可藉以看出兩者之互動關係。如此在「直觀」之外開拓「模式」之空間，以求「有理可說」，相信是大有必要，而且將是大有可為的。

---

[45] 葉朗：《中國美學史大綱》（臺北市：滄浪出版社，1986 年 9 月初版），頁 26。

第七章
章法與修辭藝術

摘要

人類的一切活動離不開思維，辭章創作亦不例外。它是結合「形象思維」、「邏輯思維」與「綜合思維」所形成的。而這三種思維，各有所主。就「形象思維」而言，主要訴諸各種偏於主觀的聯想、想像，而使個別意象得以形成並有所表現；就「邏輯思維」而言，主要訴諸偏於客觀的聯想、想像，而使意象群得以組織起來；就「綜合思維」而言，主要訴諸主、客觀的聯想、想像，合形象思維與邏輯思維而為一，而產生「以意統象」的效果，使整體意象得以統合在一起。本文即以此切入，針對章法與修辭藝術，舉例加以探討，以凸顯兩者之異同所在。

關鍵詞：章法、修辭藝術、意象（思維）系統、邏輯思維、形象思維

　　章法與修辭，歸本於思維方式來看，前者著眼的是篇章的組織條理，重在客觀性的邏輯思維；後者著眼的是字句的修飾藝術，重在主觀性的形象思維。王德春說：「認為辭章是結合『形象思維』與『邏輯思維』而形成的，這是正確的看法。……又認為修辭學主要以形象思維為對象，章法學主要以邏輯思維為對象，這大體上也是正確的看法。」[1] 可見這樣來看待章法與修辭，是可以被接受的。而且「實際上，它們（章法與修辭、邏輯與形象）也是感性和理性相結合的。任何話語，既可表達理性的邏輯思維，也可表達感性的形象思維。」[2] 即以「章法」而言，雖著眼於篇章，卻以「字句」為基礎；以「修辭」而言，雖著眼於字句，卻可擴及於「篇章」。因此本節以此為重心，先探討「意象系統中邏輯與形象的思維」，再分別解析「邏輯思維」與「形象思維」在章法結構與修辭藝術中的呈現，然後說明「章法邏輯」與「修辭形象」在辭章中的互動現象，以見「章法」與「修辭藝術」間「異中有同」、「同中有異」之密切關係。

第一節　意象系統與邏輯、形象思維

　　意象是以「思維力」為其重心，而形成其系統的。而「思維力」之主要內容有「觀察」、「記憶」、「聯想」、「想像」與「創造」等。其中「觀察力」是為「思維力」而服務，「記憶力」乃用以記憶「觀察」以累積「思維」之所得，「聯想力」是「思維力」的初步表現，而「想像力」則是「思維力」的更進一步呈顯，以主導「形象」、「邏輯」與「綜合」三種思維。其中作比較偏於主觀聯想、想像的，屬「形象思維」[3]；作比較偏於客

1　王德春：〈適應語言學發展趨勢的論著——評陳滿銘教授的辭章學〉，《陳滿銘與辭章章法學》（臺北市：文津出版社，2007 年 12 月一版一刷），頁 49。

2　同前註。

3　胡有清：「所謂形象思維，指的是以客觀事物的形象信息為基礎，經過分解、轉化、

觀聯想、想像的，屬「邏輯思維」[4]；而兩者形成「二元」，是兩相對待的。至於合「形象」、「邏輯」兩種思維為一的，則為「綜合思維」，用於進一步表現「綜合力」，以發揮「創造力」。因此，它們的關係可用如下結構來表示：

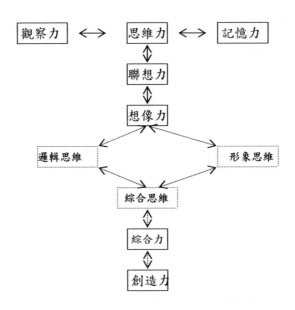

如此，「思維力」先由「形象思維」、「邏輯思維」與「綜合思維」之互動而衍生各種「特殊能力」，然後綜合由各種「特殊能力」之互動而產生「創造力」，形成創造性之「思維系統」，以凸顯了創作（寫）的順向過程，這是人所以能作「直觀表現」之先天憑藉，而這種憑藉，

組合等演化過程，創造出新的形象。這是一種始終不捨棄事物的具體型態及形象，並以其為基本形式的思維方式。」見《文藝學論綱》（南京市：南京大學出版社，2002 年 7 月初版六刷），頁 160。

4　胡有清：「抽象思維側重於對客觀事物本質屬性的理解和認識。思維主體儘管也有自己的個性特徵，但一般總要納入一定的模式範疇，總能用明晰的語言加以說明。」見《文藝學論綱》，頁 171。

是必須經由後天之「模式探討」，亦即「辭章研究」作逆向的鑑賞（讀）
之追溯，才能明白地加以確定的。

　　這些「思維力」以「聯想力」與「想像力」最為核心。它們是兩張
大翅膀，藉以讓思維力遨遊於客觀與主觀時空，以通貫心、物，上徹其
本、下徹其末，將真實世界、倫理世界與藝術世界融通為一，以呈現
真、善、美的圓融境域。而意與象即相當於心與物，為人類思維活動的
原動力，自然和聯想與想像關係密切。大體說來，就在聯想與想像的作
用下，意象得以形成、表現、組織與統合；其中意象之形成、表現，關
涉到偏於主觀的「聯想與想像」所觸動之形象思維；意象之組織，關涉
到偏於客觀的「聯想與想像」所觸動之邏輯思維；而意象之統合，則關
涉到合客觀與主觀為一的「聯想與想像」所觸動之綜合思維。由此可知
意象與聯想、想像，在思維力的大力牽合下，不但三位一體，而且使它
們形成「意象←→聯想、想像」之「互動、循環而提升」的螺旋結構。

　　因此，「意象」與「聯想、想像」的關係，是非常密切的。也就是
說，先有「意象」，然後才有「聯想、想像」的，盧明森說：

　　　意象是聯想與想像的前提與基礎，沒有意象就不可能進行聯想與
　　　想像。[5]

說得很簡單明瞭。而且他更進一步地指出：

　　　（聯想）是從對一個事物的認識引起、想到關於其他事物的認識
　　　的思維活動，是一種廣泛存在的思維活動，既存在於形象思維活
　　　動中，也存在於抽象（邏輯）思維動中，還存在於抽象（邏輯）

5　黃順基、蘇越、黃展驥主編：《邏輯與知識創新》第二十章（北京市：中國人民大學
　　出版社，2002 年 4 月一版一刷），頁 431。

思維與形象思維活動之間……不是憑空產生的，而是有客觀根
據，又有主觀根據的。……（想像）是在認識世界、改造世界過
程中，根據實際需要與有關規律，對頭腦中儲存的各種信息進行
改造、重組，形成新的意象的思維活動，其中，雖常有抽象（邏
輯）思維活動參與，但主要是形象思維活動。……理想是想像的
高級型態，因為它不僅有根有據、合情合理、很有可能變成事實，
而且有大量抽象（邏輯）思維活動參加，在實際思維活動具有重
大的實用價值。[6]

所以聯想與想像都有主、客觀成分，可和形象思維、邏輯（抽象）思
維，甚至綜合思維產生互動；如果換從形象、邏輯與綜合思維的角度切
入，則可以這麼說：形象思維的最基本特徵，在於思維活動始終藉著偏
於主觀性的聯想與想像，伴隨著具體生動的形象而進行；而邏輯思維的
最基本特徵，乃在於人們在認識事物時，藉著偏於客觀性的聯想與想
像，主要在因果律的規範下，用概念、判斷、推理來反映現實的過程；
所以前者是運用典型的藝術形象來揭示各事物的特質，後者則是用抽象
概念來揭示各事物的組織[7]，兩者關係是十分密切的[8]。至於綜合思維，
則統合形象思維與邏輯思維，將藝術形象與抽象概念融成一體，以呈現
整體的形神特色。

6　《邏輯與知識創新》第二十章，頁 431-433。
7　邏輯思維又稱抽象思維或概念思維。盧明森：「形象思維是與抽象思維相比較而存在
　　的。抽象思維的基本特點是概念性、抽象性與邏輯性，因此，可以稱之為概念思
　　維、抽象思維、邏輯思維；與之相對應，形象思維的基本特點是意象性、具體性與
　　非邏輯性，因此可以稱之為意象思維、具體思維、非邏輯思維。」見《邏輯與知識創
　　新》第二十章，頁 429。
8　胡有清：「在藝術活動中，當人們用形象思維來把握和展示豐富的社會生活時，總會
　　受到抽象思維的制約和影響。也就是說，抽象思維在一定程度上規範和導引形象思
　　維。」見《文藝學論綱》，頁 172。

　　因此，一切思維，始終以意象為內容，拿思維的起點（觀察、記憶）、過程（聯想與想像）來說是如此，就連其終點（創造力）也是如此。這樣，聯想與想像便很自然地能流貫於形象思維（偏於主觀）與邏輯思維（偏於客觀）或綜合思維（合主、客觀）活動之中，使意象得以形成、表現、組織，以至於統合，成為「互動、循環而提升」的螺旋結構，而產生美感。

　　落到辭章來說，它所呈現的主要為「特殊能力」，是結合「形象思維」、「邏輯思維」[9] 與「綜合思維」而形成的。這三種思維，各有所主。如果是將一篇辭章所要表達之「情」或「理」，訴諸各種偏於主觀之聯想、想像，和所選取之「景（物）」或「事」接合在一起[10]，或者是專就個別之「情」、「理」、「景」（物）、「事」等材料本身設計其表現技巧的，皆屬「形象思維」（運用典型的藝術形象來顯示各種事物的特質）；這涉及了「取材」與「措詞」等問題，而主要以此為研究對象的，就是意象學、詞彙學與修辭學等。如果是專就「景（物）」或「事」等各種材料，對應於自然規律，結合「情」與「理」，訴諸偏於客觀之聯想、想像，按秩序、變化、聯貫與統一之原則，前後加以安排、布置，以成條理的，皆屬「邏輯思維」（用抽象概念來顯示各種事物的組織）；這涉及了「布局」與「構詞」等問題，而主要以此為研究對象的，就字句言，即文（語）法學；就篇章言，就是章法學。至於合「形象思維」與「邏輯思維」而為一，探討其整個體性[11] 的，則為「綜合思維」，這

9　吳應天：《文章結構學》（北京市：中國人民大學出版社，1989 年 8 月一版三刷），
　　頁 345。
10　彭漪漣：《古典詩詞邏輯趣談》（上海市：上海人民出版社，2001 年 9 月一版一刷），
　　頁 13。
11　陳望道：「語文的體式很多，……表現上的分類，就是《文心雕龍》所謂的『體性』
　　的分類，如分為簡約、繁豐、剛健、柔婉、平淡、絢爛、謹嚴、疏放之類。」見《修
　　辭學發凡》（香港：大光出版社，1961 年 2 月版），頁 250。

涉及了「立意」、「確立體性」等問題，而主要以此為研究對象的，為主題學、風格學等。而以此整體或個別為對象加以研究的，則統稱為辭章學或文章學。

　　因此辭章的內涵，對應於學科領域而言，主要含意象學、詞彙學、修辭學、文（語）法學、章法學、主題學、風格學……等。這是辭章研究的寶貴成果。茲分述如下：

　　首先是意象學，此為研究辭章有關意象的一門學問。我國對這種文學中的「意象」，很早就注意到，以為它是「馭文之首術、謀篇之大端」（見《文心雕龍・神思》）。而所謂「意象」，黃永武認為「是作者的意識與外界的物象相交會，經過觀察、審思與美的釀造，成為有意境的景象。」[12] 這裡所說的「物象」，所謂「物猶事也」（見朱熹《大學章句》），該包含「事」才對，因為「物（景）」只是偏就「空間」（靜）而言，而「事」則是偏就「時間」（動）來說罷了。通常一篇作品，是由多種意象組成的，也就是說意象有個別與整體之不同。而其形成，運用的是偏於主觀的形象思維。

　　其次是詞彙學，為語言學的一個部門，研究語言或一種語言的詞彙組成和歷史發展。莊文中說：「如果把語言比作一座大廈，那麼語彙是這座語言大廈的建築材料，正是千千萬萬個詞語 ─ 磚瓦、預制件 ─ 建成了巍峨輝煌的語言大廈。張志公先生說：『語言的基礎是詞彙，語言的性能（交際工具，信息傳遞工具，思維工具）無一不靠語彙來實現』，還說『就教、學、使用而論，語彙重要，語彙難。』」[13] 可見語彙是將「情」、「理」、「景」（物）、「事」等轉為文字符號的初步，在

---

12 黃永武：《中國詩學──設計篇》（臺北市：巨流圖書公司，1999年6月初版十三刷），頁3。
13 莊文中：《中學語言教學研究》（廣州市：廣東教育出版社，2001年1月一版二刷），頁29-30。

辭章中是有其基礎性與重要性的。

再其次是修辭學，修辭學大師陳望道說：「修辭原是達意傳情的手段。主要為著意和情，修辭不過調整語辭使達意傳情能夠適切的一種努力。」[14]。而黃慶萱以為「修辭的內容本質，乃是作者的意象」、「修辭的方式，包括調整和設計」、「修辭的原則，要求精確而生動」[15]。可見修辭，主要著眼於個別意象之表現上，經過作者主觀的調整和設計，使它達到精確而生動，以增強感染力或說服力的目的。這顯然是以形象思維為主的。

又其次是文（語）法學，乃研究語言結構方式的一門科學，它包括詞的構成、變化與詞組、句子的組織等。楊如雪在增修版《文法 ABC》中綜合呂叔湘、趙元任、王力等學者的說法說：「何謂文法？簡單地說，文法就是語句組織的條理。語句組織的條理不是一套既定的公式，而是從語文裡分析、歸納出來的規律，這種語句組織的規律，包括詞的內部結構及積辭成句的規則，因此文法可以說是語文構詞和造句的規律。」[16] 既然文（語）法是「語句組織的條理」、「語文構詞和造句的規律」，而所關涉的是個別概念之組合，當然和由概念所組合而成的意象與偏於語句的邏輯思維有直接之關聯。

接著是章法學，這裡所謂的「章法」，探討的是篇章內容材料的邏輯結構，也就是聯句成節（句群）、聯節成段、聯段成篇的關於內容材料之一種組織。對它的注意，雖然極早，但集樹而成林，確定它的範圍、內容及原則，形成體系，而成為一個學門，則是晚近之事[17]。到了

14　《修辭學發凡》，頁 5。
15　黃慶萱：《修辭學》（臺北市：三民書局，2002 年 10 月增訂三版一刷），頁 5-9。
16　楊如雪：《文法 ABC》（臺北市：萬卷樓圖書公司，2002 年 2 月再版），頁 1-2。
17　鄭頤壽：「臺灣建立了『辭章章法學』的新學科，成果豐碩，代表作是臺灣師大博士生導師陳滿銘教授的《章法學新裁》（以下簡稱「新裁」）及其高足仇小屏、陳佳君等的一系列著作。……臺灣的辭章章法學體系完整、科學，已經具備成『學』的資

現在，可以掌握得相當清楚的章法，約有四十種。這些章法，全出自於
人類共通的理則，由邏輯思維形成，都具有形成秩序、變化、聯貫，以
更進一層達於統一的功能[18]。而這種篇章的邏輯思維，與語句的邏輯思
維，可以說是一貫的。

　　然後是主題學，陳鵬翔在《主題學理論與實踐》中以為「主題學是
比較文學中的一部門（a field of study），而普通一般主題研究（thematic
studies）則是任何文學作品許多層面中一個層面的研究；主題學探索的
是相同主題（包套語、意象和母題等）在不同時代以及不同作家手中的
處理，據以了解時代的特徵和作家的『用意意圖』（intention），而一般
的主題研究探討的是個別主題的呈現」[19]，可見「主題」包含了「套
語」、「意象」和「母題」等，如果單就一篇辭章，亦即「個別主題的
呈現」來說，指的就是「情語」與「理語」、「意象」、「主旨」（含綱領）
等；而「情語」與「理語」是用以呈現「主旨」（含綱領）的，可一併
看待，因此「主題」落到一篇辭章裡，主要是指「主旨」（含綱領）與「意
象」（整體含個別）來說，屬於綜合思維之範疇，是合形象思維與邏輯
思維為一的。

　　最後是風格學，一般說來，風格是多方面的，而文學風格更是如
此，有文體、作家、流派、時代、地域、民族和作品等風格之異[20]。即

───────────────

　　格。」見〈中華文化沃土，辭章學圃奇葩——讀陳滿銘《章法學新裁》及其相關著
　　作〉，《海峽兩岸中華傳統文化與現代化研討會文集》（蘇州市：蘇州大學，2002 年 5
　　月），頁 131-139。又王希杰：「章法學已經初步形成了一門科學。陳滿銘教授初步建
　　立了科學的章法學體系。」見〈章法學門外閒談〉，《平頂山師專學報》18 卷 3 期
　　（2003 年 6 月），頁 53。
18 陳滿銘：《章法學綜論》（臺北市：萬卷樓圖書公司，2003 年 6 月初版），頁 17-58。
19 陳鵬翔：《主題學理論與實踐》（臺北市：萬卷樓圖書公司，2001 年 5 月初版），頁
　　238。
20 黎運漢：《漢語風格學》（廣州市：廣東教育出版社，2000 年 2 月一版一刷），頁 3。
　　又，周振甫：《文學風格例話》（上海市：上海教育出版社，1989 年 7 月一版一刷），
　　頁 1-290。

以一篇作品而言，又有內容與形式（藝術）風格的不同，即以內容來說，就關涉到主題（主旨、意象），而形式（藝術），則與文（語）法、修辭和章法等有關。而一篇作品之風格，就是結合內容與形式（藝術）所產生整個有機體所顯示的審美風貌[21]，這是合作者之形象思維與邏輯思維為一而形成，可以統攝主題、文（語）法、修辭和章法等種種個別風格，呈現整體風格之美。由於它涉及篇章之內容料，足以反映作品之篇章風格，乃綜合思維之範疇，也是合形象思維與邏輯思維而為一的。

　　以上這些辭章的內涵，都是針對辭章作「模式之探討」加以確定的。它們分別與形象思維、邏輯思維或綜合思維有著密切的關係。其中有偏於字句範圍的，主要為詞彙、修辭、文（語）法與意象（個別）；有偏於章與篇的，主要為意象（整體含個別）與章法；有偏於篇的，主要為主旨與風格。因此辭章的篇章，是主要以意象（個別到整體）與章法為其內涵，而以主旨與風格來「一以貫之」的。

　　換另一個角度看，辭章是離不開「意象」的。而「意象」有廣義與狹義之別：廣義者指全篇，屬於整體，可以析分為「意」與「象」，形成「二元」；狹義者指個別，屬於局部，往往合「意」與「象」為一來稱呼。而整體是局部的總括、局部是整體的條分，所以兩者關係密切。不過，必須一提的是，狹義之「意象」，亦即個別之「意象」，雖往往合「意」與「象」為一來稱呼，卻大都用其偏義，造成「包孕」的效果，譬如草木或桃花的意象，用的是偏於「意象」之「意」，因為草木或桃花都偏於「象」；如「桃花」的意象之一為愛情，而愛情是「意」；而團圓或流浪的意象，則用的是偏於「意象」之「象」，因為團圓或流浪，都偏於「意」；如「流浪」的意象之一為浮雲，而浮雲是「象」。因此

---

21 顧祖釗：「風格的成因並不是作品中的個別因素，而是從作品中的內容與形式的有機整體的統一性中所顯示的一種總體的審美風貌。」見《文學原理新釋》（北京市：人民文學出版社，2001 年 5 月一版二刷），頁 184。

前者往往是一「象」多「意」，後者則為一「意」多「象」。而它們無論是偏於「意」或偏於「象」，通常都通稱為「意象」。如著眼於整體（含個別）的「意象」（意與象）來看，則它應於綜合思維，能統合形象思維與邏輯思維，並貫穿辭章的各主要內涵，以見意象在辭章上之地位[22]。

先從「意象」之形成與表現來看，是都與形象思維有關的，因為形象思維所涉及的，是「意」（情、理）與「象」（事、景）之結合及其表現。其中探討「意」（情、理）與「象」（事、景〔物〕）之結合者，為「意象學」，這是就意象之形成來說的。而探討「意」（情、理）與「象」（事、景〔物〕）本身之表現者，如就原型求其符號化的，是「詞彙學」；如就變型求其生動化的，則為「修辭學」。再從「意象」之組織來看，是與邏輯思維有關的，而邏輯思維所涉及的，則是意象（意與意、象與象、意與象、意象與意象）之排列組合，其中屬篇章者為「章法學」，屬語句者為「文法學」。至於綜合思維所涉及的，乃是核心之「意」（情、理），即一篇之中心意旨：「主旨」（統合內容材料）與審美風貌：「風格」。由此看來，形象思維、邏輯思維與綜合思維三者，涵蓋了辭章的各主要內涵，而都離不開「意象」。如單由「象」與「意」來說，如涉及後天之「辭章研究」（讀），所循的是「由象而意」逆向邏輯結構；如涉及先天之「語文能力」（寫）而言，所循的則是「由意而象」順向邏輯結構[23]。

總結上述，在創造性之意象（思維）系統下，結合語文的特殊能力與辭章內涵，其關係可呈現如下圖：

---

22 陳滿銘：〈意、象互動論──以「一意多象」與「一象多意」為考察範圍〉，中山大學《文與哲》學報 11 期（2007 年 12 月），頁 435-480。

23 陳滿銘：〈辭章意象論〉，臺灣師大《師大學報・人文與社會類》50 卷 1 期（2005 年 4 月），頁 17-39。

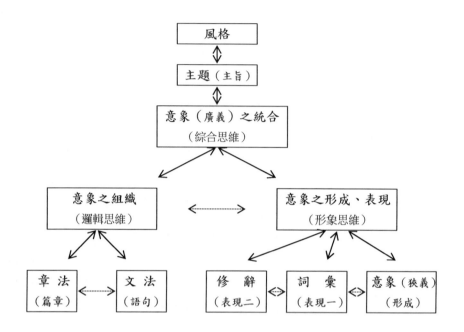

　　這些內涵，如就逆向之邏輯結構來說，首先是由「個別意象」、「詞彙」、「修辭」、「文（語）法」、與「章法」等所呈現之藝術形式（善）；其間藉「形象思維」（陰柔）與「邏輯思維」（陽剛），來產生徹下徹上之中介作用；然後是藉「綜合思維」所凸顯出來的「整體意象」（含主題、主旨）與「風格」等，這涉及了「修辭立其誠」《易·乾》之「誠」（真）與篇章有機整體之「美」，乃辭章之核心所在。這樣在創造性思維（意象）系統的牢籠下，回歸語文能力來看待辭章內涵，就能凸顯「形象思維」與「邏輯思維」這「二元」的居間作用，使辭章之呈現合乎「善」之要求，逐層將「個別意象」、「詞彙」、「修辭」、「文（語）法」與「章法」等統一於「整體意象」（含主題、主旨）與「風格」，以臻於「真、善、美」的最高境界[24]。而這些都是辭章研究之成果，是不宜

────────────────

24 陳滿銘：〈論「真」、「善」、「美」的螺旋結構──以章法「多」、「二」、「一（0）」

輕忽的。

第二節　邏輯思維在章法結構中的呈現

「章法」是屬於邏輯思維之範疇，講求者乃篇章之條理或結構，而此條理或結構，又對應於宇宙規律，是人生來即具存於心的[25]，換句話說，章法乃「客觀的存在」，是與「文章同時出現的」[26]。所以人類自有辭章開始，即毫無例外地被應用來安排篇章。雖然作者對此，大都是日用而不知、習焉而不察的，但無損於它的存在與重要性。經過多年的努力，在前人的有限基礎上，用「發現現象以求得通則、規律」的方式，爬羅剔抉，到目前為止，一共確定了約四十種的章法類型，那就是：今昔、久暫、遠近、內外、左右、高低、大小、視角轉換、知覺轉換、時空交錯、狀態變化、本末、淺深（輕重）、因果、眾寡、並列、情景、論敘、泛具、虛實（時間、空間、假設與事實、虛構與真實）、凡目、詳略、賓主、正反、立破、抑揚、問答、平側（平提側注、平提側收[27]）、縱收、張弛、插補[28]、偏全、點染、天（自然）人（人事）、

結構作對應考察〉，臺灣師大《中國學術年刊》27 期春季號（2005 年 3 月），頁 151-188。

25 《文章結構學》，頁 359。

26 王希杰：「『章法』一詞是多義的。『章法』是文章之法，但是，有兩種『章法』。一種是客觀存在的『章法』，它顯然是與文章同時出現的。……另一種『章法』，是研究者的認識或主張，是知識和理論，是文章的研究者的辛勤勞動的成果，它當然是文章出現後的事情。……章法學是一門實用性很強的學問，也有極高的學術價值。它同文章學、修辭學、語用學、文藝學、美學、邏輯學等都具有密切關係。」見〈章法學門外閑談〉，頁 53。

27 所謂「平提側收」，是將所要論說或敘述之幾個重點，以同等之地位加以提明，而特別側於其中之一點或兩點來收結，卻有回繳整體功用的一種章法。見陳滿銘：〈談平提側收的篇章結構〉，《第二屆中國修辭學術研討會論文集》（高雄市：高雄師範大學國文系，2000 年 6 月），頁 193-213。

28 以上章法，見《章法學綜論》，頁 17-33。

圖底、敲擊[29] 等。它們用在「篇」或「章」（節、段），都可以擔負組織材料情意之作用，使篇章能達到「秩序」、「變化」、「聯貫」、「統一」[30] 之目的。

　　因限於篇幅，在此，僅以「凡目」、「圖底」兩種章法類型為範圍，各舉兩篇古典詞或曲為例，酌予說明，以見一斑。

一　凡目結構

　　「凡目」是在敘述同一類事、景、情、理時，運用了「總提」與「分應」來組織篇章的一種方章法。其形成，基本上是運用了歸納、演繹的邏輯思考；也就是說歸納式的思考會形成「先目後凡」的移位結構，演繹式的思考會形成「先凡後目」的移位結構，而「凡、目、凡」、「目、凡、目」的轉位結構，則是綜合運用了歸納、演繹的推理方式而形成的。所以「凡」是總提，具有統括的力量；「目」則是分應，它的項目是並列的，因而有一種整齊美。而且「凡、目、凡」和「目、凡、目」結構還有一個特點，那就是具有對稱（均衡）與統一的美感[31]。如韋莊〈菩薩蠻〉詞：

　　　　人人盡說江南好，遊人只合江南老。春水碧於天，畫船聽雨眠。
　　　　壚邊人似月，皓腕凝霜雪。未老莫還鄉，還鄉須斷腸。

---

[29] 以上五種章法，見陳滿銘：〈論幾種特殊的章法〉，臺灣師大《國文學報》31 期（2002 年 6 月），頁 193-222。

[30] 四者為章法規律，以統攝各種章法類型。見陳滿銘：〈論章法四大律之方法論原則──以多二一（0）螺旋結構作系統探討〉，臺灣師大《中國學術年刊》33 期春季號（2011 年 3 月），頁 87-118。

[31] 陳滿銘：〈談見於詩詞裡的凡目結構〉，《第一屆中國修辭學學術研討會論文集》（臺北市：臺灣師範大學國文系，1999 年 6 月），頁 95-116。又參見涂碧霞：《凡目章法析論》（臺北市：臺灣師範大學國研所碩士論文，2003 年 7 月），頁 1-190。

　　此詞寫有家歸不得之恨，是用「先凡（總提）後目（分應）」的篇
結構寫成的。

　　「凡」（總提）的部分，共兩句，即起二句。其中首句直接指出江
南之好，為人人所樂道，而對流浪在外的人而言，則是更足以暫慰思鄉
之懷的。所以此句對次句來說，為「因」，是第一軌；而次句寫他鄉的
遊子只適合在此江南終老，則是「果」，為第二軌。這兩句可說是一篇
的綱領所在，以下「目」（分應）的部分，就是由此貫串而為一的。

　　「目」（分應）的部分，共六句，即由「春水」句起至篇末。其中「春
水」四句，為「目一」，是就第一軌來寫的；而結二句，為「目二」，
是就第二軌來寫的。以「目一」的部分而言，「春水」句，寫的是「江
南好」之一，即江南景色之好。作者在此呈現的是水天一色的無邊春
光，比起白居易所說的「春來江水綠如藍」來，空間更形擴大，充分地
為下一句的敘寫預作鋪墊。而「畫船」句，寫的是「江南好」之二，即
江南生活之好，很技巧地和次句的「遊人」呼應，表示這和水天一色之
景，是可以暫慰遊子思鄉之懷的。至於「壚邊」二句，寫的是「江南好」
之三，即江南人物之好，但這人物不是一般人，而是賣酒之美女，這可
從「壚邊」二字看出。很明顯地，作者寫「壚邊人」，當是用了司馬相
如、卓文君的典故，因此「壚邊人」，指的就是賣酒的美女。作者由於
幾度流浪到江南，經常上酒樓買醉，以慰客懷，所以在這裡出現「壚邊
人」，是極自然之事。而所謂「似月」，是說美人的容顏亮麗得像皎潔
的月亮一樣，這樣，當然又可以暫慰遊子思鄉之懷了。以上四句，是
全針對起句之「江南好」來寫的。

　　以「目二」的部分而言，乃承次句之「江南老」來寫。這兩句先敘
「果」再交代「因」，也就是說：「未老」句是「果」，而「還鄉」句是
「因」。如果照著先因後果的順序來了解，則是這樣子的：作者由於家
鄉（京兆杜陵）正遭雜亂，假使回到故鄉，一定會為之「斷腸」不已，

所以輾轉思量後，決定在未到非落葉歸根之前，留在江南而不回去。這
樣顛倒因果來寫，將句式由敘事改為判斷，使得「斷腸」之苦更趨濃
烈，產生了最大之感染力。唐圭璋在其《唐宋詞簡釋》中剖析說：

> 「未老」句陡轉，謂江南縱好，我仍思還鄉，但今日若還鄉，目
> 擊離亂，只令人斷腸，故惟有暫不還鄉，以待時定。情意宛轉，
> 哀傷之至。[32]

他的解析是很精確的。由此可見他「有家歸不得」的惆悵是如何地強烈
了。

　　據此，其結構分析表可呈現如下：

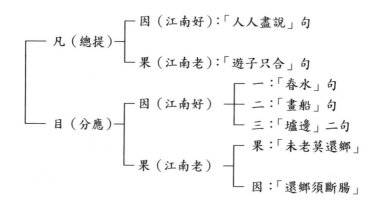

這樣以上層「先凡後目」的移位結構來統合三疊「因果」與「並列（一、
二、三）」的次、底兩層移位結構，以貫穿全篇，表現了作者本詞「邏
輯思維」之特色。

---

32 唐圭璋：《唐宋詞簡釋》（臺北市：木鐸出版社，1982 年 3 月初版），頁 14。

又如蘇軾〈南鄉子・梅花詞，和楊元素〉詞：

> 寒雀滿疏籬。爭抱寒柯看玉蕤。忽見客來花下坐，驚飛。蹋散芳
> 英落酒卮。　　痛飲又能詩。坐客無氈醉不知。花謝酒闌春到也，
> 離離。一點微酸已著枝。

此詞是宋神宗熙寧七年（1074）冬日所寫。時東坡在密州，而楊元
素（繪）正守杭，在杭州。它旨在藉詠梅來抒發個人身世之感，是用
「目（分應）、凡（總提）、目（分應）」的篇結構寫成的。

它的頭一個「目」（分應），自篇首至「坐客無氈」句止。其中「寒
雀滿疏籬」七句，採「由先（花謝）而後（酒闌）」的章結構，以實寫「花
謝」、「酒闌」。在此，它首先以起二句，寫「花謝」之前，經由「寒雀」
之「抱」與「看」，帶出梅的樹枝與白花，以交代白梅正盛開；然後以
「忽見客來」三句，寫「花謝」之時，藉「客」來驚動樹上的群雀飛起，
營造出梅花被「蹋散」而落入酒杯的清雅景致，以交代白梅已飄落。而
「痛飲又能詩」二句，用以實寫「酒闌」，在此，用了唐代鄭虔的典實。
鄭虔為廣文館博士，由於貧窮，客人來了，連坐氈都沒有，杜甫有〈戲
鄭廣文又兼呈蘇司業〉詩，其中有兩句說：「才名三十年，坐客寒無
氈。」所謂的「寒」，原指貧窮，而東坡用於此，一方面說醉到沒有氈
席也不覺得冷，一方面也暗寓了自己不如意的感慨，是很耐人尋味的。

而第二個「目」（分應），為結尾「離離」二句，用以虛寫「春到
也」，亦即透過設想，寫「春到」之後，梅樹結實纍纍的景象，而作者
在此視覺之外，又特地加上「微酸」二字，藉味覺來增強它的感染力，
使得不如意的感慨推深一層。龍沐勛《東坡樂府箋講疏》卷一指出此二

句有所「感喟」[33]，是很有見地的。

　　至於「凡」（總提）的部分，即「花謝酒闌春到也」一句，將全詞之意作了總括。陳邇冬在《蘇軾詞選》中以為：

　　　　花謝酒闌，結束眼前事；春到也，想像未來時。[34]

明白地道出了這一句的總括作用。

　　「梅」，自古以來，即常用以象徵人品的高潔，而品格高潔之人，又因有所堅持，而不肯與世俗妥協，這樣自然就只有沈醉在酒中，以求寬慰了。杜甫〈晦日尋崔戢李封〉詩云：「濁醪有妙理，庶用慰沈浮。」說的便是這個道理。東坡如此界梅之高潔來寫友誼之高潔，這首詞之所以會呈現清峻風格，與此有關。

　　據此，其結構分析表可呈現如下：

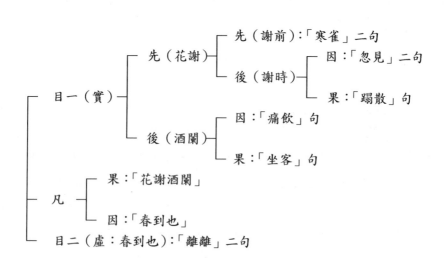

---

33 龍沐勛：《東坡樂府箋講疏》（臺北市：廣文書局，1972 年 9 月初版），頁 28。
34 陳邇冬：《蘇軾詞選》（北京市：人民文學出版社，1986 年 7 月二版三刷），頁 22。

　　這樣以上層「目、凡、目」的轉位結構來統合兩疊「先後」與三疊「因果」的次、三、底三層的移位結構，以貫穿全篇，表現了作者本詞「邏輯思維」之特色。

二　圖底結構

　　「圖底」是組合焦點與背景而形成的一種章法。一般說來，作者在辭章中所用之時、空（包括「色」）材料，有一些是充當「背景」用的，也有某些是用來作為「焦點」的。就像繪畫一樣，用作「背景」的，往往對「焦點」能起烘托的作用，即所謂的「底」；而用作「焦點」的，則對「背景」而言，都會產生聚焦的功能，即所謂的「圖」[35]。這種條理用於辭章章法上，也可造成秩序、變化、聯貫的效果，而形成「先圖後底」、「先底後圖」的移位結構或「圖、底、圖」、「底、圖、底」的轉位結構。如晏殊〈浣溪沙〉詞；

> 一曲新詞酒一杯，去年天氣舊池臺，夕陽西下幾時迴？　　無可奈何花落去，似曾相識燕歸來。小園香徑獨徘徊。

　　這首詞寫的是懷舊之情，是用「圖（人事）、底（景物）、圖（人事）」的篇結構寫成的。

　　頭一個「圖」（人事）的部分，為起句，寫自己一面持著酒杯、一面聽著新詞的事。這種事，在當時的富貴人家，是極其平常的，他們都會培養一些歌兒舞女，在和親友飲宴或清敘時，安排她們演出助興。這回，晏殊在私自獨處之際，雖然也一面飲酒、一面聽歌，甚至寫些新詞給歌女唱，但這顯然已不是在娛賓遣興，而是在感傷孤獨啊！

35　王秀雄：「在視覺心理上，把視覺對象從背景浮現出來，而讓我們認識得到的，叫做『圖』〔figure〕……其周圍之背景，叫做『地』〔ground〕。」見《美術心理學》（臺北市：三信出版社，1975 年初版），頁 126。又仇小屏：〈論「圖底」章法的空間結構〉，《國文天地》7 卷 5 期（2001 年 10 月），頁 100-104。

　　「底」（景物）的部分，自「去年」句起至「似曾相識」句止。在此，作者捕捉了飲酒聽歌時所面遇的天候與看到的景物，採「近、遠、近」的章結構，將「情寓於景」，一一帶出。首先是就「近」寫「天氣」與「池臺」，本來這種物候，沒什麼奇特，卻因和「去年」、「舊」起了連繫，而引發了作者的回憶，使他湧生「物是人非」的感觸。既然「天氣」、「池臺」依舊，而去年的人卻已不見，能不黯然？其次是就「遠」寫「夕陽西下」，這可說是衰殘之景，象徵著一段美好時光的結束，如此由「落日」（夕陽西下），將時間伸向明日，而發出「幾時迴」的哀歎，很技巧地預示出將一夜失眠，不知如何捱過的情況，有力地推深了作者懷舊之情。又其次是拉回到「近」寫「花落去」、「燕歸來」。本來花之搖落，是自然現象，是無所謂愁與不愁的，但由有心人看來，便不一樣了。它通常除了象徵著所思念的人外，又象徵著一串晶瑩的日子，所以它經常在詩詞裡出現，以襯托離愁，尤其是落花、飛花，更能強化這種愁緒。而晏殊此作，除了「花落去」之外，又加上「無可奈何」的歎惋，這就更令人感傷了。任誰都一樣，希望花常好，但卻終竟無力扭轉而聽由「花落去」，此中實有無限之恨在，李璟〈攤破浣溪沙〉詞說：「風裡落花誰是主？思悠悠。」所表達的就是這種無力回天而讓花落的恨，令人為之歎惋不止。至於「燕歸來」，這也是常看到的自然現象，原無任何情意可言，但就作者來說，卻另有燕歸而人未歸的感喟。而晏殊在此，卻又在「燕歸來」之上加了「似曾相識」四字，便不但與過去（「去年」、「舊」）搭上了關係，又帶出幾經辨認後所產生的「似是而非」的恍惚之感，使得懷舊之情更推深一層。

　　後一個「圖」（人事）的部分，為結句。這一句突出了詩人在小園香徑上獨自徘徊的形影，既呼應起句，描述了飲酒聽歌之後的舉動，也以此來暗示一夜失眠，來呼應「夕陽西下」句。這樣用「事」來表現詩人孤獨惆悵的心境，以收拾全詞，是有語盡而意不盡的妙用的。

　　此詞全透過聽歌、飲酒、徘徊之事（圖），與天氣、池臺、夕陽、花落、燕歸之景（底），而將懷舊之情，至於篇外，毫不見雕琢之跡，是它最成功的地方。據此，其結構分析表可呈現如下：

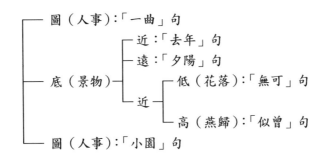

這樣以上層「圖、底、圖」的轉位結構來統合「遠近」（轉位）、「高低」（移位）的次、底兩層結構，以貫穿全篇，表現了作者本詞「邏輯思維」之特色。

　　又如馬致遠〈天淨沙〉曲：

　　枯藤、老樹、昏鴉。小橋、流水、人家。古道、西風、瘦馬。夕陽西下。斷腸人在天涯。

　　本曲旨在寫浪天涯之苦，採「先底（背景）後圖（焦點）」之結構寫成。以「底（背景）」而言，它就空間，以「枯藤」兩句寫道旁所見，以「古道」句寫道中所見；以「圖（焦點）」而言，又以「先底後圖」之包孕結構來呈現：它就空間，用「古道」指出地點；就時間，用「西風」指出秋天、用「夕陽」指出黃昏；就時空融合，用「瘦馬」呼應「古道」、「夕陽」作整體渲染，此為「圖中底」，以帶出馬上的人，亦即主人翁，此為「圖中圖」，凸顯浪跡天涯者「人生如寄」、「漂泊無定」的

悲痛[36]：「斷腸」作結。其結構分析表為：

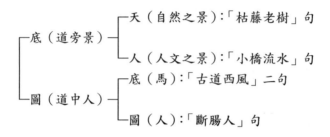

```
         ┌ 底（道旁景）─┬ 天（自然之景）:「枯藤老樹」句
         │             └ 人（人文之景）:「小橋流水」句
         │
         └ 圖（道中人）─┬ 底（馬）:「古道西風」二句
                       └ 圖（人）:「斷腸人」句
```

這樣以上層「先底後圖」的移位結構來統合「天人」、「圖底」的次層移位結構，以貫穿全篇，表現了作者本詞「邏輯思維」之特色。

第三節　形象思維在修辭藝術中的呈現

在傳統修辭藝術中，「辭格」是最重要的內容。王希杰指出「辭格學說的發展，大趨勢是辭格越來越多，辭格內部的分類越來越細。唐松波、黃建霖的《漢語修辭格大辭典》中，修辭格有一百五十六個之多，比喻就有二十四種之多。」[37] 雖然如此，一般通論性質的著作，為便大眾易於認知或學習，卻力求簡要，如陳望道《修辭學發凡》只列出三十八種[38]，而黃慶萱《修辭學》又僅突出三十種而已，那就是：感歎、設問、摹寫、引用、析字、轉品、婉曲、夸飾、譬喻、借代、轉化、映襯、倒反、鑲嵌、類疊、對偶、排比、層遞、頂真、倒裝、仿

---

36 楊棟：《中國古代文學名篇選讀》（天津市：南開大學出版社，2001 年 3 月一版一刷），頁 62。

37 王希杰：《修辭學通論》（南京市：南京大學出版社，1996 年 6 月一版一刷），頁 414。

38 《修辭學發凡》，頁 1-286。

擬、藏詞、飛白、雙關、象徵、示現、呼告、回文、錯綜、跳脫等[39]。
因限於篇幅，在此僅以「設問」與「引用」為範圍，各舉兩首古典詞曲
為例，酌予說明，以見一斑。

一　設問修辭

「設問」是在行文中忽變平敘語氣為詢問語氣的一種修辭方法。它
的類型有如下三種：（一）疑問：這是內心確有疑問的一種設問；（二）
激問：這是為激發本意而發問的一種設問；（三）提問：這是為提取下
文答案而發問的一種設問[40]。

如李煜〈虞美人〉詞：

> 春花秋月何時了？往事知多少？小樓昨夜又東風，故國不堪回
> 首、月明中。　　　雕闌玉砌應猶在，只是朱顏改。問君能有幾多
> 愁？恰似一江春水、向東流。

這是篇感懷故國的作品。

起首就是兩個「設問」句，只「問而不答」，由眼前的「春花秋月」
牽出過去那段擁有美好「往事」的「春花秋月」，而過去的那段「春花
秋月」愈為美好，那麼眼前的這段「春花秋月」更難於讓人面對，所謂
「過去的歡樂適足以增添眼前的痛苦」，所以作者就眼前的「春花秋月」
說：「何時了？」、就「往事」（過去的「春花秋月」）說：「知多少？」，
就藉這種「激問」，以預為結尾的「愁」字做好鋪墊。三、四兩句，承
「往事」句，以昨夜再度敲窗的東風為媒介，寫在月明中對故國（往事）
不堪回首的情景，進一步地又為結尾的「愁」字蓄力。

---

39 《修辭學》，頁 1-920。
40 同前註，頁 47-65。

　　下片開端兩句，承上片末句，透過想像，將空間由汴京移至建康
（今南京市），虛寫故國「物是人非」的淒涼景象，更進一層地再為結
尾的「愁」字加強它的感染力量。結尾兩句，又採設問的方式，將一篇
的主旨：「愁」拈出，並譬作不停向東流的一江春水，將全詞作一總
束，吐出心中萬斛愁恨，令人不忍卒讀。

　　此中最值得注意的是：這首詞以「問」起以「問」結，全篇共用了
三次「設問」的修辭技巧。對此，蔡厚示說：

> 它以問起，以問結。既像是昂首問天，又像是向讀者發問，因此
> 字字句句都能扣動讀者的心弦。……它擁有極強的藝術感染
> 力。[41]

黃麗貞指出三問的關係與藝術性說：

> 起首二問句，是他每天的生活心情。接下來，他又想到昨天晚上，
> 他在小樓上，因為東風吹起，知道春回大地的時候又到了，一輪
> 明月又上中天，他真怕這春宵明月的景況，會讓他禁不住又遙想
> 起故國。在這春月照臨之下，故國的宮室大概還和以前一樣吧？
> 但事實是「物是人非」，我也不復是當年的少年風采了。人生世
> 事，就是這樣教人感到憾恨無奈啊！因此處發起不能遏止的愁
> 思，這愁思就像悠悠長劉的春江之水，那樣地無窮無盡。為了要
> 凸顯他心裡的愁思，李煜特別用一個「自問自答」的「提問」來
> 結束全詞。……這首詞的感人情思，因使用「設問」修辭而特別

---

41 黃厚示主編：《李璟李煜詞賞析集》（成都市：巴蜀書社，1988 年 9 月一版一刷），
　　頁 88。

　　凸顯加強，便十分清晰了。[42]

此詞「感人情思」，因關涉「形象思維」的「設問」修辭而凸顯其藝術
效果，的確是「十分清晰」的。

　　又如辛棄疾〈沁園春‧將止酒，戒酒杯使勿近〉：

> 「杯汝來前！老子今朝，點檢形骸。甚長年抱渴，咽如焦釜；於
> 今喜睡，氣似犇雷？汝說：『劉伶，古今達者，醉後何妨死便埋。』
> 渾如此，歎汝於知己，真少恩哉！　　更憑歌舞為媒，算合作、
> 人間鴆毒猜。況怨無小大，生於所愛；物無美惡，過則為災。與
> 汝成言：『勿留亟退，吾力猶能肆汝杯。』」杯再拜，道：「麾
> 之即去，招則須來。」

　　這闋詞從開頭到「吾力猶能肆汝杯」句止，是作者向酒杯講論道
理，並發出警告的言辭，而「麾之即去」二句，則是酒杯對作者所作的
抗議性的回答。就在這一問一答之間，毫不費力的，把自己在政治上失
意的苦悶與牢騷，都整個發洩出來了。尤其在作者之「問」中又有
「答」、「答中更有引用」，藉「汝說：『劉伶，古今達者，醉後何妨死
便埋。』」來強化形象，增強了它的美感效果。

　　對此，劉斯奮指出：

> 通篇用人與酒杯對答的形式，維妙維肖地表現出一個戒酒者絕而
> 不捨的矛盾心理。於詞中又別開生面。[43]

---

42 黃麗貞：〈如何進行修辭教學〉，《如何進行國文教學》（臺北市：臺灣師大中等教育
輔導會，1996 年 6 月初版），頁 136。

43 劉斯奮：《辛棄疾詞選》（臺北市：源流文化公司，1982 年 10 月初版），頁 105。

而朱德才、薛祥生、鄧紅梅也釋說：

> 在表達方式上，通篇出以議論，採取散文句式，洵然一篇〈酒醉
> 論〉。然而他同時將酒杯擬人化，對答生動，使議論中充滿了趣
> 味和感情。就其內蘊來看，它表面上是對酒杯發牢騷，實際上是
> 吐露自己政治失意後的苦無聊。所亦此詞雖然不是詞體正格，卻
> 充分體現出作者藝術上不拘繩墨、自由恣肆的精神，和感情激蕩
> 的內心世界，是一首新穎別致、體現作者胸中奇氣的優秀作品。[44]

如此因關涉「形象思維」的「設問」修辭，而「啟發思考，強化氣氛」，
且「更好地描寫人物思想活動」[45]，可看出由「設問」修辭使作品增加
藝術化的明顯效果。

二　引用修辭

「引用」是在文中援用別人的話或典故、俗語，以訴諸權威或大眾
的一種修辭方法。它可依援引方式的不同，分為明引與暗引兩種：（一）
明引：這是明白指出引文出處的一種引用；（二）暗引：這是不指明引
文出處的一種引用[46]。

如賀鑄〈青玉案〉詞：

> 凌波不過橫塘路。但目送、芳塵去。錦瑟華年誰與度。月橋花院，

44　葉嘉瑩主編，朱德才、薛祥生、鄧紅梅編：《辛棄疾詞新釋輯評》（北京市：中國書
　　店，2006 年 1 月一版一刷），頁 968。
45　鄭頤壽主編：《大學辭章學》（福州市：福建人民出版社，2004 年一版一刷），頁
　　187。
46　《修辭學》，頁 125-165。

　　瑣窗朱戶，惟有春知處。　　　碧雲冉冉蘅皋暮。彩筆新題斷腸句。
試問閒愁都幾許。一川煙草，滿城風絮。梅子黃時雨。

　這是首懷人之作。
　　開端兩句，敘明自己所處的地方，寫自己候「美人不來，竟日凝
佇」的惆悵。「凌波」，喻美人輕盈之步履。語出曹植〈洛神賦〉：

　　凌波微步，羅襪生塵。

「錦瑟」四句，以一問一答，寫美人不來，無人共度良辰，只有春花相
慰藉的哀愁。「錦瑟華年」，喻青春年華。語出李商隱〈無題〉詩：

　　錦瑟無端五十絃，一絃一柱思華年。

孤單之情，成功地由此襯出。
　　下片開頭二句，寫美人不來，惟有自題自解、滿紙憂傷的情事。
「碧雲」句，典出江淹〈休上人怨別〉詩：

　　日暮碧雲合，佳人殊未來。

在此用藏詞技巧，蘊含「佳人未來」之意，以回應首句「凌波不過」。
「蘅皋」，指水邊風景區，蘅，香草；皋，澤岸。「彩筆」，典出《南史·
江淹傳》：

　　淹少以文章顯，晚節才思微退，云為宣城太守時罷歸，始泊禪靈
　　寺渚，夜夢一人自稱張景陽，謂曰：「前以一匹錦相寄，今可見
　　還。」淹探懷中得數尺與之，此人大恚曰：「那得割截都盡。」

顧見丘遲謂曰：「餘此數尺既無所用，以遺君。」自爾淹文章躓
矣。又嘗宿於冶亭，夢一丈夫自稱郭璞，謂淹曰：「吾有筆在卿
處多年，可以見還。」淹乃探懷中得五色筆一以授之。爾後為詩
絕無美句，時人謂之才盡。[47]

對這個典，沈祖棻賞析說：

「彩筆」一句，承上久立蘅皋，伊人不見而來。由於此情難遣，
故雖才情富豔，有如江淹之曾得郭璞在夢中所傳之彩筆，而所能
題的，也不過令人傷感的詩句罷了。[48]

把用這個典的用意說得很清楚。

結尾四句，採一問三疊答的章結構，將滿身的「閑情」（即愁懷恨
緒），依所見順序，譬作煙草（一、二月）、風絮（三、四月）與梅雨
（五月），加以呈現。這樣透過譬喻的方式「以景結情」，使得「閑情」
更趨深長。

如此經由「形象思維」，採「引用」修辭將所見、所感與古語、古
事相扣合，使讀者容易從它們的形象中受到深刻的感染。

又如張可久的〈折桂令〉曲：

對青山強整烏紗，歸雁橫秋，倦客思家。翠袖殷勤，金杯錯落，
玉手琵琶。　　人老去西風白髮，蝶愁來明日黃花。回首天涯，
一抹斜陽，數點寒鴉。

---

47 李延壽撰：《南史‧江淹傳》（臺北市：鼎文書局，1991 年 4 月七版），頁 1451。
48 沈祖棻：《宋詞賞析》（北京市：北京出版社，2003 年 1 月一版一刷），頁 135。

　　此曲作於重陽節，藉登高宴集時所見景物及所涉人事，抒發思鄉之
愁與身世之感。

　　開篇二句，上句寫人事，藉「強整烏紗」的動作，暗用晉孟嘉落帽
典故，引出身世之感，預為下面的「倦客」作鋪墊；下句寫景物，透過
橫秋的歸雁，觸發思鄉之情，預為下面的「思家」作鋪墊。而「倦客思
家」一句，為全曲之重心所在，既用以總括上文，又用以統攝下文。在
此，它先以「翠袖」三句，藉美人頻舉杯、彈琵琶的動作，寫宴集時醉
酒情形；再以「人老」二句，化用蘇軾〈南鄉子〉的詞句，寫好景不長、
時不我與的感慨，以加強身世之感，這是偏就人事來寫的；然後以「回
首」三句，襲用秦觀〈滿庭芳〉的詞句，寫暮色之蒼茫，以推深思鄉之
愁，這是偏就景物來說的。如此虛實互用，作品的感染力自然就增強
了。

　　以修辭而言，此曲主要用了借代、譬喻、對偶、引用等修辭技巧，
造成其藝術之美。其中最值得令人注意的是如下「引用」：

　　首先是「對青山強整烏紗。」作者在這一句，暗用了晉代孟嘉於重
陽節參加桓溫龍山宴會而風吹落帽的故事，這個故事見於《晉書·孟嘉
傳》：

　　　　（嘉）後為征西桓溫參軍，溫甚重之。九月九日，溫宴龍山，僚
　　　　佐畢集。時佐吏並著戎服，有風至，吹嘉帽墮落，嘉不之覺。溫
　　　　使左右勿言，欲觀其舉止。嘉良久如廁，溫令取還之，命孫盛作
　　　　文嘲嘉，著嘉坐處。嘉還見，即答之，其文甚美，四坐嗟歎。[49]

　　除此之外，也用了杜甫〈九日藍田崔氏莊〉詩：

---

49 房玄齡撰：《晉書·孟嘉傳》（臺北市：鼎文書局，1992 年 11 月七版），頁 2581。

羞將短髮還吹帽，笑倩旁人為正冠。

藉此非常含蓄地表現了宦情闌珊與虛應故事的無奈之苦，以豐富其審美風貌。

其次是「蝶愁來明日黃花」，這一句暗用了蘇軾〈南鄉子〉詞：

萬事到頭都是夢，休休，明日黃花蝶也愁。

藉此以寓遲暮不遇之意，以豐富其審美風貌。

最後是「回首天涯，一抹斜陽，數點寒鴉。」作者在這三句裡，顯然暗用了秦觀〈滿庭芳〉詞：

多少蓬萊舊事，空回首、煙靄紛紛。斜陽外，寒鴉數點，流水遶孤村。

由此以寥落的暮景襯托出無限之愁思。這樣「以景結情」，使作品意味更趨深長，自然地其審美風貌也更趨豐富。

這三處的「引用」，都經由「形象思維」，使用得極為自然，不露痕跡，即使不知出處，也能了解曲意，如曉得出處，就更豐富了曲意，增添無比的情韻，這是「引用」修辭的最高藝術表現。

第四節　章法邏輯與藝術形象間的互動

人的思維，往往是在客觀之「邏輯」中有主觀之「形象」、在主觀之「形象」中有客觀「邏輯」的。因此，以客觀性邏輯思維為主的章法來說，便往往帶有主觀性形象思維在內；而以主觀性形象思維為主的修辭而言，則便往往帶有客觀性邏輯思維在內。就先拿范仲淹的〈蘇幕

遮〉詞的上半闋來看：

> 碧雲天，黃葉地。秋色連波，波上寒煙翠。山映斜陽天接水。芳
> 草無情，更在斜陽外。

此詞旨在寫鄉愁，是採「先實（景）後虛（情）」的結構寫成的。而其
上半闋，為「實」的部分，寫的是秋天黃昏時寂寥的景色，採由近及遠
的邏輯層次來寫。一開始以「碧雲天」二句，就「近」，說自己頭頂著
「碧雲天」、腳踏著「黃葉地」。這樣一寫仰首所見，一寫俯首所見，雖
有高低之不同，卻同樣是秋天特有的景色。這種寂寥的「秋色」，人看
了自然是會愁上加愁的。後來《西廂記》第四本第三折化用這兩句並加
以推衍說：

> 碧雲天，黃花地，西風緊，北雁南飛。曉來誰染霜林醉？總是離
> 人淚。

所謂「離人淚」，不是由於愁上加愁的緣故嗎？其次以「秋色連波」二
句，寫「次近」，將「碧雲天」和「黃葉地」這種「秋色」一直伸展到
水上；而且透過水上的「寒煙」帶出它背後翠綠的山來。在此必須一提
的是：頂真和借代兩種修辭法的運用，以「秋色」來說，指的就是「碧
雲天」和「黃葉地」，雖然並不合頂真法的標準要求，卻產生了「內容
頂真」的作用，大可視為變體的頂真；而以「連波」、「波上」來說，
是標準的頂真用法，並且「波」本身也借代了「水」，收到形象化的效
果，李廷先、王錫九說：

> 這裡以「波」指代「水」，「波」字很有形象性，寫出了水的生

　　動的態勢。[50]

說法很正確。至於「翠」，則用以指代「山」，以顏色代替實體，寫來
更為具體而生動。如此「翠」與下句之「山」又形成了「內容頂真」的
關係。最後以「山映斜陽」三句寫「遠」，而使這三句聯成一體的是映
山的「斜陽」。很明顯地，由開篇至此，皆循單線發展，但從這裡開
始，卻以「斜陽」分兩路來寫，一路是「天接水」，這所謂的「天」，
即「斜陽」，用的又是變體頂真的手法，這樣由「斜陽」而遙接遠水，
朝著自己家鄉的方向伸展出去，正如劉禹錫〈竹枝詞〉裡所說的：

　　水流無限似儂愁。

有著綿綿不絕的愁意。另一路是「斜陽外」的無情「芳草」，既說是「斜
陽外」，可知是極遠，因為人在主觀上來說，斜陽之色如濃，就感覺
近，如淡則感覺遠；而所謂「斜陽外」，亦即已完全失去斜陽的顏色，
那就更遠了。作者此時看到「草」在「斜陽」之外，漫生無際，完全無
視於人之「離情正苦」（溫庭筠〈更漏子〉），於是有了「無情」的怨歎。
因為「草」自古以來就與離情結了不解之緣，如《楚辭、招隱士》云：

　　王孫遊兮不歸，春草生兮萋萋。

　　再如佚名的〈飲馬長城窟行〉說：

---

50 李廷先、王錫九評析，見唐圭璋主編：《唐宋詞鑑賞集成》（香港：中華書局香港分
　局，1987 年 7 月初版），頁 194。

青青河畔草，綿綿思遠道。

又如李煜〈清平樂〉詞云：

離恨恰如春草，更行更遠還生。

這種例子，隨處可見。李廷先、王錫九在《唐宋詞鑑賞集成》裡說：

本詞說芳草延伸到望不到頭的極遠處，正是說作者因它而觸動別恨，想到遠在天之一方的親人。「無情」正反映出人的感情的深濃。[51]

即本此而說。

　　作者就這樣在上片，將倚樓所見碧雲、黃葉、水波、寒煙、翠山、斜陽、遠水、芳草，形成意象群，由近而遠地連接在一起，產生一環套一環的效果，予人以一種特別的纏綿感；再加上這些景物（象）都是以充分襯托離情（意），那就難怪和下片所抒寫的鄉愁，能緊密地結合成為一體，發揮最大感染力。唐圭璋說：

上片（寫景），寫天連水，水連山，山連芳草；天帶碧雲，水帶寒煙，山帶斜陽。自上及下，自近及遠，純是一片空靈境界，即畫亦難到。[52]

把這上片的藝術特色表達得簡單而明瞭。

51　同前註，頁195。
52　唐圭璋：《唐宋詞簡釋》，頁48。

據此，可將其結構分析表呈現如下：

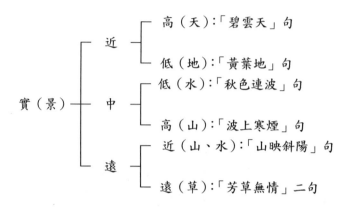

由於人對時、空層次的知覺，會受主觀因素的影響，而與物理時空有所距離，以致影響作者對邏輯層次之判定，如上述的「碧雲天」與主人翁之距離本來很遠，卻透過作者的主觀思維，將其形象拉近，而與「黃葉地」，一高一低，連在一起，組合成「秋色」，與「水」（波）形成「由近而遠」之邏輯層次。又如「斜陽外」，原也在「斜陽」之內，卻因主人翁視覺上之誤差，使形象影響了邏輯判斷，故認為是在「斜陽外」，表示極遠，而將「無情」之「芳草」帶出來，使「離愁」變得更為「無窮」，以增強感染力。

再拿歐陽脩的〈踏莎行〉詞的上半闋來看：

> 候館梅殘，溪橋柳細，草薰風暖搖征轡。離愁漸遠漸無窮，迢迢
> 不斷如春水。

這幾句，從章法之邏輯層次而言，可認定它由「先景後情」的結構所組成。其中「景」的部分，為開端三句，乃用「先近後遠」之順序來形成其空間層次：首先是候館（點）邊的「梅殘」（染）、溪橋（點）旁的「柳

細」（染）之靜景，然後是「草薰風暖」（底）下征人搖著征轡（圖）的動景[53]。而「情」的部分，則為「離愁」二句，它即景抒情，拈出一篇主旨「離愁」，而又將此漸「迢迢」而遠而無窮的心覺（實），譬作不斷的「春水」（虛），使情景交融，增強了它的感染力。沈祖棻說：

> 上片寫男性行人途中所見所感，……眼前所見（景）與心中所感（情），真是再也沒有這樣吻合的了。抽象的感情，在詞人筆下，變成了具體的形象，這就不但使人更容易感受，而且這種感受還極為親切。[54]

指出了此詞上片之藝術特色。

這樣，就其章法結構而言，可呈現如下：

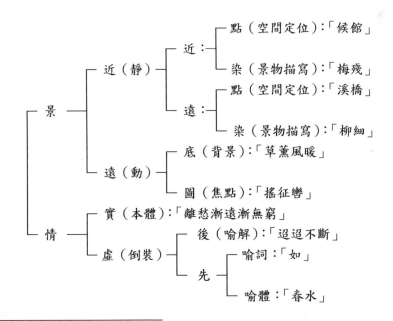

---

53 點染、圖底，乃新發現章法，見〈論幾種特殊的章法〉，頁 175-204。
54 沈祖棻鑑賞，見唐圭璋主編：《唐宋詞鑑賞集成》，頁 291-292。

　　以修辭技巧來看，其中「候館梅殘」兩句，屬「對仗」；「草薰風暖」，典出江淹〈別賦〉「闈中風暖，陌上草薰」，因此既屬「引用」，也屬「當句對」；「離愁漸遠」兩句，屬「譬喻」，而「無窮」與「迢迢不斷」，又形成「內容頂真」。顯而易見，兩者之思維，一重「邏輯」，一重「形象」，有所不同。

　　如果從意象切入，則這幾句，含「候館」、「梅殘」、「溪橋」、「柳細」、「草薰」、「風暖」、「搖征轡」、「（征人）漸遠」與「春水」等個別意象。其中「候館」、「梅殘」、「溪橋」、「柳細」等意象，一面用「先點後染」、「先近後遠」的層次邏輯加以組織，而形成結構；一面又將「候館」、「梅殘」與「溪橋」、「柳細」等意象，就其整體加以修飾，而成為「對仗」的形式。而「草薰」、「風暖」、「搖征轡」等意象，也一面用「先底後圖」的層次邏輯加以組織，而形成結構；一面又針對「草薰」、「風暖」，合併起來加以修飾，而成為「引用」與「對仗（當句對）」的形式。最直得注意的是，「（征人）漸遠」與「春水」兩個意象，其中「（征人）漸遠」，是承「（征人）搖征轡」而來，而由於征人「漸遠」而「漸無窮」，而與「春水」之「迢迢不斷」，形成「喻解」（或稱「喻旨」），起了「異質同構」[55] 的作用，於是將兩者連在一起；如就章法而言，所形成的是「先實後虛」與「先『後』後『先』」的兩層邏輯結構；如就修辭來說，所採用的乃「倒裝」與「譬喻」的兩種修辭技巧，而這兩種修辭形式，很例外地，是都可以形成結構的，修辭也有其邏輯性，這就是一個例子。

　　然後拿辛棄疾〈生查子‧簡吳子似縣尉〉全首詞來看：

---

55 陳滿銘：〈論辭章意象之形成——據格式塔「異質同構」說加以推衍〉，中山大學《文與哲》學報 8 期（2006 年 6 月），頁 475-492。

高人千丈崖，太古儲冰雪。六月火雲時，一見森毛髮。　　俗人如盜泉，照影都昏濁。高處挂吾瓢，不飲吾寧渴。

此詞把高人與俗人，分別譬喻作高崖上的冰雪與盜泉裡的泉水，來加以刻畫描繪，使他們成為一個強烈的映襯。除譬喻與映襯外，又暗中用典兩次，先是「盜泉」，典出《尸子》：

孔子過於盜泉，渴矣而不飲，惡其名也。[56]

後是「挂瓢」，典出《逸士傳》，也用於作者的另一首〈水龍吟〉（稼軒何必長貧），朱德才、薛祥生、鄧紅梅注說：

《逸士傳》：「許由手捧水飲，人遺一瓢，飲訖，挂木上，風吹有聲，由以為煩，去之。」此雙關語意，既切「瓢泉」之「瓢」，又托諷現實：瓢有聲而碎，何如作啞矣自全；亦遠世自高之意。[57]

這首詞雖未「瓢泉」之「瓢」，卻有「遠世自高之意」。

針對此詞用「映襯」的藝術效果，喻朝剛說：

此篇係以詞代簡、自明心志之作。上片寫對高人的崇敬，下片說對俗人的鄙棄。全篇通過生動的形象和鮮明的對比，表達了作者尊賢嫉惡，不與世俗同流合污的高尚情操。[58]

---

56 松渭水譯注、陳滿銘校閱：《新譯尸子讀本》（臺北市：三民書局，1997 年 1 月初版），頁 182。

57 《辛棄疾詞新釋輯評》，頁 533-534。

58 喻朝剛：《辛棄集及其作品》（長春市：時代文藝出版社，1989 年 3 月一版一刷），

　　而對全篇用「映襯」、「譬喻」與「用典」的藝術成就，朱德才、薛祥生、鄧紅梅則讚美說：

> 全詞運用對比手法來構章，效果鮮明；全篇形成了由兩大比喻生發出的隱喻象徵系統，來表明他對高人和俗人的不同觀感和態度。另外，在用典上，這首詞也直入於化境：不生澀，不呆版，不膚淺，閱讀起來毫無障礙，博學通典者固然可以覺出其妙處，即不知出處者也能明白它的含意。用典到這一境界，十分神奇而美妙。[59]

據此，其結構表可呈現如下：

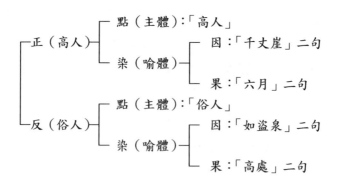

　　由此看來，在以客觀性邏輯思維為主的章法而言，往往會帶有主觀性形象思維的成分在內。相對地，在以主觀性形象思維為主的修辭而言，也往往是帶有客觀性邏輯思維的成分在內。明白一點說，章法所凸

　　頁 242。
59 《辛棄疾詞新釋輯評》，頁 1242-1243。

顯的為內容材料之間的邏輯關係，如遠近、點染、虛實……等；而修辭
所表現的是內容材料本身的藝術技巧，如譬喻、借代、映襯……等。而
就在此「遠」或「近」、「點」或「染」、「虛」或「實」的章法成分中
便往往會涉及形象表現而使用修辭藝術；同樣地，就在此「譬喻」（主
體、喻體）、「借代」（原型、變型）、「映襯」（正襯、反襯）的修辭技
巧中便往往會涉及邏輯組織而形成章法結構。章法的形象性與修辭的邏
輯性，由此可覘一斑。為此，王希杰指出：「修辭學只關注章法的表達
效果，只從表達效果的角度切入章法現象。章法學一定是唯一以章法現
象本身為研究對象的學科。」[60] 這樣來看待「章法學」與「修辭學」，
顯然是比較清楚而合理的。

　　綜上所述，可知「邏輯思維」與「形象思維」雖有主、客觀之分，
卻是可以互動的。它們落到辭章的「章法」與「修辭」來說，「邏輯思維」
主要用於「章法」、「形象思維」主要用「修辭」。經本文分別就「意象
系統中邏輯與形象的思維」、「邏輯思維在章法結構中的呈現」、「形象
思維在修辭藝術中的呈現」與「章法邏輯與修辭形象間的互動」等層面
加以探討，可看出其理論與應用間的密切關係。而「章法結構」，由於
章法成分中常會涉及形象表現，而使用修辭藝術，因此以「邏輯」為
主、「形象」為輔；而「修辭藝術」則由於修辭技巧中常會涉及邏輯組
織，而形成章法結構，因此以「形象」為主、「邏輯」為輔。這種互動
特色是相當明顯的。雖然限於篇幅，「章法結構」只舉「凡（總提）目
（分應）」與「圖（焦點）底（背景）」兩種、「修辭藝術」只舉「設問」
與「引用」兩種；而所舉的例子也總共只有十一首古典詞曲而已，然而
所謂「以個別表現一般，以單純表現豐富，以有限表現無限」[61]，是由

---

60 王希杰：〈陳滿銘教授和章法學〉，頁 4。
61 葉朗：《中國美學史大綱》（臺北市：滄浪出版社，1986 年 9 月初版），頁 26。

此可見其梗概的。希望這種「求同」、「求異」之探討，有益於辭章各
領域間的比較研究。